真相到底是什么？
真相是水，
流到哪儿就成了哪儿的形状。

归海

张翎 著

作家出版社

张
翎

浙江温州人，海外华文作家、编剧，加拿大国家文艺基金、安大略省文艺基金获得者。代表作有《劳燕》《余震》《金山》等。小说曾获华语传媒年度小说家奖、华侨华人文学奖评委会大奖、中国时报开卷好书奖、香港红楼梦世界华文长篇小说专家推荐奖等文学奖项。根据其小说《余震》改编的灾难片《唐山大地震》，获得包括亚太电影展最佳影片和中国电影百花奖最佳影片在内的多个奖项。小说被译成多国语言。

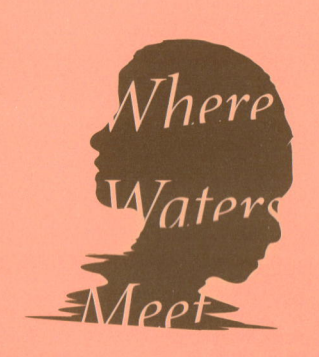

Where Waters Meet

目录

第一章 · 一次死亡，一个百宝箱，
001　　　以及一只藏着珍珠的蚌

第二章 · 一枚军功章，一个呆头，
045　　　和一副永远饥饿的肠胃

第三章 · 一位年轻教师，一片湍急的海湾，
099　　　以及一次令人心碎的旅程

第四章 · 一对姐妹，一场事先筹谋的久别重逢，
165　　　还有一只街猫

第五章 · 纪代，小虎，
227　　　以及一场遮天蔽日的灾难

第六章 · 梦与梦的相遇
311

第一章

一次死亡，
一个百宝箱，
以及一只藏着珍珠的蚌

1

乔治·怀勒的丈母娘蕾恩十天前死了，死得有点突然。

没错，她是病了很久，她的病症写出来是一张长长的单子：肾盂肾炎、糖尿病、胃溃疡、风湿性关节炎，还有已经发展到无可救药地步的阿尔茨海默症，如此等等。不过那些病，哪一样也不是说挂就挂了的急症。"心脏病发作。"医生跟家属解释。家属不信。她的心脏可是她五脏六腑里最强壮的，从来没有闹过事。"到了她这把年纪，身上的器官说犯浑就犯浑，不会提早通知你的。"医生说。这把年纪？天哪，她不过才八十三岁。在世界上有的地方，人一不小心就活到了一百二十岁。往那些人身边一站，蕾恩还是只嫩鸡仔。

无语。什么个庸医。

蕾恩当然不是她的真名。除非你是摇滚明星，或者是白雪公主的娘（亲娘，不是那个歹毒的后妈），要不是脑子进水，谁会给自己起个名字叫蕾恩呢？蕾恩是 Rain 的音译，在英文里是"雨"的意思。她护照上的正式名字是 Chunyu Yuan。Chunyu 是"春雨"的汉语拼音，所以就有了英文的蕾恩。

一个人若娶了个中国女人进门，就等于娶了她的全家。乔治偏偏就娶了个名叫菲妮丝的中国老婆，幸好菲妮丝的家人死的死，散的散，疏远的疏远，凋零得只剩下一个妈和一个姨妈。姨妈住在千山万水之外的上海，想惹事也够不着。

所以这家剩下的人，实际上就只有菲妮丝和她的寡母，两人的关系自然就很是密切。"密切"用在这里多少有点轻浮。岂止是密切，她们母女俩除了几次不得已的小分离，一辈子都住在一起。菲妮丝结婚的时候，把她的母亲像连体婴儿似的带进了她的婚姻，三个人住在一爿屋檐下，一直住到蕾恩搬进了养老院。蕾恩突然一撒手，菲妮丝整个人就散了架。最要命的不是菲妮丝的状况有多糟糕，而是她不知道自己有多糟糕。

这天乔治比平常稍早下班。他和菲妮丝说好了要早点吃晚饭，然后开车去"松林"，赶在前台八点关门之前，取回蕾恩留在那里的东西。"松林"是蕾恩去世时住的养老院的名字。

这会儿是2011年4月20日下午四点零九分。

沿着博渠蒙路往南开，一路都没塞车。在多伦多这样的城市，这个时段里能遇上这样的路况，真可算是千载难逢。乔治风也似的开到了家，竟比平日快了许多。

进了门，他把手提包放到实木地板上，在门边的脚凳上坐下来，自然而然地脱下皮鞋，换上廉价的塑料拖鞋。这个习惯是六年前他和菲妮丝结婚后，丈母娘蕾恩把他训练出来的。蕾恩逼着他学会的，可不止这一样。最初他也是半心半意地跟她较过劲的，后来就算了。蕾恩是一台不知疲乏的打磨机，总有法子把脚下的坑坑洼洼磨得平滑，一半靠耐心，一半靠母亲的淫威。

他换上拖鞋朝客厅走去，半道上却突然停住了脚步——他发现菲妮丝站在凸窗前。他以为她至少还要再过一个小时才能到家。她在一家移民安置中心教英语，周三下午有两堂课。等她下课坐上地铁，再倒一趟公共汽车，然后再步行一小段路到家，通常都得六点一刻左右。

这会儿她正透过两片窗帘的缝隙往街上张望，两只手交叠在胸前，双肩收得紧紧的，像是怕冷。他们的住宅坐落在士嘉堡中区一个相对清静的街区，几乎看不见孩子，除了偶尔经过的几辆自行车，或是两人结伴行动、挨家敲门推销上帝的耶和华见证会成员，这条街上一天到晚也没什么大动静。

她到底在这儿站了多久？她肯定是看着他把那辆灰色的日产天籁开进车道，从车门里钻出来，一只手在口袋里掏来掏去，在烟盒、皱巴巴的手帕和揉成一团的加油收据中间，摸摸索索地寻找着家门钥匙。他抽烟，但抽得不凶，只是在社交场合偶一为之。

"你怎么回来得……"他刚说了半句，突然又缩了回去，因为他看见了摆在客厅白皮沙发边上的那只箱子。箱子是件老古董，诞生在滚轮还没问世的年代，粗帆布的面料，说不上是灰还是黄，正是积攒了二十年的灰尘该有的那种颜色。尽管锁座已经局部毁坏，箱身上有几处刮痕和破损，但稀奇得很，这块千年化石居然还没有散架。

他认出来那是蕾恩的箱子。蕾恩当年从中国千山万水带过来的旧物，如今没剩下几件了，这个箱子正是幸存下来的一件。有一回他实在看不下去，就说要给她换个新款的箱子，她却死也不肯。后来还是菲妮丝劝住了他："由她去吧，这是她的百宝箱，她的念心儿。"

看来菲妮丝已经去过"松林"了，没带上他，也没事先告诉他。

菲妮丝转过身来，朝他茫然一笑，模模糊糊地"嗯"了一声，算是回答了他眼神里的那丝疑问。

"她的东西，你都……？"他斟酌着字眼和语气，那副小心翼翼的神情，仿佛她是一件一口气都能吹裂的大明官瓷。谁也不愿意失去母亲，天下人丧母都疼，可是菲妮丝的疼看着似乎比旁人的更扎心。旁人的疼若是针，菲妮丝的疼就是锥子。

"嗯。"她简洁地打断了他。又一个单音节的路障，活生生地挡在了对话的路上。

"今天我们吃意大利面吧，肉汁是现成的，就在冰箱里。"他换了个话题，发觉自己还是在小心地衡量着声音和语气，生怕一句话说歪了，把她蹭伤。

他开了炉子烧水煮面。周三是他掌厨的日子——这是他们刚结婚不久就定下的规矩。在向她求婚之前，他已经把他们共同生活中可能遇到的各样磕磕碰碰都想到了。两样肤色往一块凑，就够磨合一阵子了，中间再插进一个丈母娘，实在算不上爱情童话的标配场景。可他没想到他们迎面撞上的第一个大障碍，竟然是一日三餐。虽然谈不上热爱，他至少可以容忍她们的中国餐。无论是一屋子油烟的煎炸爆炒，黑黢黢的酱油，还是刺鼻的葱姜蒜，他都认下了。可是他爱吃的奶油和干酪，到了他丈母娘蕾恩口中，就成了致命的毒药。

几顿郁闷的晚饭之后，他们终于想出了一招。"招"是蕾恩的说法，乔治另有一套词汇，他管这叫"权利制衡"。每周的二、四、六，母女两个可以翻天覆地地炮制她们的中国餐，而其他日子里，吃什么就由他说了算。到了星期天，一家人不开伙，出去吃饭，三人轮番决定去哪个餐馆。没过多久，他就惊讶地发现蕾恩竟然学会了用黄油炒青菜，而他自己的色拉盘子里，居然出现了中国店买来的黑芝麻。

世上事，假以时日，总会自己摆平的，他心想。作用力和反作用力，压力和耐力，彼此试探，此消彼长。在婚姻这门科学中，进门靠的是化学反应，但入门之后，管事的却是物理学原理。

水很快就开了，蒸气推搡着锅盖，发出一阵咣当咣当的声响，听起来惊天动地。过了半晌他才想起来他忘了下面条。

"你最好打开油烟机。"

她就站在他的身后。在她开口之前，他就已经觉出了她的存在。她的影子压在他的背上，有点沉，也有点凉。

"一会儿就得。"他说。他突然就恼怒了自己声音里那份踮着脚尖似的小心谨慎。从进门的那一刻起，他就没能好好地说上一句完整的话。

他知道是为什么。

是因为客厅里那只冷冷的、充满了戒备神情的箱子。也许是那帆布料子，散发着时光的霉味；也许是那个摔坏了的锁座，非但不能锁住那些未了之事，反倒叫人无端地生出些窥探的欲念。

那是蕾恩的幽灵在屋子里徘徊，盯着他们的一举一动。即使断了气，却还生生地活着，眼观六路，耳听八方。

他把炉头关了，等着蒸气和锅慢慢地讲了和，才转过身来正对着菲妮丝，锁住了她的眼睛。

"妮丝，你打算怎么安置她的骨灰？"他问。

他的声音刚爬出喉咙时还是摸摸索索磕磕绊绊的，渐渐地就找着了路。一听见"骨灰"两个字，他就明白他已经过了最窄的那个关隘。

她没吱声。她的嘴角朝下颤动着，似乎要哭的样子，却最终没哭。她默默地站在他面前，眼神幽黑，凄惶，茫然，像一只走失的猫。昨天夜里，她的脸颊比今天丰满。

他用双臂揽住了她，凉意透过她的衬衫传到他的肌肤上，叫他猛然醒悟他们之间相隔的不只是几层布料。此刻她离他很远。哀伤复杂凌乱，是找不到头绪的乱线团。他模糊记得自己身陷其间的滋味——那是在他第一个妻子珍去世的那段时间里。现在回想起来，那段日子是一片空白，中间充填着一些没有形状的灰暗，他对万事万物麻木无感。他不敢想象自己再次回到那个场景的样子。那时的他无力面对自己的哀伤，现在的他无力面对菲妮丝的哀伤。菲妮丝的哀伤与他隔了一层皮，那层皮似乎薄得像纸，又似乎厚如千山。

他不再没话找话，只是重新打开了炉头。

她走过厨房，脚步轻得几乎像飘，在餐桌前坐下，透过没有窗帘的后窗，直直地望进后院。高大的枫树已经长出了新叶，傍晚的轻风里，树枝在草地上投下摇曳的影子。第一茬的新草间，蒲公英星星点点地探出头来，一片杂乱，却生意盎然。这一季的草在地下孕育繁衍的时候，蕾恩已在养老院。草不认得蕾恩，她生也好死也好，在也罢去也罢，都与它无关。

"她死的时候蜷成一团，是胎儿姿势。"菲妮丝面无表情地说，"她做腻了妈，她只想做一回孩子。"

2

乔治是在七年前认识菲妮丝的。那是在2004年的冬天，菲妮丝带着她母亲蕾恩来他的诊所检查听力。那时他已经做了将近三十年的听力康复师，先是在埃德蒙顿，后来在多伦多。"我是行业里化石级的元老了。"他带着自嘲的口吻对菲妮丝说。听力康复是个相对新潮的行当,和它短暂的历史相比,他的工作经历已经长得离谱。

"她打电话时大喊大叫,电视开得山响。"菲妮丝说。这样的抱怨——通常来自某位家人——乔治已经听得耳朵里起了茧子。

蕾恩的英文很差。她拘拘谨谨地说了一句"早安",就不再说话。她站在女儿的影子里,脸上浮着一丝忐忑的微笑,双眉之间有一条细细的纹路时隐时现,仿佛在时刻预备着为表情的变换开路。屋里开着暖气,但她一直没有脱下外套。那是一件说不出颜色的条纹呢子大衣,原先的色彩早已在年复一年的辛勤洗涤中褪尽,但依旧干净整齐,每一粒纽扣都闪闪发亮。看得出来她感冒了,在不停地擤着鼻涕,喉咙里发出嘶嘶的喘气声,对自己制造的杂音毫无觉察。

诊所的秘书因家人生病没来上班,乔治还得兼带着照看前台。他把病人登记表交给菲妮丝填写,她在姓名一栏先写下"Chunyu",然后又在括弧里加上了"Rain"。

还没问,菲妮丝就解释起 Chunyu 和 Rain 之间的关联,词义上的,语言上的,文化上的,如此这般,云云云云。"袁是我母亲的姓,在中文里,姓是摆在名字之前的。这儿的朋友图省事,都管她叫蕾恩。"

"姓放在前头很有道理,家庭本该摆在首位。"明知接待室里有一屋子人等着,乔治还是忍不住殷勤地附和着她。

"对不起,我扯远了。"她半心半意地道着歉,心中隐隐有几分得意。凭直觉她已经知道:她那张做惯了老师、上哪儿都忍不住要育人的嘴巴,已经找到了一双并不反感的耳朵。

她没戴结婚戒指,乔治告诉自己。他简直无法相信自己竟然能在这个素昧平生的女人身上注意到这样一个细节。其实，也不能算是完全陌生，他至少知道她的名字。短短的几分钟里，她已经告诉他：她的英文名字是 Phoenix（菲妮丝），中文名字是袁凤。Phoenix 就是凤，凤就是 Phoenix。

要不是第三人称单数动词后边偶尔会丢失一两个 s，菲妮丝的英文几乎无懈可击。那丢失的 s 是个微妙的信号，婉转地提醒人：她现在使用的语言不是从娘胎里带出来的，而是后天学的。后来他才知道，那时她已经在加拿大居住了十七年。

他的诊所位于博渠蒙路和芬区路的交界处，是个人丁兴盛的移民区。这些年他的诊所里来过很多中国女人，他留意到她们通常不愿直视陌生人的眼睛，怯怯的不太说话，除非你先挑起话头。但菲妮丝看上去跟她们不同。菲妮丝的眼睛正正地看着他，眼神专注，时刻准备着进入对话。她一开口，她的嘴唇、睫毛、鼻尖，还有那头松松地挽成一个髻子的头发，甚至连那件洋红色开襟毛衣上的纽扣，都随着她的声音轻轻颤动着，很是鲜活灵动。

当时他还没发觉她微笑时眼神里藏着哀伤。那天，当他们面对面地站在他那间乱糟糟的堆满了病历、电话铃响个不停的办公室里的时候，他并不真懂她。他只是感觉她的声音和笑容里有种说不清楚的东西，把他裹在一层光亮之中，叫他呼吸困难。这是少年人才会有的感觉，让他不由得想起他在辛辛那提度过的那段笨拙的青春期——他原以为他早已忘记。除了神奇的宿命，他无法解释那一刻里发生的事。假如他年轻三十岁，哪怕二十岁，他还可以试着使用一见钟情这个词。在他现在这个岁数上，再说一见钟情几乎有点厚颜无耻。可是他就是这样在第一眼里毫无防备地陷进去了。

他把母女两个带进隔音室，给她们解释听力测试的步骤。然后走出来，关上门，进入仪器室。他惊恐地发现他的脑子突然唰的一下一片空白。三十年里，这套测试程序他已经循环往复地操作过成千上万个回合，每一个环节都像电脑芯片一样嵌入了他的记忆里，他可以随时随地读取，哪怕是在睡梦中。可是今天，记忆猝然消失。

是测听室里的那团洋红，那个充当翻译角色的女人，让他分了神。

他终于做完了听力测试，却不记得具体的过程。是肌肉在指挥着手，大脑并未参与。在大脑弃他而去的时候，还是肌肉这套老式的机械备用系统靠得住。

"听力神经有些损伤，同时还夹杂了部分传导性障碍。"这些字眼从他嘴里溜出来，像是外星人说的话，诘屈聱牙。当年教他临床课程的教授，若听到他这样背天书似的跟病人解说病情，一定会从坟墓中爬出来掐住他的脖子。他今天同时丢失了脑子和舌头。

她疑惑不解地看着他，他终于回过神来，换了大白话跟她解释："你母亲的听力有点问题。有老年退化的因素，但大体上是因感冒引起的，感冒影响了她的中耳功能。"

"那，咋办？"她的眉心蹙成一个柔软的小团。

她声音里的那份急切突然就让他心生感动。他母亲在他十二岁的时候就死了，是肾病，病了多年。她留给他的记忆是模糊的，基本围绕着药瓶子、长久的卧床、医生一次又一次的来访，还有最后那段日子里那些艰难的喘息声。她没能像蕾恩那样活到天年，她没给他机会照顾她。

"别急，现在什么也不需要做。两周之后，等感冒症状好了，再回来复查。"

这不是他应该说的话,应该说的话在往外走的路上被掉了包。按照常规应该是一个月以后复查,但他临时改口,一个月变成了两周。

他没有等到两周。

五天后,菲妮丝打电话到诊所来,要给她的学生,一个叫阿依莎的阿富汗难民,预约听力测试。"开个后门插个队。"她直言不讳。

当阿依莎来就诊时,乔治惊喜地看见菲妮丝跟着她一起进来。

"她有点紧张,我觉得还是陪她一下。"她解释说。

这是借口吗?他悄悄地问自己,心中突然涌上一股虚荣心满足之后的狂喜。虚荣心也犯了糊涂,竟然找上了他。它该找的,应该是那些比他岁数小几轮的人。

后来,在他们成为情人之后,他曾追问过她:那天她带阿伊莎来是不是为了见他。她轻轻一笑,一句"荒唐"就把他打发了。"荒唐"不是原话,原话是"脑子进水"。她说"脑子进水"在中文里的意思,类似于英文里的"bananas"。那是她的一家之言,他无从考证。

阿依莎十九岁,体重严重低于标准,几乎看不出已经怀有六个月的身孕。他开始记录病史。她用一口破布絮似的英文,努力回答着他的问题。三两句话之后,她和他同时决定放弃,转向菲妮丝求救。

"两年前,她的村子遭到轰炸,从那时开始她的听力就不如从前了。那次她弟弟给炸死了,她妹妹炸瞎了一只眼睛。她觉得这阵子越来越差了——我是说她的听力。"

菲妮丝向乔治介绍着阿依莎的背景,阿依莎急切地点着头,表示认同。即使阿依莎什么也不说，菲妮丝似乎也知道她的心思。那是默契。在默契面前，语言自惭形秽。

噪音导致的听力损伤，再加上妊娠引起的耳骨硬化症。乔治已经有了初步诊断。

阿依莎不习惯被人注视，他跟她说话的时候，她眼睑低垂，睫毛如受了惊的昆虫翅膀似的轻轻扇动。在听力测试过程中，她紧紧拽住菲妮丝的手，仿佛那是一根浮木，若她撒开手，她就会淹没在一汪无名的恐惧之中。

"她有中度听力损失，可能需要配戴助听器。"他把测试结果告诉菲妮丝，菲妮丝再翻译给阿依莎听，"因为她的听力在妊娠期间恶化，所以要先转诊到耳鼻喉科专家那里，需要排除其他病变的可能。耳鼻喉专家一开绿灯，我就给难民安置署写信，申请助听器经费。"

"社会福利部有食品券发放，她这个时候，尤其需要营养。"他斜睨了阿依莎一眼，低声对菲妮丝说。

菲妮丝立刻明白了他不想伤到阿依莎的自尊，回话的时候，也压低了嗓门："这事我跟她说，待会儿。"

她帮阿依莎穿上大衣，围上羊毛围巾。阿依莎瘦小的身躯陷落在厚重的冬衣里，如同披挂了一副盔甲。两人相互拥抱道别，各自回家。

一股冲动突然涌了上来，推着他不由自主地尾随着菲妮丝到了走廊上。她正要拐到通往停车场的路，他从后边叫住了她。

"我早上的病人都看完了，你愿意和我一起随便吃顿午饭吗？"他脱口而出。他的脑子无能为力地看着他的嘴巴自行其是。

她转过身来，怔怔地看着他，仿佛他刚才说的是某种她从未听过的外国话。

"有家意大利小食馆，父子两人开的，两分钟就到，他们的意面是全城最好吃的。"他的声音飘忽不定，听上去像是一个拙劣的推销员在竭尽全力地兜售一桩注定成不了的买卖。

她默默地站着，低头揪扯着黑色开司米围巾上的流苏，似乎在等着他的话一点一点地慢慢入脑。

"是吗？"她终于听见自己在含含混混地回答他。

这算是哪门子的回答？到底是间接的接受，还是委婉的拒绝？据说中国女人这两样本事都很在行。

"我是说，假如你愿意的话。"他赶紧补了一句，只觉得无地自容。幸亏他们已经走得够远，到了秘书的耳朵追不上的地方了。

像是过了一个世纪之久的样子，他终于看见她的嘴角朝上一扬，一丝微笑绽开来，点亮了她的眼睛和整张脸。他隐隐觉得这会儿他需要眯上眼睛，因为宇宙猝然变得如此明亮，他承受不下那么多的光。

"你得保证好吃哦。"她半带嘲弄地说。

他们在午餐高峰期之前到了餐馆，找了个靠窗的位置坐下。从窗口望出去，天空是一片开阔的、毫无瑕疵的、叫人心生寒意的蔚蓝。窗户虽然关严了，却依旧可以听到车流碾过半融的积雪时发出的低沉的溅水声。屋里的暖气有些无精打采。

"没想到我妈居然能习惯这边的冬天。"菲妮丝脱下大衣和围巾，哆哆嗦嗦地打了个寒噤，在乔治对面坐了下来。

"你们老家没有冬天吗？"乔治好奇地问。

"你以为我们老家在哪儿，赤道几内亚吗？"菲妮丝出声地笑了。她用英文说话，尤其是讲陈年旧事时，掌握不好那些微妙的语气，常常失足跌入夸张。后来乔治给她的这种说话习惯起了个名字,叫"经过修润的记忆"。

他要了一份肉丸意面,她要了一份海鲜意面,两人再合点了一份蔬菜色拉。菜很快就上来了。她把青菜从色拉盘子里一样一样地挖出来,莴苣、西红柿、黄瓜、小橄榄,像小孩搭积木似的堆在面条上,然后张牙舞爪地挥动着叉子,搅拌混合。他从没见过谁把生菜和意面这样野蛮地搅拌在一起,不免微微有些吃惊。

她觉出了他的眼神,就停了下来。"老习惯了,一时半刻改不了。我出生的时候,正赶上朝鲜打仗。那个时候我们刚打完一场战争,紧跟着又来了一场,你想想那日子怎么过?荤菜难得一见,不能单煮——那是浪费,得和素菜拌在一起,能把肚子填得满一些。这是我妈的秘密武器。"

又一个,战争的孩子。乔治暗暗地猜测着她的年龄。若依朝鲜战争为算,她应该是五十上下,可是她看起来轻轻松松能混到四十岁的队伍里。中国女人的保养,世界的第八大奇观。乔治暗叹。

菲妮丝吃饭几乎完全不用刀子,仿佛把食物切成小块是一种极大的亵渎。她大口大口地吞噬着盘子里的东西,看上去像是一个劳作了一天饥肠辘辘的人。时不时地,会伸出舌头舔舐指尖上沾染的汤汁,丝毫不在意吃相。

自从他妻子去世后,他的社交生活乏善可陈,但他也陆续约会过几个女人。菲妮丝和她们很有些不同。他约会过的女人无一例外都很在意体重,而菲妮丝更在意食品。这样说也不完全准确,其实她更在意吃的过程。她吃起东西来的样子,仿佛那是她命中的最后一餐。她显然并不在意体重。当然,她也没有理由担心体重。

"你怎么不吃啊?"她发现他一直很沉默,就停下来问他。

"我不怎么饿。"他回过神来，跟她解释，"看着你吃饭，真是一种享受。"

"你是说，像猪？"

两人同时放声大笑。

她身上有股子如同地心引力般不可抵御的力量，在强劲地扯着他向她靠近。一切显得如此荒诞。他对她几乎一无所知。在各自生命中很长的时段里，他们居住在两片遥遥相隔的大陆上，他们甚至不拥有同一轮太阳，因为她的日出，是他的日落。

"你有几个孩子？"他问。

话一出口他就知道了自己的唐突。还没等她回话，他赶紧设法修补："看你对待你母亲和阿依莎的样子，我觉得你天生是个好母亲。"

"她们受了太多的苦。"她绕了个弯，躲过了直接回复。

"你对每个学生都像对阿依莎那样吗？"

她摇了摇头，不屑地笑了，仿佛在嘲讽他不可饶恕的愚蠢。"哪能啊，乔治？我教三个班级，每个班级二十五个学生。你以为我是谁？我不是上帝。"她觉得那话说得有点刻薄，又赶紧换了语气，追补了一句："可是阿依莎跟别人不一样。"

她放下刀叉，等着他慢慢追上她吃饭的速度。

"阿依莎的丈夫是她的表兄，他们是在逃亡的路上结婚的。他们那里表亲可以结婚，这样两头都省了聘礼和嫁妆，结了婚也没有姻亲的麻烦——他的母亲是她的姨妈，他们从小就玩在一起。"

"我知道，我有阿富汗来的病人。"

他说话的语气轻柔，丝毫没有居高临下的意思，她却一下子顿住了，深觉难堪。他做了三十年的听力康复师，诊所里什么人没见过呢？他吃的盐比你吃的米还多。她仿佛听见母亲在自己耳边说。她这是想镇住谁呢？好为人师是一种毒品，她的瘾念已深。

"后来呢？"他把话锋轻巧地一转，回到了先前的话题上。

"他们原来是想等到阿依莎二十岁才结婚的，后来她婆婆，也就是她的姨妈，催他们赶紧把婚事办了。姨妈说谁知道全家能不能都平安逃出来，只要阿依莎活下来，肚子里怀了孩子，这个家就不至于，不至于，断了根。"

她避开了他的眼睛——她不想让他看到她眼睛里的雾气。

"那他们全家都……？"他听出自己的声音里有一丝细细的裂缝。

菲妮丝点了点头，紧接着又摇了摇头，仿佛在否认先前的点头。"都逃出来了，除了她母亲。心脏病发作，在塔吉克斯坦。"

他们都陷入了沉默，谁也没想到会进入这样沉重的话题。

战争的溢出物。乔治心里突然浮上来一个词。战争是固体、气体，也是液体。战争不停地产生溢出物，就像那些万吨海轮在大洋中溢出来的石油，一路漂浮到远方，沥青般地染黑太阳、苇草和飞鸟的翅膀。阿依莎，她死去的母亲，她尚未出生的孩子，她那位也是表兄的丈夫，都在逃离这样的溢出物。而他和菲妮丝，却是清理溢出物的人。他在他的诊所，她在她的教室。洗涤。洗涤。洗涤。他们清洗创伤，也感染创伤。

可是，谁来清洗他们呢？

她的情绪很快平复了。"再过两个星期就是阿依莎的生日了，她今年二十岁。我们要办一个庆生会，给她一个惊喜。猜猜我们准备了什么礼物？"

他当然不知道，她其实也没指望他知道。

"她是在难民营里结的婚，没有什么正经的仪式，也没留下照片——我是说我们常见的那种婚礼照片。她有点难过,说将来孩子长大了,怎么跟孩子证明他们结过婚?他们都没有一张照片。"

她停下来喝了口水,制造了一个小小的悬念,可惜没绷住,又马上把它打破了。

"我们班上有一个学生是从阿塞拜疆来的,会画画。他要比照着阿依莎在班上分享的全家福照片,给她画一张结婚图。"

他突然明白了为什么这个女人看不出年龄。眼角的鱼尾纹,头发里夹杂的银丝,那些暗示着年龄的细节,她并未曾幸免。但是她眼中有光,有一丝闪闪烁烁的孩童般的渴望,想去品尝美食,闯荡世界,行一点小善。就是这一丝不曾干涸的渴望,抵挡住了岁月的侵蚀。

在后来的日子里,当他深深地进入她的生活,变得更老也更明智了,再回过头来看这一天里发生的事,他才会醒悟他犯了一个错误。他没看错人,她身上那股生命的热情是真真切切地存在着的。只是他没认清那股热情背后的驱动力——这是一个重大的失误。他不知道她身后有一股幽黑阴森的恐惧,正如恶犬般紧追着她不放,她在疯狂地试图逃离。逃离的路上有很多扇门,毒品是一扇,酗酒是另一扇,肉欲也是,但她选择了一扇低风险、容易抵达的门。

她选择了他。

奇怪的是,当他意识到这一点时,他并没有失望。他反倒觉得自己对她的感情从半空中扎扎实实地落到了地上。他很久没有被人需要的感觉了,而她需要他,他暮气沉沉的日子突然就生出了些活气。在五十八岁上——那是他跟她结婚时的年龄——他还是个天真汉,依旧觉得他能使另一个人的生活因他而不同。

傻啊，他真是傻。

"我有个想法，"他隔着桌子抓住了她的手，声音里充满了兴奋，"我朋友泰德在匹克岭开着一家小照相馆，那小子是个电脑制图天才。他可以给阿依莎夫妻合成一张结婚照，爱德华公园皇家婚礼风范，真实到每一个细节。"

"天哪，乔治，你那个脑子！"她嚷了起来，却立刻意识到了自己的尖嗓门，尴尬地收了声。

其实根本没人注意他们。此时还在午餐高峰期，餐馆里挤满了用餐的人，喧哗的声浪几乎淹没了他们的交谈。他看了一下表：一点一刻。他迟到了，下午的第一个病人正在诊所里等他。

他站起身来付账——他坚持要请客，然后他们一起离开餐馆走到街上。太阳稍稍斜了，车流稀疏了些，街道看上去有几分慵懒，仿佛吃得太饱，需要睡上一觉。在等交通灯的当口上，她转过身来，突兀地对他说："乔治，我一个也没有。"

"你说啥？"他不解地看着她。

"孩子，你问我的。我没有孩子。"她避开了他的眼睛，"我没有结过婚。"

天，还是单身。他想。这样的女人，怎么会缺男人？一连串复杂的情绪从心底交替着涌了上来。先是不可置信：她竟然还没有被人挑走；接着便是如释重负，为着同样的原因；最后则是失望：她还不曾有过经验。在他这个岁数上，阅历的吸引力远大于纯洁。

他是不是对她太过苛刻了？或者说，对自己太过苛刻了？婚姻不过是一张收在文件夹里的纸，就像学位证书、征兵通知书（这两样他都有）。有趣的心灵始终是自成一体的，有没有那张纸都无关紧要。再说，她仅仅是没有那张纸而已。缺乏一张纸和缺乏经验之间的距离，可以是半个地球。

还好，他还有足够的时间来认识她。天下万物皆有定时。睡有时，醒有时，草木泛青有时，河流涨水有时，就连交通灯变绿，也有定时。

他和她之间的相知，也仰赖上天的定时。

在接下来的几周里，乔治又见了菲妮丝几面，都是她来诊所见他。先是带母亲来作复查。蕾恩的感冒症状渐渐消失，听力也随着有所好转。后来菲妮丝又带阿依莎来调试助听器。乔治动用了关系，让阿依莎很快进入了耳鼻喉专科医生排期。经过一系列检查之后，专科医生排除了其他致聋原因，随后，乔治很快从难民安置署申请到了助听器专用款项。

在这期间乔治请菲妮丝喝了两次咖啡，理由是"讨论一下阿依莎的治疗方案"。第二回咖啡快喝完的时候，他貌似随意地提到了士嘉堡总医院的一位听力康复师。"她人很好，还能稍稍听懂一些中文，将来可以负责你母亲的听力。"

"为什么？你撒手不管了？"她有些惊讶。

"因为，"他顿了一顿，才接着说，"因为我想跟你约会。这样的话，我就不可以再管你母亲的事了，我是说不能以医生和病人的身份。利益冲突，行有行规。你们当老师的，应该懂这个。"

他没等她回话，就转身走了。一想到她两眼圆睁，双唇微启，整张脸扭成一个惊叹号的模样，他忍不住笑出了声。

四个月后，在他生日的那一天，他们结了婚。那是一个小范围的婚礼，没请牧师，在场的只有她的母亲和双方寥寥可数的几个朋友。他的独生女儿在日本，没法过来。

他们在婚礼上交换的誓言,和寻常婚礼上常听到的那套"生死、荣辱与共"的老生常谈相差万里。具体内容是他们在一顿晚饭的空隙里,草草讨论了几句之后为彼此拟定的。他的誓言是她用当老师练就的一手好字写下的:"我发誓:无论发生什么事,都会照顾我妻子的母亲蕾恩·袁,一直到她离开这个世界。"而他给她拟的就简单多了,只有一句话,是他用医务人员常见的潦草字体匆匆涂就的:"我发誓会对我的丈夫诚实,永远如此。"这两份誓言听起来像是婚前协议,甲乙双方都写下了各自希冀的条款。唯一的差别是:条款里没有涉及财产。用不了多久他们就会明白:这些誓言不过是一张废纸,注定会在不久的将来撕毁。

他们收到的最好的结婚礼物,是一通来自阿依莎丈夫哈菲兹的电话。哈菲兹告诉他们:阿依莎生了一个女孩,虽然比预产期晚了几天,但一切安好。婴儿是六磅三盎司,对阿依莎这么个瘦小的母亲而言,这个体重也就算差强人意了。孩子很健康,十根手指,十根脚趾,一根不缺。

他们给孩子起了个名字叫菲妮丝。为了和大菲妮丝有所区分,乔治戏谑地管这个孩子叫菲妮丝二世。

3

从松林养老院取回来的那个箱子,在蕾恩原先住过的卧室里放了整整两天,没人动过。第三天乔治出差去参加一个专业会议,待他走后,菲妮丝才进屋开了箱子。是时候了,她对自己说。死亡带走了附在肉身上的一切糟粕,包括疾病。灵魂没有年龄,也不会有老年痴呆症。死亡意外地给她带来了一个这三年里求而不得的机会,她终于可以和母亲,或者说,母亲的灵魂,单独地、面对面地说一说话了。

母亲的房间一直保持着原样,仿佛她从未离开过。一天里最后的阳光疯牛似的从半启的窗帘里闯进来,横冲直撞粉身碎骨地扑到墙上,在身后留下一路愤怒的飞尘。这灰尘怕也是从未见过母亲的。床铺得整整齐齐,被子的每一个角都扯得很平整。菲妮丝在枕套上发现了一根头发,深蓝色的布料反衬着一根银丝,触目惊心。那是母亲去养老院之前留下的,似乎还有呼吸。

失去了根的头发还能单独存活吗?

菲妮丝跪在地上,把头埋在枕头里。母亲搬去"松林"已经差不多三年了,菲妮丝惊讶地发现一个人的气味竟然能存留得那么久。那是一种糖和汗酸混淆在一起的气味,像是熟过了头的果子。半响她才醒悟过来,那是老迈的肉身发出的腐朽之气。

很奇怪,那一刻她突然感觉离母亲很近。那根头发,那股气味,不过是母亲留在身后的东西,一如蛇蜕下的皮。真正的母亲此刻正躺在那个摆放在梳妆台上的金属罐子里。罐子闪着一层与世无争的、被死亡定格成永恒的寒光,冷眼看着世上那些无望地行走在狗苟蝇营之途的人们。无论他们蹦得多高,逃得多远,最终都会回到一只这样的罐子里。

蕾恩失智的最初症状是轻微而无大碍的,比方说偶尔记错日期,或者忘了锁门,或者忘了吃药。任何人都有过这一类的疏忽时刻,谁也并未特别在意。直到有一天,菲妮丝在冰箱里发现了一只鞋子。她站在打开的冰箱门前,冷气扑面而来,她开始颤抖。她终于近近地面对面地看到了那只野兽。

没多久,她就遇到了乔治。

他们无所不谈，至少他以为他们无所不谈。童年的记忆，从前走过的沟沟坎坎，今天身上还留着的疤痕。他带着她走进他和亡妻珍的前尘往事——珍是在十年前患胰腺癌去世的；他和她谈到现在在日本教英文的女儿凯蒂；他也常常说到他的父亲，一位在辛辛那提大学教政治学的教授。父亲是个自由派，在他所处的那个时代里，他的思想过于超前。父亲鼓励儿子不用乖乖地听老师的话，功课得过且过，多花时间读些课堂之外的书籍。

父亲的大胆做派几乎害他自己丢失了大学的教职。有一天，联邦调查局的特派员突然走进他的办公室，为了一个从苏联大使馆寄到他们家的、里边装满了宣传品的邮包。这个邮包是应他的儿子乔治的要求寄来的，当时乔治还是个初中生。乔治给苏联驻美大使写了一封信，说他"不相信历史老师在课堂上讲的关于你们国家的那些事，我想从你那里了解实情"。父亲被乔治的鲁莽和天真深深震惊，但却从来没有挫伤过他的锐气，或者严词厉色地禁止过他的行为。

几年之后，当越南战场的绞肉机开始吞噬年轻人的血肉之躯时，乔治拒绝服从征兵令，在父亲的协助下逃去了加拿大。边境线上父子匆匆挥手道别，都没想到这是他们之间的最后一面。等到十年后大赦令终于下达时，父亲已是一抔黄土。

菲妮丝也和他谈起她的往事。她的家乡在一个叫温州的江南小城，位于上海以南大约五百公里。她说到她在那里度过的童年，母亲为了养育她而吃过的苦头，用蕾恩自己的话来说，那是"三辈子的剂量"；还有她父亲的经历：一生参加过三次战争，却到临死也没有找到太平；还有1970年一个春夜里发生在广东大鹏湾的一段惊心动魄的经历。那一汪水带走了一个她心爱的人，让她一夜从少年变为大人。

乔治想得没有大错，她的确和他什么都谈——除了那份恐惧。而就是那份恐惧，把她推到了他的怀中。

母亲的阿尔茨海默症是恐惧的源头，菲妮丝害怕独自承担照看母亲的责任。一想到要参与到母亲病老的那个黑暗幽深的过程中去，她就感到了一种渗入到骨髓的惊惶。这是一个对她来说完全陌生的过程，她从未有过亲人在她眼前老去的经历。她的父亲没能活到天年，她也从未见过她的祖父祖母、外公外婆。她熟知她的母亲，不过那是一个相对年轻、尚未罹病的母亲，失忆把天下的母亲都变成了陌生人。

婚后她和母亲搬进了乔治的家，起初蕾恩的病情似乎有所缓解。换个环境对母亲有好处，菲妮丝心想。从前每一次需要面对生活的重大变迁时，母亲就会绷紧身上每一根神经来适应新环境。这一回应该也是如此，变迁让人紧张，能逼着母亲打起精神。

然而，在差不多一年之后，当她们慢慢适应了新家，蕾恩的应激系统就渐渐地涣散了下来。已经咬牙切齿极不耐烦地潜伏了很久的阿尔茨海默症，开始全力出击，四处留下凶残的牙印，先是撕咬她的记忆，然后攻陷她的情绪，把她变成一个丢三落四、捉摸不定、不可理喻的糟老婆子。

蕾恩第一次出现明显的症状（后来还出现了许多次），是在菲妮丝婚后的第二年。那是感恩节前的一个夜晚，菲妮丝在厨房给学生批改作业，突然听到蕾恩房中传出一串怪异的动静，像是一只受伤的野兽发出的沉闷哭喊。菲妮丝冲上楼推开房门，发现母亲蜷成小小的一团，双手捂着耳朵躺在地板上，肩胛骨如两把尖刀，几乎要从睡衣里戳出。屋里的电视开得山响，正在播放一部抗战题材的电视连续剧。菲妮丝订了中文电视台，专门给蕾恩在自己房间里看。

心脏病发作。这是菲妮丝心里涌上来的第一个念头。"乔治，快！"她发狂似的喊了起来，血唰地冲上头，在太阳穴里疯狂地擂着鼓。她蹲下来看着母亲，浑身不由自主地瑟瑟颤抖。她已经完全失去了方寸，不知道该不该挪动母亲。从前报纸电视上看来的种种急救知识，此刻像碎纸片似的漫天乱飞，却不能聚成一句清晰坚定的指令。

地板上那个蜷得紧紧的球变得松泛了，慢慢地朝她蠕爬过来，枕靠在了她的大腿上。

"撒谎，他们撒谎！"蕾恩虚弱地举起一只拳头，朝着电视的方向挥舞着。屏幕上在播放一个震耳欲聋的交战场景。菲妮丝注意到了一团白色的毛茸茸的东西，是棉球。原来蕾恩的两只耳朵里都塞了棉球。

菲妮丝恍然大悟：母亲一直在用这个小伎俩，来绞女儿和女婿的神经。不知多少次在饭桌上，她和乔治为母亲时有时无的神秘失聪以及需不需要配戴助听器的事，唇枪舌剑你来我往地争得面红耳赤，而母亲则坐在他们身边，静静地听着他们拌嘴，脸上浮着一丝无辜的微笑，偶尔怯怯地插上一句："我听不懂，英文。"

天，她和乔治，两个多么好骗的傻子。

"妈，你是在玩我吗？"菲妮丝气急败坏地嚷了起来，探身从床头柜上取了遥控器，咬牙切齿地掐死了电视。

"出了什么事？"正在地下室洗衣服的乔治，闻声急急地跑上楼来。

蕾恩看见乔治吃了一大惊，仿佛她压根就不认识这个人。她的情绪又开始亢奋起来，指着门，用温州话大声吼道："给我滚出去，你！"

这几个月里，蕾恩丢弃了这些年在加拿大学到的那点英文，几乎完全回到了她的乡音。阿尔茨海默症像一把泥瓦刀,把她记忆表面的那一层刮走了,只留下完好的底漆——她与生俱来的乡音。

"妈,这是他的家。"菲妮丝疲惫无力地用温州话提醒母亲。

"他,滚!"蕾恩完全不理会菲妮丝的话,依旧坚持要乔治出去。

"她想和我单独待几分钟。"菲妮丝小心翼翼地剔除了蕾恩语气中的蒺藜,示意乔治先离开房间。

"告诉他们,你告诉他们……"乔治刚走,蕾恩就一把抓住菲妮丝的胳膊,呜呜咽咽地哭了起来,像一个在蛮不讲理的大人那里受了委屈又无处伸冤的孩子。

"告诉谁?啥事?"

"那些,电视上的兵。他们应该省着子弹,怎么可以这样浪费?最后一颗子弹,是要留给……"蕾恩突然顿住了,面容僵如岩石,仿佛看见了在屋里游荡的鬼魂。

"给谁?"菲妮丝终于把蕾恩从地板上扶了起来,架着她坐到床上。这是一场角力,她汗流浃背,筋疲力尽。学生的作业明天早上要发回去,她现在连一半都还没判完。

"他——自——己。"蕾恩答道,每个字上都加了重音。

这天夜里,两口子终于歇下了。在床上,菲妮丝跟乔治说起了母亲方才的举止。"可能是想起了什么战争年代的事,"乔治叹了一口气,"我认识一位朝鲜战场下来的退伍军人,曾经当过战俘。五十多年过去了,到现在见了穿白大褂的亚裔医生,都以为是朝鲜人,还会情绪失控。最糟糕的时候,需要注射镇静剂才能平静下来。"

话一出口乔治就后悔了。他本来是想安慰她的。天下可以拿来抚慰人心的话很多,他却偏偏挑了这样一个耸人听闻的例子。

这是他的职业病，就像他不大不小的烟瘾，明知不妥，改起来却费劲。

"她有跟你讲过战时的事吗？"他还是忍不住，多问了一句。

黑暗中菲妮丝摇了摇头。"她说她记不得太多。我只知道梅姨曾经参加过抵抗组织，还有，我外婆是让日本人的飞机炸死的。"

"我们总是记得本该忘记的，忘记本该记得的。"乔治迷迷糊糊地应答着，呼吸渐渐含混沉重起来。

母亲的房间死一般寂静，但是野兽还在黑暗中徘徊。那只变幻无常的恶兽，一会儿变成冰箱里的一只鞋子，一会儿变成两只棉花球，一会儿变成魔幻士兵和他们手中的枪弹。也许在某个时刻，它还会变成一座着了火的房屋。世界大战已经是记忆中的往事，可是人和兽之间的战争，可能才刚刚开始。这是她一个人的战争，没有指挥，没有作战计划，没有弹药库，也没有盟军。她得独自应战。当然，她有乔治，可是他会参与多少？他能坚持多久？她不敢肯定。

睡意迟迟不至。乔治惊天动地的鼾声在她的耳膜上戳出一个又一个洞眼。棉球，她现在终于知道了它们的用途。

蕾恩似乎越来越害怕一个人留在家里。早餐吃到一半，她会突然停下来，怔怔地盯着菲妮丝看，眼中泛起莹莹泪光，仿佛女儿不是出门上班，而是要踏上一条不归之途，她们这一别，就是天人永隔。

看着母亲这副样子，菲妮丝觉得心被蹭破了一层皮。母亲曾经是一个凶悍的妇人，为了家人可以毫不犹豫地赴汤蹈火，如今却变成了一个无助的孩子。

菲妮丝错了。即使身患阿尔茨海默症，母亲依旧会时不时做出让她震惊的事情。那个凶悍的妇人并没有消失,只是进入了冬眠。她会在谁也意想不到的时刻,从那个柔弱孩子的躯壳中一跃而出,满血复生。

一天夜里,菲妮丝觉得有点渴,就起身去拿一杯水。往楼下走的时候,她冷不防绊在一团东西上,几乎跌倒。是蕾恩坐在楼梯拐角处,两眼在微弱的夜灯光中炯炯闪亮。

"我都听见了,阿凤。"蕾恩到现在都还叫菲妮丝的乳名,"你和他,在房间里。"

菲妮丝的脸颊一蹦一蹦地烧灼了起来——那是一种赤身裸体站在当街的耻辱。

蕾恩扶着墙,摸摸索索地站了起来,胳膊绕着菲妮丝的臀部,将女儿搂住了。她冰凉的布满筋节的手,撩开菲妮丝的睡衣,紧贴着菲妮丝柔软的肌肤,那肌肤上还残留着做爱之后的余温和湿润。蕾恩的口臭拂过菲妮丝的脖子,充溢在渐渐浓腻起来的空气之中。

"这儿,你要多练练这儿的肌肉,要有力气。他对你做那件事的时候,就不会那么疼。"蕾恩捏了捏菲妮丝丰满的臀部,喑哑地说。

菲妮丝挣脱了她的手,全身僵硬如石头。这是第几次了?母亲就坐在这儿,在他们卧室的门外,用长着眼睛也长着鼻子的耳朵,专心致志地倾听着屋里的动静?世上有什么耳疾,可以磨损得了那副耳朵的机敏?

菲妮丝一言不发飞也似的逃了开去。

她没有告诉乔治这件事,可从那以后,他们再做那件事时,感觉已经不同。每一次乔治表现出那个意思时,她都会看见蕾恩的眼睛在房间里浮动。那双眼睛脱离了面孔,在黑暗中萤火似的闪亮，无所不见，无所不知，将她身上潮起的欲望瞬间吮干，变成一片荒漠。

一直到老，蕾恩都还是个极爱整洁的人。她平常都是在晚上八点左右洗澡，几乎没有漏过一天。渐渐地，这个常年固定的规律开始动摇，或者说，开始扩充，从一天一次到一天两次，甚至一天三次。在某个星期天，菲妮丝注意到母亲的洗澡次数抵达了前所未有的巅峰——她在这一天里竟然洗了四次澡。

有一天晚上，蕾恩刚刚走进浴室不久，正在厨房洗碗的菲妮丝听见她在浴室里唱歌。蕾恩的嗓子很好，梅姨曾不无嫉妒地说过那是"老天赐的礼物。她从娘胎里爬出来的第一声哭，就是天籁"。

菲妮丝记得自己还是个小女孩的时候，常听着母亲的歌声入睡，又在母亲的歌声中醒来。最初是摇篮曲和童谣，再后来是革命战歌和领袖颂歌，再后来就成了港台流行曲。菲妮丝在各个年龄段听到母亲唱的歌，都是从收音机里学来的时髦。

但这会儿母亲哼的是一首对她来说完全耳生的歌，陌生的歌词绵延编织在同样陌生的曲调中。后来，趁蕾恩脑子清醒时，菲妮丝问过母亲那是首什么歌，蕾恩停顿了很久，才说她记不得了。

浴室里的歌声终于停了下来，但是水声没停。莲蓬头一直开着，水溅在瓷砖地面上，发出响亮的连绵不绝的声响。那声响听着瘆人。菲妮丝看了一眼厨房墙上的挂钟，母亲在浴室里已经待了一个多小时。

浴室没锁门，菲妮丝冲了进去。凉空气从开着的门里钻进来，将浓密的水蒸气帘幕掏出一个窟窿，窟窿里露出一个湿漉漉的人影，乳房下垂，瘦瘪的肚腹上有暗褐色的妊娠纹。母亲站在莲蓬头下，发疯似的挠着泡在厚厚的洗发水泡沫之中的头皮。她下手很狠，身体随着她的动作在激烈地晃动。

菲妮丝伸手过去，把莲蓬头开关拧停了，屋里一下子安静了下来。蕾恩的嘴唇张开，露出一丝孩童般的既不知耻也不知怕的笑容。

"脏，太脏了……"蕾恩嗫嚅地替自己辩解着。

这样的情景一次又一次地重演，每一次都把菲妮丝的容忍限度提高到一个新水平。新的容忍限度很快又被突破，成为熟视无睹的新常规。终于有一天，发生了一件事，那件事成为了骆驼背上的最后一根稻草。

4

2008年的夏天，乔治的女儿凯蒂带着她的丈夫，一位名叫阿丰的日本工程师和他们四岁的儿子马克，回到多伦多探亲。由于他们没能来参加父亲的婚礼，这算是第一次和菲妮丝见面。

小马克是在大阪出生长大的，上的也是当地的幼儿园，他的英文还不顺畅，所以阿丰和凯蒂只能和他讲日语。凯蒂此时已经在日本居住了十年，日语已能应付自如。餐桌上，蕾恩一直很安静，默默地听着他们说话。一直到上甜点的时候，她突然毫无征兆地爆发，嘴里冒出一串音节短促、节奏极快的话——那是温州方言里最厉毒的骂人话。这样的话，是喝醉了的丈夫用来咒骂自己的婆娘，街头小屁孩用来证明自己已经成为男人，菜市场的阿婶为几个找头用来怒怼别人的。这样的话从母亲的嘴里说出来，菲妮丝的耳朵热得像两只柿子椒。桌上其他人都不知道蕾恩在说什么,但没听懂的只是话,脸上的表情谁都看得懂,那是一目了然的愤怒。

"你叫他们,住嘴,别再说,那个鬼话!"蕾恩呵令菲妮丝。

菲妮丝无地自容。她无法跟客人解释母亲的举止。母亲的情绪是一枚出了故障的体温计,没有人知道下一刻水银柱会朝哪个方向移动。她只能把蕾恩哄回到她的卧室:"明天,明天一定叫他们滚。"这当然是一句谎话,像前面使过的许多句谎话一样,只是为了换来一刻的太平。

第二天是周六,一个蒸笼般的大热天。凯蒂出门参加高中同学聚会,把阿丰和马克留在家里,父子两个在后院找凉快,滋着水龙头疯打水战。菲妮丝在帮乔治准备午餐吃的色拉,蕾恩站在窗口看着院子里的父子打打闹闹,稀疏的头发在阳光里看起来像是一团金色的柔软的云。她已经忘了昨天饭桌上的事了。菲妮丝对自己说。平生头一回,她为母亲日渐稀薄的记忆力心存感恩。

眼前的一切太平景象,会不会仅仅是幻象而已,只为哄人放下警觉,然后砰的一声,再给人来一记比先前更毒更狠的黑拳?菲妮丝被自己的想法吓住了。从什么时候开始,她已经失去了单纯享受当下的快乐、不被忧虑和惧怕绑架的能力?

蕾恩转过身来,对菲妮丝迷迷茫茫地微笑着。母亲现在就是一个孩子,她的孩子。过去三十年里,菲妮丝一直在向上帝讨一个孩子。若和一个合宜的男人一同养大这个孩子,那自然是最完美的安排。若没有这样的男人,她总还是有母亲的。两个女人一起养大一个孩子,虽不完美,却也是可行的。然而年复一年,男人来了又走了,她终未能如愿。有一次她偶然看到一本心理学论著,讲到伤痛的几个阶段,不禁哑然失笑:书里引用的案例,分明就是她自己,每一个阶段仿佛都是为她量身定制。先是否认现实：我很健康，不可能是这样的；然后是愤恨不平：为什么偏偏是我？再后是讨价还价：一个，我不贪心，只要一个孩子；再后是抑郁：没有孩子，活着是一种慢死；最后才是接受现实：这就是命。直到现在她才恍然大悟：其实上帝已经赐给她一个孩子——一个只会变得更老而永远不会长大的孩子。

后院的草地上，小马克浑身湿透，一路疯跑疯喊，嗓子已经嘶哑。阿丰让他进屋喝口凉水歇一歇。在进厨房之前，阿丰脱下他们湿透了的T恤衫，搭在屋外阳台上晾。进门时他们都赤着膊，身上滴滴答答地淌着水。

阿丰身上的肌肉很发达，三角肌和胸肌硬如岩石，被阳光晒得黝黑的皮肤上，汗珠和水珠在闪着亮。他从冰箱里取出两瓶冰水，出于礼貌和尊重，他把其中的一瓶递给了蕾恩。没料到蕾恩唰地退后一步，猝然从餐桌上抓过一把裁纸刀，指着自己的胸口，大声呵斥道："再过来一步，我就扎死给你看，你信不信？"

马克虽然不知道蕾恩在说什么，但却被她狰狞的神情吓住了，惊天动地地号哭了起来，谁也哄不住。阿丰只好抱着他一路踢踏着上楼进了他的房间。

楼下厨房里，菲妮丝把母亲搂在怀里，拍打着她的脸颊，含含混混反反复复地安抚着她："别怕，没人会害你。真的，没人，真的……"

乔治站在厨房台子边上，听着楼上他的孙子在歇斯底里地哭喊着，几步之外站着他不可理喻的丈母娘。他夹在中间，不知所措，突然就觉出了自己的老。

那天下午，阿丰带着马克搬进了附近的一家旅馆，后来凯蒂也跟过去了。剩下的假期里，他们再也没有回到家里住。乔治去旅馆看了他们几回，有时和菲妮丝一起去，有时一个人。

"松林"的名字第一次出现在他们的谈话中，是凯蒂一家回日本的当天晚上。"那是多伦多最好的长期护理设施之一，尤其擅长护理阿尔茨海默症病人。香港人投资的，护工大多能讲中文。有中文食谱，中文娱乐节目。"乔治的口气像在作报告，对事实了如指掌，"低收入的人，可以申请政府补助。离我的诊所只有两条街，探视起来很方便。"

乔治的声音像隔了一层膜似的，一会儿清楚一会儿模糊，遥远而支离破碎。"排队的人很多，我可以找找关系插个队。"

一场营销宣传，脚本写得好，也排练得当。菲妮丝感觉脚有点冷，白天积攒的暑气已经被夜风渐渐销蚀。

从小开始，只要脚不暖和过来，她就无法入睡，母亲总是把她的脚窝在自己的两腿中间。那是世上最幽深柔软湿润的天堂，禁果在那里催熟，生命在那里怀胎，生意在那里成交，权力在那里换手。那是狂欢的土地，幽密的国度。可是母亲竟然摒弃了这些重要的用途，把这块宝地单单用在了替她暖脚这样一件无关紧要的琐事上。那个时候她真的相信母爱无所不能，包治百病。

"乔治，养老院的事，你想了多久了？"沉默了许久之后，菲妮丝发问。

5

菲妮丝坐在地毯上，四周丢满了从母亲箱子里掏出来的物件。大部分是衣物，是漂洗过多次、已经露出针脚的旧东西，只有一件深蓝色的、前襟绣了雪花的羊毛衫是新的，还装在礼物袋里——那是去年菲妮丝送的圣诞节礼物。

最好的东西要留在最后用。从小母亲就是这样教导她的。只是母亲的最后走着走着，就走到了身后。母亲是一个能把一枚铜板捏出水来的人，又酷爱整洁，从年轻到老，从来没变。此刻菲妮丝手中正拿着母亲的一副老花镜。那是从一元店买来的便宜货，菲妮丝却不得不服母亲收拾东西时的那股子仔细劲儿。母亲把镜片擦得一尘不染，两只镜脚整整齐齐相互交叠，用一角丝绒方巾平平整整地裹起来，体体面面地装进一只银色布盒中，仿佛那是一具经过了无可挑剔的清洗和防腐处理的尸首，正躺在棺椁里，等候着最后的瞻仰。

那天上床时，母亲可知道这是自己的最后一夜吗？

菲妮丝扭动着脖子，想放松一下僵硬的肩颈，眼角突然就扫进了梳妆台上的那个罐子和它折射在镜子里的影子。黄色的金属瓶身，带着银色的镶边和雕刻得极是精致的花纹。庄严而不可狎昵的美丽。和刚拿回来那天相比，罐子似乎缩小了些。时间从来不给谁留情面，甚至连死人都不肯放过。

"你想好了，要把它放在家里吗？"那天，在殡仪馆的停车场，乔治这样问她。

她点了点头。

回家的路上他们都很沉默，因为他们中间多了一样东西。乔治觉出了空气的厚重，就打开他那边的车窗透气。暮色渐起，太阳和一轮满月同时驻留在天穹上，彼此遥遥相望，神色暗淡慵懒。这样的天穹，也算是难得一见的奇景。菲妮丝把罐子紧紧抱在怀里，仿佛在替母亲焐暖。想了想又忍不住好笑：母亲刚刚经过了火，烧成了海滩上那样的白沙子，她怎么还会怕冷？

把母亲带回家来，是她自己的意思，因为她还没想好该怎么处置骨灰。乔治提了几个建议，但母亲的死还太近太扎心，她听不进去。她要等待尘埃落定。直到今天她都不知道母亲心里到底是怎么看乔治的。她第一次提起乔治时,母亲非常意外——她绝对没想到她的女儿在五十二岁的时候,还要冒冒失失地踩进婚姻的陷阱。母亲和天底下所有的母亲一样,在女儿还年轻的时候,催过很多次婚。但在最近几年里,母亲渐渐不再提起这个话头了,菲妮丝就知道母亲已经接受了母女相依到老的现实。

当最初的震撼终于渐渐平息,母亲有机会深入了解乔治的为人时,她的脑子已经溃不成军。母亲对菲妮丝的婚事到底持什么态度?是完全的祝福?还是彻底的反对?抑或,是祝福和反对中间的某种含糊姿态?这个答案现在藏在那个金属罐子里,结结实实地密封着,成为菲妮丝恒久的猜测。将来有一天,会随着母亲永远埋入泥土之中。

母亲带去坟墓的,还有什么秘密?

在最后三年里,蕾恩的脑子就像是一个出了故障的照相机镜头,不停地变换着焦距。除了偶尔几个转瞬即逝的清醒时刻,大部分情况下镜头里出现的都是一长串模糊不清的画面。随着时间的流逝,清醒的时刻变得越来越稀少,难得一求。

刚把蕾恩送去养老院的时候,菲妮丝还特意交代护工:假如遇到蕾恩头脑清醒的时候,一定要给她打电话,她要和母亲说话。护工也曾给她打过几次电话,但时间总是不对,她不是在上课就是在地铁里,没有手机信号。那几次珍贵的时机就这样浪费了,成为她生命中永久的遗憾。

后来菲妮丝在蕾恩的房间留了一个记事本,让护工提醒蕾恩有什么念头就赶紧写下来。菲妮丝查过记事本,发现上面一片空白,连个标点符号都不曾留下。沉默也是一种态度:母亲对这个世界完全无话可说。

菲妮丝急切地想和母亲说上话。说上话是一种委婉说法，其实她只是想解释，像任何感觉亏心的子女那样：其实，因为，所以，希望……她只想赶在死神把固若金汤的面纱裹上母亲的脸之前，能和她有一次清醒的对话。可是母亲没有给她机会。死神的面纱尚未落下，母亲已经蒙上了别的面纱。早在她的身体消亡之前，阿尔茨海默症已经封住了她的灵魂，挡住了任何思维的亮光。五分钟啊，请给我五分钟，我只要告诉她一句话。一句话就行。菲妮丝恳求上帝，尽管她不知道她是不是真信有这样一位上帝。那份急切有时能在半夜将她惊醒，一身冷汗，浑身肌肉酸疼，可是她的声音终究没有抵达上帝耳中。

自从母亲搬到养老院之后，除了偶染风寒身体不适之外，菲妮丝每个周六的下午都是在"松林"度过的。大多都是她一个人去，因为在工作日里，乔治会时不时自己步行到"松林"和蕾恩一起吃午饭——他的诊所离养老院只隔两条小街。"一起"的说法并不准确，事实上他们仅仅只是在一个房间里吃饭而已，并没有"一起"，因为他们之间基本没有对话。

菲妮丝来的时候，母亲有时认不出她。即使认得，母亲也会很快昏昏入睡。菲妮丝坐在母亲床边，有时看书，有时批改学生的作业。房间里弥漫着母亲的呼吸声，沉沉的，松弛的，陈腐的，听得出年纪。很奇怪，那催人入睡的声音却让菲妮丝感觉安心。

有一次，菲妮丝看书看得迷瞪了过去，猛然感到有人在触碰她，一下子惊醒了过来。睁开眼睛，发现母亲正俯身看着她，轻轻地抚摸着她的脸颊。母亲的手拂过她的肌肤，带着一股久违了的温柔和怜惜，她突然觉得自己是浸泡在羊水里的胎儿。

"可怜啊，怪可怜的，囡囡。"母亲呢喃地说。

眼泪猝不及防地涌了上来。在那一瞬间，菲妮丝几乎相信上帝真的给了她那个时机。

"妈，我没有丢下你不管，你知道吗？"菲妮丝紧紧抓住了母亲的手腕，母亲疼得哼了一声。一股茫然的微笑漾过蕾恩的脸，唰地冲去了所有情绪残留的痕迹。她含含糊糊地咕囔了一句什么话，半晌菲妮丝才明白过来是什么意思。

"呐，该死，我来晚了，真真该死。"蕾恩说。"呐"在温州话里是对母亲的昵称。

菲妮丝立刻知道那个心灵相通的时刻，已经转瞬即逝，成为过去。

后来回想起来，那个下午既令人心碎，也让人欣慰。心碎是因为母亲最后的念想里装的不是自己，欣慰是因为母亲终于要见到她自己的母亲。

三周以后的一个早晨，菲妮丝和乔治被一阵尖利刺耳的电话铃声惊醒，他们同时从床上跳了起来。"袁·怀勒太太，你母亲昨晚在睡眠中去世了。"松林养老院的值班医生说。

医生还告诉他们先前发生的一件事：前一天下午，护士长带了一名新来的男护士到蕾恩的房间探访。每次来新员工，养老院都是以这个方式让他们熟悉情况的。蕾恩看见这位新护士，情绪突然激动起来，想从房间里逃走。没逃成，就把自己锁进了洗手间不肯出来，直到护士长把和蕾恩最亲近的小杨护士叫过来，才控制住了局面。

小杨护士是养老院的秘密武器，她手里似乎捏着一根神奇的线，像木偶师傅牵制木偶似的掌控着蕾恩的情绪。她温言细语地把蕾恩安抚下来，向她保证那个男护士以后再也不会进入她的房间，蕾恩这才肯开门走出了洗手间。这一天后来太平无事，吃晚饭时蕾恩的胃口不错，睡觉前还看了一个半小时内容轻松的电视节目，看不出有任何异常。

第二天清晨，早班的护士来到她房间想叫醒她起床梳洗，准备吃早餐，这时才发现她已经没有生命指征，全身冰凉。

6

箱子里有一件母亲常穿的居家便袍。菲妮丝拿起衣服，手突然停住了，因为她注意到口袋里露出一样东西。掏出来，是一个烟盒大小的黑色金丝绒首饰袋，一条丝带系成一个结子，将袋口收紧。母亲去养老院的时候，是菲妮丝亲手帮她打点带去那边的随身物品的。这件东西看起来眼生，是母亲在她眼皮底下塞进箱子里的私货。

菲妮丝解开丝带，一只瓶子从布袋里滑出来，落到了她的掌心。瓶子是由浅棕色不透光玻璃做的，看上去很有些年份了。瓶身的形状是一个曲线婀娜的女体，贴着一张已经残缺不全的印刷品商标，上面印着几个缺胳膊断腿的字，看起来像日语，背景是一丛褪得看不出颜色的樱花。那樱花在新的时候可能是粉色的。菲妮丝把瓶子举到台灯跟前细看，就看见玻璃内壁上残留着一些已经结晶的粉末。

可以拿去给阿依莎看看。菲妮丝心想。阿依莎现在是两个孩子的母亲，在一个医疗化验室里当化学分析员。等她歇完这轮产假回到单位，她应该能查出这瓶子里装的到底是什么东西。

布袋里还有一些别的东西。一个工商银行的储蓄本，最近一次更新的时间是在六年前——那是母亲前次回国的日期；还有两张颜色泛黄的黑白照片，角上已经磨起了毛边。

第一张照片上是一个三十多岁的男人，穿了一件浅色衬衫，衣服平平整整地掖在卡其裤里。他坐在一块假山石上，腿上摆着一本翻开的书。她一眼就认出来那是她的高中英文老师孟龙。

她第一次看见这张照片，是在他的宿舍里。当时这张照片压在一块被茶迹染得变了色、堆满了书籍和笔记本的长方形玻璃板下面。现在再次见到这张照片，菲妮丝似乎被一道强光刺中，不由自主地眯了一下眼睛。时隔四十年，他的魅力依旧伤人。

1970年春天，在那趟被老天施了咒的行程中，她们（她和母亲）失去了孟龙。回到家，母亲耗尽了最后一丝力气，把伤心欲绝的菲妮丝——那时她还叫袁凤——调养过来，让她把没剩几天的高中课程读完。母亲把所有能让她想起孟龙的物件都藏了起来，菲妮丝只是没料到这么多年里母亲自己居然还存着他的照片。记忆如潮水般凶猛地涌过来，差点把她卷走。这张她以为早就在无数次搬迁中丢失了的旧照片，竟然让她猝然泣不成声。眼泪完全是意外，这些日子里她的泪腺已经在情绪的荒漠中耗干。

等到情绪渐渐平复，她才拿起第二张照片。上面是个眼生的年轻女子，穿着一件护士服，双手叉腰地站在一家门面看起来有些寒酸的医院门口，脸上虽然挂着一丝微笑，眼神却是忧郁的。菲妮丝翻过照片，发现背面有一行写得歪歪扭扭的字，字迹已经模糊："袁春雨摄于五里野战医院，1945.3.5."

菲妮丝觉得身上有一丝麻痒，仿佛有一只蜘蛛，正慢悠悠地从脊背一路蠕爬到她的后脑勺——这是一个人看着一桩隐秘在眼前展开时的惊悚感。她一直以为母亲一辈子就是妻子就是娘，她从来不知道母亲竟然在野战医院工作过。没有人，包括父亲，包括母亲，甚至包括梅姨，跟她说过这事。她好像毫无准备地一脚踩到了母亲的蚌壳上。里头藏着珍珠吗？

此刻她手中就捏着这枚蚌壳。兴奋尚未衰减，疑虑接踵而至。她有些害怕。母亲愿意她来窥探吗？蚌壳一旦撬开，就再也无法合拢了。从无知到知情是一条单行道，一旦进入知情，没有人可以再退回到无知。

这时电话铃惊天动地地响了起来，把她从沉思中震醒。是乔治跟她报平安。他已经到了维多利亚并入住了旅馆。会议场地就设在那家有名的费尔蒙特太平洋皇家旅馆，梦幻般的海港景致，真希望她在身旁。菲妮丝半心半意地听着，茫然地问了一声天气还好吗。他回了句什么，她听是听见了，却没入脑。一只耳朵进，一只耳朵出，就像母亲从前说她的样子。

乔治觉出了她的心不在焉，就转换了话题，问她在干什么。

"整理妈的东西，那个百宝箱，你知道的。"

"有什么新发现？"

她正想告诉他那个首饰袋的事，但是他语气里那隐隐一丝的轻飘却突然惹恼了她，她就把话从舌尖收了回去。

"没什么。"她漠然地说。

一阵尴尬的沉默之后，他犹犹豫豫地说："妮丝，希望你没生我的气。"

她能闻出千里之外他语气里的负疚。

"为什么生你的气？"明知故问。她对他的心思一清二楚。松林，他在想松林的事。把母亲送进松林养老院是他俩共同的决定，但他是挑头的那个人。与其说挑头，精心策划可能是个更准确的词。

又是一阵沉默，然后乔治说："妮丝，我只想把话说清楚了。

在家里，我们无法提供她需要的那种照顾，你不会不明白吧？"

"你是说你无法。"菲妮丝一字一顿地说。

没等乔治回话，菲妮丝就很快结束了话题："我要给梅姨打电话了，商量骨灰的事。"

放下电话，菲妮丝突然非常想喝酒。下楼走到厨房，发现冰箱里还有一瓶开了盖的朗姆酒。她倒了满满一杯，端着走到窗前。四月在多伦多是个四六不靠的季节，它只是冬天和夏天之间的一个暧昧地带。它带来的唯一一点变化迹象，就是天渐渐长了，夜色要耗费更长的时间、更大的气力，才能彻底占据天空。蟋蟀正在颤颤巍巍地试着第一嗓，但用不了多久，整个夜空就会被它们不知疲倦的喧哗声填满。它们拥有钢铁般的意志，要在世上留下自己的声音。小时候母亲告诉过她：蟋蟀只有一两个月的时光，来唱完一生的歌。

她举起酒杯，仰颈喝了一大口。烈酒从她喉咙流到胃里，然后渐渐漫延到血管和神经。最初是冰冷的，后来就成了一根火绳，将她的身子燃烧成一棵火树。她一动不动地站着，等待着那轰然一声爆响，将她炸为齑粉。

但是什么也没有发生。

现在是九点差十分。多伦多的夜晚，上海的早晨，是梅姨早饭和午饭中间的那个空当。正好给她打个电话，谈一谈母亲骨灰安置的事。还有，问一问母亲蚌壳里的那颗珍珠。

7

母亲百宝箱里的物件，促成了菲妮丝和梅姨之间频繁的电话联系。一个问题招致另一个问题,一个疑点牵扯出更多的疑点,渐渐地,梅姨打开了母亲的蚌壳。梅姨挤牙膏似的往外挤着真相,每次吝啬地挤出一丁点,那一丁点就足够让菲妮丝一夜无眠。但菲妮丝心下明白,那管牙膏还远未到挤尽的地步。菲妮丝开始怀疑她这一辈子到底够不够长,还能有多少个夜晚可以消耗在失眠上,苦苦等待着梅姨最终把牙膏挤完。有一次通话的时候,菲妮丝失去了耐心,一下子把梅姨逼到了死角,梅姨就再也不肯往下说了:"有些事电话上没法说,只有见了面才能讲。"

菲妮丝把梅姨在电话上说的话讲了些给乔治听,都是些发生在她出生之前的事。母亲在世时,天衣无缝地向她瞒过了这些"史前"的生活片段。母亲瞒得那么紧,就是为了让一个孩子的童年记忆,始于一张无瑕的白纸。梅姨填补了菲妮丝记忆中的一些空缺。在向乔治转述的过程中,菲妮丝不知不觉地混淆了时间线,夹杂进了自己凌乱的童年记忆——那是发生在其后的事。乔治的震惊是双重的:事件本身,还有叙述者的语气。菲妮丝说话时的神情带着一种置身事外的冷静,乔治看不见岩石里裹着的火山。至少在当时。

"我从来不知道她做过护士。五年,整天面对脓血伤口,怀里躺着奄奄一息的士兵。小时候,我亲眼看见她连破一条鱼都要背过脸去。"她淡淡地说,仿佛那是发生在别人家的事。没有揪心的惊讶,没有眼泪鼻涕式的伤心,更没有想从他那里讨取安慰的意思。毫无预兆地失去母亲,又毫无准备地遭遇真相,在这样的双重夹击中,她看起来依旧是一个披戴了全副盔甲、镇定有序、刀枪不入的人。他给她勇士般的自我克制找到了一个解释:她是在转述一个二手故事,强烈的情绪在重复走了两段同样的路程之后,已经得到了缓解和消耗。

但是直觉上他觉得她的情绪里一定还隐藏着某个缺口,这样的冲击不可能不留下伤痕。这个猜测让他渐感心神不宁。

"妮丝,假如你把她的故事写下来,可能会……"

可能会帮助你驱逐心魔。这是他想说的话,但是他没说。

有天晚上他醒来,发现菲妮丝这边的床空了。时值凌晨三点。他一个个房间找,最后在地下室的洗衣房里找到了夜游者。

从半截窗口照进来的朦胧光亮中,他看见了一团影子和一个闪烁的红点,是菲妮丝坐在一个倒扣在地上的脏衣篓上抽烟。据他所知,菲妮丝从不抽烟。她的烟一定是从他的公文包里翻找出来的。

他打开灯,她吓了一大跳。她的身子藏在睡衣里,几乎缩小了一圈。她的嘴角颤颤地下垂着,输给了地心引力。那一刻她身上隐隐散发着一股失败者的气息。

她丢给他一个扭曲了的微笑。"这是在地下室。"她说。他立刻听懂了这句话里隐藏的苍白辩解。

菲妮丝一直很讨厌抽烟的人,尤其是那些在室内抽烟的人。有一次他邀请一位学生时代的旧友到家里吃晚饭,饭后两人溜到阳台上随意点上了一根烟。那不过是两个中年人企图重温少年旧习的幼稚举动而已。菲妮丝气急败坏,客人前脚刚走,后脚她就把乔治骂得体无完肤,嘴里吐出来的那些话,连屋里的墙壁听了都脸红。那天她的举止像推土机一样温婉,是个彻头彻尾的悍妇——那是一个乔治完全不认识的菲妮丝。后来他们好多天都不说话。这是他们婚姻生活中维持得最久的一场冷战。

此刻他知道她心里明白他还记得那天的事。她需要长城一样坚固的防守,才能为她自己在室内抽烟的行为作辩护。可是他没那么小心眼,他不想在这种时候让她难堪。

"你早上有课,赶紧回来睡觉吧。"他说。

她在水泥地上掐灭了烟头,挣扎着站起来。坐得太久了,腿发麻,她只能斜靠在洗衣机上,等着腿上的针刺慢慢消失。

"什么话不能电话上说,非得要见面?"她问他。一个实实在在的问题,需要一个实实在在的回答。可是他没有答案。

他们回到了床上,可是他再也睡不着了。那个在黑暗中一明一灭的烟头,在他的心中烧出一个个小洞。她的呼吸声充斥着他的耳朵,尖细的,棱角分明,一环扣一环,扯得很紧。她也丝毫没有睡意。

"要不你干脆请一学期的假,或许写点东西,回趟家见见梅姨?有的是代课老师,一抓一大把,你又不是把人家晾在那里。"他转过身来面朝着她,一条腿圈绕在她的腿上。在蕾恩去世之前,尤其是在菲妮丝取回那个百宝箱之前,他们时不时就是以这个姿势入睡的。可是今天,这个姿势让他感觉陌生。

她没有回话。她已经在心里盘算着怎么给学校的董事会写信。出于个人原因,申请停薪留职。六个月,从今年九月到明年二月……她前一次回国是六年以前,说是度蜜月,但她带上了母亲。

是的,是时候了,她该面对面地和梅姨坐下来,一直坐到梅姨把那管牙膏挤到尽头。

第二章 | 一枚军功章，
一个呆头，
和一副永远饥饿的肠胃

乔治发给菲妮丝的电子邮件，
2011年10月20日，美东时间20:17。

亲爱的妮丝：

飞机上你有没有睡？

今天下午阿依莎带着她女儿来诊所做听力筛查，小丫头听力正常。没见到婴儿艾瑞克，他跟外婆待在家里。菲妮丝二世已经上学了，新来的秘书丽莎说她是一个长着三张嘴的小淘气——除了她自己的那一张，她把她爸她妈的嘴全用上了。想象一下菲妮丝二世长到十八岁，穿着剪了破洞的牛仔裤行走在喀布尔街道上，滔滔不绝，口吐莲花的样子。她一定要知道菲妮丝一世的去向。我就拿了一本世界地图，给她指出上海的方位，告诉她那是四小时以后你会抵达的地方。

阿依莎告诉我：你妈留下的那只玻璃瓶里的粉末是高锰酸钾，是一种消毒品。阿依莎的日本同事告诉她：瓶子上的商标是某种香水，和瓶子里的粉末无关。很奇怪你妈怎么会留着这样一件东西。不过那个瓶子的确很漂亮。

我快要看完你手稿的第一章了，就是那个关于饥荒和你父亲的章节。那不是一个轻松的故事，读这样的故事时需要一点心理准备。这个我们以后再细聊。

但愿时差不会太打扰你,也希望你住的地方环境干净,食品不至于太糟糕。

你的老乔治

菲妮丝发给乔治的电邮,
2011 年 10 月 21 日,北京时间 22:17。

乔治:

安全抵达。梅姨叫了司机来接我。招待所离梅姨住处只隔半条街,饭食还过得去,不贵。

飞机上一眼都没眯,有个婴儿哭了一路,我耳朵到现在还疼。原谅我前言不搭后语,我现在立马就要上床,希望能睡到世界末日。起床后做两件事:一是买一张手机卡,二是见梅姨。我不敢想象她会告诉我什么。

妮丝

乔治发给菲妮丝的电邮,
2011 年 10 月 21 日,美东时间 23:48。

亲爱的妮丝:

没给你房间打电话,怕吵醒你。你一拿到 SIM 卡就马上告诉我你的手机号。

已经读完你手稿的第一章。每一个在婴儿潮中出生的人,都有一个艰难的人生故事，可是你的往事，尤其是那次林中的经历，老天爷，真是把我惊到了。

我知道你写英文时总觉得不能完全自如。在订机票之前，你一直藏着手稿不愿意给我看，是不是因为这个原因？但不要为这事分神，你的故事内核和叙述方式都是清晰而有力的。有些用词和比喻有点问题，滥用逗号几乎是你的怪癖（这已经是很客气的说法了）。但是总体来说，我感觉挺好的。假如我们能找到一家出版商（对此我有信心），会有专业编辑团队来修正这些小问题的。现在你只需要相信自己，把最真实的想法倾情道出。

顺便说一声，我喜欢你处理视角的方法。你把故事从第一人称叙事变为第三人称，这样在观察人物时，你就有了距离和自由度。也可以说，就具有了上帝的视角。

我附上了草草订正过的第一章手稿。假如你在上海有空，想继续修改的话，或许有用。

爱你的乔治

另：你母亲有亲戚和朋友吗？在你笔下她显得非常孤单，与世隔绝。

乔治的电邮附件：
菲妮丝的手稿《饥饿》。

1

她出生时的小名叫阿凤,因为母亲春雨怀胎七月的时候,梦见了一只凤凰栖息在他们家门前的桑树上。

她不信母亲的话,因为她曾多次问过母亲梦里的凤凰长的是什么样子,母亲说不上来。母亲给她起这个名字的动机并不难理解——她只是想女儿有大出息。"林中有百种鸟,可只有一只凤凰。一林子的鸟,都得拜这一只凤凰。将来有一天,你要做这只凤凰。"母亲对她说。

1960年她七岁,上了小学。母亲不上班,从小一直把她带在身边,所以她上学之前没进过托儿所,也没上过幼儿园。七岁很重要,因为从那一年开始,她才从野猴子渐渐进化为小文明人儿。学校有个规定,所有的学生必须使用全名,于是大家就叫她袁凤。袁是母亲娘家的姓。在她出生之前,她父母就已经说定了:头生的孩子随母姓,后边的孩子随父姓。这也是母亲告诉她的。对袁凤来说,这是一件"史前"就定下来的事,她没在场,无法确定真伪。父亲姓王。可是父亲的姓却连个影子都没用上,因为他们后来就再也没生下别的儿女。

袁凤不信母亲说的这个话,就跟她不信母亲先前讲给她听的那个凤凰梦一样。街上随便找个长着两条腿的人都明白:父亲是不可能跟母亲达成什么协议的。父亲跟谁也不能,因为他压根没这个本事。

再后来,两生两世之后,袁凤来到了多伦多,给自己起了一个英文名字叫菲妮丝——菲妮丝在英文里就是凤凰的意思。英文姓名次序颠倒,名在前,姓在后,她又保留了中文名作为中间名，于是她就成了菲妮丝·F.袁。她只是想入乡随俗。再后来，在五十二岁上，她嫁给了乔治·怀勒，她的名字又经过了一番整容，变成了菲妮丝·F.袁－怀勒。

现在她五十八岁了，回顾自己走过的一生，她觉得她的名字，或者说她名字的演变史，就仿佛是一条行走的河，在流向大洋的路途中，不停地捡拾起一条条支流，变得越来越肥，越来越臃肿。当然，这话听起来稍稍有点矫情，好像她生下来就有什么大洋要奔赴似的。

袁凤没有兄弟姐妹。她唯一的亲戚是住在上海的梅姨——梅姨是母亲唯一的手足。可是梅姨没有子女，这就掐断了袁凤拥有表亲的最后一丝希望。她住的这条街上，女人生娃就跟母鸡下蛋似的。她这个年纪的男娃女娃，身边都跟着一群兄弟姐妹。他们在街上窜来窜去，为一个球，一根冰棍，一本小人书，一个弹弓，一只死鸟争来抢去要打出人命。小屁孩的玩意儿，她不屑一顾。

可是，当一个人才七岁，成天价看着一场场的戏没完没了地在眼前上演，谁能甘心只当观众，不盼着参与演出呢？街上这些男娃女娃的脸，合在一块谋杀了袁凤的快乐。她看不下去，就飞也似的逃开了，独自朝家里跑去。街上有多闹，家里就有多静。家里静得可以听见灰尘说悄悄话。

她跑进门，父亲还没下班，母亲正蹲在泥地上洗菜，炉子上的火捅开了，但还没旺到可以把水烧滚的地步。她坐在台阶上，双手托腮，看着傍晚阴云密布的灰色天空，鸟儿飞成直直的一条线，她觉得心里有一个洞。

"妈，我为什么没有妹妹？弟弟也行啊。"

母亲春雨抬起一只手，抹了抹眉毛上的汗珠子，脸上绽开一朵苍白的笑："你一个人用一张书桌，也没人跟你抢碗里的饭，我还以为你乐都来不及呢。"

袁凤怔怔地看着母亲，有些吃惊，因为她从来没这么想过问题。她想说"妈，我真不在乎"，可是想了一想，还是把这话吞了回去。她的确在乎。有一张自己的书桌，碗里的饭全归自己一人，其实还是很不错的。这个灰蒙蒙的下午她突然懂得了一件事：每一样东西都有代价，她想要这一样，就得放弃那一样，不能都得。这些道理，学校的老师是不会教的。

母亲走过来，摸了摸她的后颈，揉乱了她柔软的如无形的云朵似的头发。"最好在你爸回家之前，收起你这张臭脸。他累了一整天，用不着再看你这张脸。"

你爸……你爸……你爸。他在家的时候，老鼠踮着脚尖走路，蜘蛛停止结网，谁也不敢使用腿脚和舌头。有一天夜里她做了一个奇怪的梦：父亲给封在了一个巨大的瓶子里。那里什么响动都没有，永远太平。哈哈。

"行了行了，别苦着脸啦。他们是有兄弟姐妹，可他们的妈会唱歌吗？"这是母亲的秘密武器，无比神奇，屡试不爽。袁凤的脸唰地亮了："妈，唱那个'九九'。"她央求着。

> 九九那个艳阳天，
> 十八岁的哥哥坐在河边，
> 东风吹得那个风车儿转哪，
> 蚕豆花儿香啊麦苗儿鲜……

那曲调和歌词都很欢快，几乎到了没心没肺的地步，可是母亲的声音听上去却有一丝沉重，仿佛有一样东西在坠着她往下沉。袁凤太小，还不懂这是母亲在跟女儿道歉，为没能给她生出一个玩伴，为没能给她一个轻松快乐的家，为没能躲避沉闷阴郁的命运。

"为什么是十八啊，妈？"

"你说啥？"母亲没听懂。

"那个坐在河边的，哥哥。"

"傻子，那就是一首歌而已。十八大概正好是男娃想女娃的岁数吧。"

"十八，那么老！"袁凤咕囔道。

母亲有点警觉起来，瞪了她一眼："你可不会是现在就想男娃了吧？"

袁凤满脸嫌恶地干呕了一声："妈！那几个还吃奶的娃，恶心，别叫我吐出来。"

母亲给逗乐了："都是挺好的娃，只是你的时候未到。你要想有大出息，还得读好多年书。"

可是她不想有大出息，更不想成为凤凰。她只想快快走过三生也熬不完的日子，到了十六岁，就好好爱一场，然后十七岁就死。谁稀罕十八岁？那是几生几世也走不到头的日子。

母亲太老了，母亲不懂。

母亲那年才三十二岁。可是对一个七岁的孩子来说，十八岁太老了，三十岁太太老了，四十岁已经是棺材板。

母亲比别人多一副耳朵，听得见叶子落地，鸟儿唱歌，远处的脚步声，甚至风变更方向。歌唱到一半的时候，街上若有任何响动，都能让她猝然住口，陷入死一样的沉寂。父亲在场的时候，母亲基本不开口唱歌，倒也不是因为害怕，母亲在父亲跟前从来都很自在。那是因为她想省力气——她只想把歌唱给懂她的耳朵听。父亲的世界也有门，只是那扇门通不到母亲那里。天下很大,他们在不同的轨道里行走。

父亲下班回到家,晚饭已经摆在桌子上等他。父亲一边在脸盆里洗手——那是刚结婚的时候母亲灌输给他的习惯,一边用简单的词语费劲地问袁凤今天在学校咋样。袁凤大多只是敷衍着他,漫不经心地嗯啊几声,因为她很明白:无论她说什么,父亲的回话都一成不变。"不错,乖囡。"父亲的回答是一只均码锅盖,什么锅都能盖。

分菜通常是母亲的事。先给父亲,他是家里唯一挣钱的人,然后给袁凤。父亲也不看母亲,只是慢慢地小心翼翼地从他的碗里夹出几筷子最好的菜,放到母亲碗里。母亲马上又拨回去。两人像下棋似的,来来去去好几个回合,中间短短地说上几句话,大家就开吃了。一顿饭吃得那么安静,筷子敲在碗沿上像打雷。

两个人的沉默还勉强能忍,三个人的沉默像是要爆炸。袁凤再也受不了了,三下两下吃完了,就逃到屋里,坐到书桌前,把自己埋在作业里。家里唯有那个角落,是她自己的天地。母亲没说出口的一句话,此刻正烙铁似的火辣辣地烙在她的脊背上:"用功啊,我的囡,你可要好好用功。将来有一天,你是要成凤凰的。"

2

父亲的全名叫王二娃,一听就知道是某个姓王的人家生下来的第二个男娃,那户人家舍不得(或者懒得)花钱请先生起名字,就像唤猫唤狗似的用个数目字随便打发过去了。但是除了户口本、工作证、荣誉军人退伍证和结婚证之类的重要文件之外,父亲几乎没有用过这个名字。当年他身负重伤从朝鲜战场归来,他的事迹被印成铅字出现在各样大报小报上。即使处于那样的辉煌巅峰时刻，那些崇拜他的人说起他来，也没有使用他的全名，而是称他为"最可爱的人"。

尔后时光荏苒，战争的记忆开始淡去，世上又有许多新鲜事儿风起云涌地出现，围绕着他的光环渐渐散去，他从九天之上落回到日常生活的坚硬地面。人们仿佛第一次留意到美国人的弹片在他脑子和身子上留下的疤痕：原来他不过是个连鞋带都系不好、说两句话也要停下来找词的废人。

他们对他的称呼也因此改变。最初这些变化是微妙的、遮遮掩掩的。从"大英雄"到"慢脑子"的衍变，差不多经历了六七年才最终完成，但"呆头"的绰号，一瞬间就长出了胆子，把所有的遮掩一把抹下，赤裸裸地站在光天化日之下。超级英雄顷刻跌回平地，遭世人冷眼轻看。

母亲是最后一个知道实情的。

母亲跟袁凤睡一张床。父亲偶尔会叫唤一声，母亲就过到那边去。母亲一进去，父亲的房门就喀啦一声响亮地拴上了。那是一声明确的警告，叫屋里所有爱管闲事的耳朵都合上。除了袁凤，袁凤的耳朵从来就不服管。袁凤躺在自己床上，隔壁房间里没有人在说话，但她听得见他俩的呼吸比平常沉重了些，一忽儿高一忽儿低。母亲的呻吟声压得很轻，轻到几乎没法从呼吸声中剥离。

一刻钟，至多半个小时，母亲就会回到自己的房间，头发蓬乱，颧上泛着疲倦的潮红。有时母亲会假装没听见父亲的叫声，父亲也就不了了之。头颅的旧伤让他神经麻木，他的情绪犹如扯过了劲的橡皮筋那样松泛、迟缓，很少有爆发或折断的时刻。

有一天母女两个躺在床上，母亲突然发现袁凤异乎寻常地安静,便想起她吃晚饭时就没什么胃口。"阿凤,有啥心事?"她把袁凤揽过来,觉出了孩子身上的干瘦,小小的肋骨棱角分明,摸上去几乎硌手,七岁的袁凤看上去活活就是一根豆芽。这孩子吃什么都只长脑子,她爸丢掉的全让她给捡回来了。母亲叹了一口气,那声叹息成分复杂,说不清到底是担忧还是得意。

袁凤没动也没说话。母亲觉出一丝潮意渐渐渗入她的睡衣,突然醒悟过来那是袁凤的眼泪。她向来不是个爱哭的孩子。母亲吃了一惊,唰地坐起来,问到底出了什么事。

"妈,你知道人家背后喊他啥?"为了不让隔壁的父亲听见,袁凤把嗓门压到耳语。两个房间只隔着一层三合板薄壁。

这天半夜,袁凤被尿憋醒,刚要起身,却又突然缩了回去,因为她发现朦胧的月光里有两粒幽幽闪亮的东西,像是丢失了幼崽的母狼的眼睛,忧伤,疯狂,燃烧着悲楚和愤怒。过了一会儿,等她的眼睛适应了黑暗,她才看清那是母亲靠墙坐着。一阵寒意顺着袁凤的脊梁蠕爬下来,她忍不住簌簌颤抖起来。

第二天早上,袁凤正在上算术课,母亲像个剁去了腿脚的鬼魂一样趔进了她的教室。母亲穿了一件全新的蓝色双排扣列宁装,里头翻出一片明黄色的衬衫领子。头发齐齐整整地朝后梳去,顺着耳廓掖出一道弯,弯上夹着一枚宝蓝色的塑料发卡。这是一个袁凤未曾见过的母亲,陌生,年轻,清新,略略带着一丝时尚气息。当然,这都是后来的记忆给事实涂上的腻子,那个年代的词典里其实还没有时尚这个词。

母亲的眼神让老师略感不安,他一言不发地让出了讲台。母亲的手抖得像一片风中的落叶,她从随身带来的布袋里摸摸索索地翻出了一个木匣子。袁凤坐在离讲台三排远的位置上,依旧看得见母亲的下巴有根肌肉在噗噗跳动。仿佛过了一个世纪,母亲终于哆哆嗦嗦地打开了木匣盖，扯出一件挂在绶带上的东西。

"我是袁凤的妈。"母亲先是对老师，然后对全班同学轻轻地鞠了个躬，她的声音微弱而结结巴巴。母亲一开口，就回到了原本的样子——这才是袁凤认识的那个母亲。袁凤听见血在身体里涌动，汗珠子在脸颊上发出滋滋的烫响，她恨不得此刻她已经死了，已被埋葬。

"你要是不知道这是什么东西，我就告诉你：这是一枚军功章，三等功。"那个她不认识的新母亲这会儿已经追上来了，说话的声气渐渐变得沉着，平静，果断。

"有个年轻人，才二十四岁，他是第一批被送到朝鲜，和美国鬼子打仗的。"母亲思维清晰，不再结巴，"他给派去和一群建筑工程师一起工作。这么说有点吓人，其实他纯粹就是个干体力活儿的。他们的任务就是把美国鬼子炸坏的桥梁及时修好，保证运输顺畅，把人员和物资尽快送到前方。"

"那就像是拔河比赛，看美国人和中国人谁力气更大，动作更快。美国人白天来炸，中国人隔夜修好，一轮一轮的，天天一个样。有一天，美国人的飞机来早了，是突袭，咱们的人还没准备好。这个年轻人就被炸弹打中了，弹片飞进了他脑壳里。他和另外三个战士站在河中央，水淹到他的腰眼上，他们抬着一块石头当桥桩，在河里站了一个多小时。"

"零上两度的天气，水冷得刺骨。他的脑子已经让炸弹带走了，使不上劲，管事的只是身上的肌肉。救援部队终于来了，这么说吧，他们看见的是一个死了半截的人，还抬着那座桥不肯放手。他们搬不动他，因为他已经冻成一块石头。他就是这样得到了这枚军功章的。"

教室里很安静，静得听得见一根针落地。

"现在你们当着他女儿的面喊他'呆头',你们这帮烂了心肝的童子癗!要是没有他,你们早就是美国人手下的肉碎了,知道不知道?"

呆头是温州话。温州话像天书,但"呆头"谁都听得懂。上海人说的戆肚,四川人嘴里的瓜皮,广东人叫的傻佬,河南话里的信球,用词不一样,意思都差不多。

"童子癗"也是温州话,听懂的人就不多了。上海话里有"小赤佬",北方话里有"小泼皮",意思差不太多,只是童子癗更多了一层咬牙切齿的歹毒。小赤佬和小泼皮再加上肺癗,你得有多少怨恨?

母亲把勋章放回到木匣子里,咔嗒一声响亮地合上了盖子。她朝老师瞪了一眼,仿佛他才是罪魁祸首。老师顿时矮了下去,母亲就头也不回大步走出了教室。袁凤不知道母亲有没有听到后来的响动。掌声是过了几分钟才响起来的,先是怯怯的不知所措的,渐渐地就成了经久不衰的轰鸣。

从那天起,再也没有人在学校里喊"呆头"这个绰号,至少没有当着袁凤的面,但袁凤永远不敢确定有没有人在她背后嚼舌头。闲话就像是春天的野草,纵使她有三个厉害的母亲、五枚闪闪发亮的军功章,她也没法彻底铲除。

不过时间总能摆平一切。伤害留下创口,创口总会结痂。假以时日,痂变成了茧。时光荏苒,心渐渐麻木,生活仍然继续。

3

1943年年底,父亲还没满十七岁,正在猪圈里铲肥的时候,就被强行抓了壮丁。那时战场正吃紧，国军元气大伤，征兵法跑得再急，也赶不上兵马折损的速度。父亲刚系上军装的扣子，就被派到了前线。老天有眼，这个从头到脚的菜鸟兵，糊里糊涂地打过了开头的几战，居然毫发无损。到了1944年秋，他到底没能躲得过去，子弹终于追上了他，在他的右腿上接连钻了几个窟窿。他在阎王爷门前绕了几道弯，硬是仗着求生的欲望和年轻生猛的元气，从严重感染中九死一生地活了下来，并侥幸地逃脱了截肢的厄运。

抗战结束，父亲跟部队请了假回乡探亲，这才发现村子已不复存在，家人无处可寻。他四下打探，听到了好几种说法：有人说他们已死于日本人的飞机轰炸，有人说是在霍乱大流行的时候丧的命，也有人说是没熬过饥荒，他的几个弟弟妹妹给卖到了他乡……这些说法是真是假，他无从分辨。即使他知道了确切的真相，也已于事无补，没有一种说法能帮他找回亲人。从那以后，他一生再也没有见到任何一位家人。

回到部队后，气还没喘上一口，他就被拖进了国共内战。他的营长是一位地下党员，他们连一次装装样子的仗都没打，就被营长带着缴械投降，收编为人民解放军。枪还是同一杆枪，只是瞄准的目标变了。这回他又受了一次伤，左臂被一颗流弹蹭去了一层皮。在他的戎马生涯中，这次的伤实属小事一桩，连他自己都差点忘了。

解放后，他也曾想过解甲归田，后来还是因为害怕而作罢。他举目无亲，无家可归，不知道还能不能适应军营之外的日子，对他来说那已经是一个完全陌生的世界。就在他决定继续留在部队的时候，他丝毫没有料到，又有一场战争正在酝酿之中。这一回的战争，是在别人的国家里。有天早上他刚醒来，就接到了上级立即开拔的命令。虽然换上了解放军军装，他所属的部队是国民党旧部，他们被第一批送往朝鲜战场。

到朝鲜没多久，他头部受了重伤。三个月后，送他去战场的那列火车，又送他回国，几经辗转，到了家乡温州，住进当地最好的一家医院疗伤。当他坐在病房的阳台上，沐浴着江南早晨明媚的阳光时，他不过才二十四岁，却已经经过了三场战争，替两朝政府效过力，先后挨过日本人、德国人、美国人制造的枪弹。

他在医院里住了五个月。他的医疗小组汇集了全省最灵光的脑子，专家们一致认为他的状况很难再有进一步的改善了。什么疗法、药物都试过了，就连崇拜者的来信，都不能起到实质性的作用了。这种情况之下，回家休养是唯一明智的选择。听到出院的消息，他只提出了一个要求：希望能给他安排一份工作。干什么都行，他说，只要有事儿占着他的脑子就好——假如他还有脑子剩下的话。

这事碰巧就落到了一位嗅觉灵敏的新闻记者耳中，那人就把他在朝鲜战场怎么受的伤和他疗伤期间私下说的话，大喇叭似的吹成了一篇无私高尚神圣的宣言：

我们的战斗英雄恳切地表示要继续为人类作贡献。记者说。

就是这样一篇文章，历经转载，传遍了大江南北，后来被一位中央首长看见了，传下指令，让地方政府一定要妥善安置英雄的工作和生活。

第二天早上，当护士把报纸念给父亲听的时候，他呆住了。护士们和他相处久了，都能从他的眼神里判断出他的情绪，她们猜出了他的心思。"人总得做点事吧。"他喃喃地说，下巴不安地紧板着。

"报纸也不过就那么一说罢了。再说，你在朝鲜做的事，什么样的好话不值？"她们试着让他安下心来。

战争还在继续，尽管他已不在场。作为当地首位从朝鲜归来的伤员，他的事迹在民众心中激起千层波纹。他的心愿，自然就不能当作一桩无足轻重的小事看待。市委专门为这事开了个会，讨论他的安置问题。经过一轮又一轮详尽的讨论，他们终于作出了决定：父亲最终被分派到温州城里最大的国营企业冶金厂，担任仓库管理主任。这是一个体面的虚职，没有任何具体要求。上头给他指派了一位名义上的助手，人家才是真干活的角儿。

他们还打扫修整出一幢小平房作为他的住处。那房子地处市中心，街角就有一趟公共汽车。

那天的会议上讨论的话题不仅仅限于他的工作安排，还有比工作更迫切的事情需要解决。如何让英雄顺利地从枪林弹雨的战场过渡到柴米油盐的日常之中？那是让报纸和民众都牵肠挂肚的事。归根结底，在英雄奉献了一个如此悲壮却也难免压抑的故事之后，谁不期待着一个光明愉悦的结局？

领导们深知父亲需要一个厨子给他煮一日三餐，一个护士来给他预备日常服用的药并带他去医院看病，一个老妈子来帮他整理房间洗涤衣物，一个勤杂工来给他跑腿购物，一个私人秘书给他管理薪金、票券，照应各种场面上的事。最重要的是，他身边得有一个具备永远扯不断的耐心的人，能随时随地给他当揩眼泪的帕子和装情绪垃圾的簸箕。英雄也有眼泪和情绪。

他的日常生活计划，听起来要比他的工作安排麻烦一百倍，却几乎在一瞬间里找到了解决方案。与会的成员是清一色的男人，他们彼此心照不宣地看了一眼，微微一笑，火速达成了共识：照顾他日常起居的各路人马，看起来纷繁复杂，实际上由一个人就可以胜任。

这个人就是妻子。

英雄每天收到的来信,都是以麻袋为计量单位的。市委的领导部门根据崇拜者的数量来判断,认为英雄的婚事应该是件顺理成章的事。护士们每天都替英雄处理信件,她们的声带遭遇了前所未有的严峻考验,因为她们要一连数小时地给他念信。写信的人来自各行各业,大多是年轻女子,有大学生、老师、戏曲演员、商店服务员、车间的工人、乡下种田的……在信里,她们对他掏心掏肺,有的还附上了自己的照片。千姿百态,各有风范,有人天真而直接,有人稍稍内敛,懂得委婉,但说的都是同一个意思:她们景仰他,愿意照顾他一生。用其中一位的话来说,就是愿意"给他掸鞋子上的灰"。从那成千上万颗热情如火的心中,挑出一颗最火热的心,应该不是什么九天揽月的难事。

可是英雄却很快叫他们明白了什么叫作一厢情愿。上级经过千挑万选,定下了几个合适的人选让英雄过目,没想到英雄一口回绝。"我不认识她们,她们也不认识我。"他的回复很简短,却语气坚决,听着扎扎实实接地气,既基于常识,又合乎逻辑,叫那些脑子完好的人瞠目结舌,无话可回。领导们惊掉了下巴,医生听着,心里暗自揣摩是不是误诊了他的病情。

领导们想不出别的法子,只好让他在医院里继续住下来——那也是无奈之下的权宜之计。就在这时,一桩几乎可以用奇迹来形容的事情发生了,众人提了几个月的心终于落地。有一个女子怀揣着一张撕下来的报纸,走进了他的病房,那张报纸上有一篇关于他的特写报道。当然,当护士们第一眼看见这个女子的时候,她们还不知道奇迹正在发生。

又来了一位崇拜者,护士们心想。这种人她们见多了。但很快她们就觉出了这一位和那些人的不同。也许是她走路的样子，她的脚踩在地上扎实而轻盈，麻利地切开屋里沉闷的空气，扬起一丝清风；也许是她看他时的眼神，那眼光里带着一丝可以让暴风雨猝停的宁静。她站在他面前时神态自如而亲切，仿佛她已经认识他一辈子。那是一种母亲对婴孩、梭子对织布机的熟稔。

跟那些冲进病房、用景仰的声音颤颤地喊他"英雄""敬爱的王同志"的女子不同，这个女人连个像样的招呼都没打。她站在屋子中间，四周是沾满了水迹和蚊血的石灰墙。她近近地看着他，嘴里喃喃地说着"可怜见啊，可怜见"，眼里突然涌上了泪水。她个子很高也很瘦，皮肤晒得黝黑，骨架匀称，虽然远说不上美丽，却很中看。他的脸上绽开了细细一丝笑意，屋里的空气突然充满了电流。

护士们猛然醒悟过来她们该给人家让地盘了。不过那也只是装个样子而已，谁能挡得住好奇心的诱惑？她们离开房间，在身后关上了门，但又没真离开，都扒在门上想捎着半耳朵话，可惜屋里的声音太含混了，终究听不真切。

听不真切的只是他们的对话，声音和语气倒是能听出个大概。她的话比他多，大多是她在说，他在听，但他也不是完全沉默。时不时地，她流水般的话语中会插入他一两个字的简短回应——这已经是从他住院以来跟人讲得最多的话了。门外的人谁也不知道屋里到底发生了什么事，但她们都隐隐看到了隧道尽头的一丝亮光。

两人在房间里说了大约一个钟头的话，有问有答，都是悄声细语，夹杂着偶尔的笑声。后来他就开了门出来，缓慢吃力却又坚决地对门外那些不知廉耻的窃听者说："我要带她回家。"

上头紧急行动起来，对那个女人进行了一番背景审查。女人的名字叫袁春雨，二十三岁，家庭成员相对简单：父母双亡，跟着姐姐在上海住过一阵子。姐姐嫁给了一位级别很高的干部，可以确定政治上可靠。女人的姐夫发来一份强有力的证明，这样的证明在今天另有名称，叫推荐信。这份证明大大加快了结婚审核程序，婚礼就选在了医院的病房里举行。

市委派宋秘书长做代表参加了婚礼。宋秘书长带来了一样当时极为稀罕的物件作为贺礼：一辆永久牌 28 寸自行车。

"袁春雨同志，人民政府把王二娃同志交给你了，你可得保证替全城人民尽力照顾好我们的英雄啊。"宋秘书长热情地握着新娘的手，声气里带着藏掖不住的欢喜和如释重负。

春雨稍稍后退了一步，避开了秘书长的眼睛，扭头看着窗外盛开的粉色夹竹桃花，轻声说："我照顾好我的丈夫，政府照顾好你们的英雄。你可得当着这些人的面保证：我们要有事，你得出面管。"

一屋子的人一时瞠目，一片死一般的寂静。他们从来没听过谁敢这么直愣愣地跟市委秘书长说话，那样子仿佛是在小菜场为一只鸡或者一篮子番薯跟人讨价还价。

宋秘书长深深地看了春雨一眼，与其说是生气，倒不如说是被她逗乐了。

"好吧，我答应你。"他想了一想之后告诉她。

两天以后，英雄出院，被接到了一个全新的家，开始了一份全新的工作，一段远离硝烟的生活。

1953 年秋天，在结婚二十三个月、历经两次小产之后，袁春雨艰难地生下了一个女婴。她管她叫阿凤，她的小凤凰。

4

新婚的头几年还算太平无事，他的军功章光芒依旧，在一定程度上罩着他们远离日常生活的种种艰难。年轻的共和国尚未从战争的旧伤中复元，而北部的边境线上，又打起一场遮天蔽日的新战。

几年之后，饥荒来临，他们的太平日子就过到了头。

没有人告诉过他们饥荒的消息，收音机上没报，报纸上也没说。他们家不缺报纸，每天他们都会准时收到北京上海和当地的报纸，那是政府赠送给英雄和他家人的礼物。

假如不把标准设得太高，父亲在当时勉强也算得上受过教育。其实他接受的所谓教育，无非就是在村里上过两年私塾。这两年还得刨去收割时节，因为他得在田里帮工。后来在部队里他还上过几轮扫盲班。脑子受过伤之后，他看报纸就有些费劲。标题和图片还行，内容部分只能是母亲给他做些补充。"得给他那只空脑壳子喂些肉。"母亲对袁凤说。这个比喻用得妙不可言，因为市面上的肉食供应的确越来越紧。

"给脑子喂点肉"的想法，并非母亲自己的异想天开。上一回带父亲去医院做检查，主治医生把母亲拉到一边说："咱们的英雄出院都快十年了，可是情况也没有太大改善。"他把嗓门压得低低的，满脸愁容。"现在看来药物起不了什么作用了，你要尽量多给他点刺激，激活他的脑子。"看到母亲一脸疑惑，医生就把话说白了："你要多跟他说说话，也要尽量让他跟你多说说话。"

从那以后，每天吃完晚饭，母亲就给父亲读报。母亲和梅姨两人都读过高中，尽管没能毕业，但在那个年代的女子中，就已经算得上是凤毛麟角了。母亲一目十行地浏览过报纸，挑些有趣安全、不烧脑子的内容读给父亲听。比方说，《人民日报》上有一篇社论，批评苏共领导人赫鲁晓夫关于人民公社的错误言论，言辞虽然尖厉，但因为说的是别国的事，在母亲眼里就是安全的；《新民晚报》上有个记者写了一篇关于河南省战胜恶劣自然条件，获得史无前例大丰收的报道；温州当地的报纸《浙南大众》上，转载了一篇来自北京的关于全国钢铁产量远超目标的新闻，母亲就会把这类消息暗暗地贴上"鼓舞人心"的标签。

母亲的脑子里有一把看不见的剪子，每天在这些报纸里兜兜转转，咔嚓咔嚓地剪下尺寸合宜的消息，经过自己的咀嚼，再小心翼翼地喂进父亲的脑子。脑子也有肠胃和心脏，母亲害怕消化不良，也害怕心肌梗死，但她还是忍不住指望着某一天，父亲脑子的狭小入口，会因着日复一日的饲喂而渐渐扩充。

可怜的父亲不忍拂逆母亲的善意，尽力支撑了三五分钟，便开始走神，精神头渐渐不济，忍不住打起了哈欠。"眼皮子黏得紧，"他满怀歉意对母亲说，"兽医的话你也当真？他们给猪看病还差不多。"他毫不在意地贬损着他的医生。

袁凤在自己的房间里做作业，却架不住听见外头她父母两个放声大笑的声音。那声响刚一出口，就给一只看不见的手压住了，压成了一阵几乎听不清的咕咕低笑。医生错了，袁凤对自己说，父亲的脑子这些年里大有长进，他已经学会了，或者说，他已经重新学会了，用笑话来打发沮丧和失望。

关于饥荒的消息，温州街头巷尾的人所知甚少。不过回过头来看，收音机和报纸的字里行间还是藏了些蛛丝马迹的，比如曾有新闻提到某个地区遭遇了百年不遇的特大旱灾；又比如收音机里号召全国人民要注意节约粮米。可是母亲的神经太迟钝，理解不了那些模棱两可微妙婉转的表达方式。其实她也并非木知木觉，只是她脑子里有一套她自己的天线。她的天线与新闻语言不在一个频道上，却能无比敏锐地捕捉到街市的脉搏。街市是一个完全不同的世界。

母亲注意到的第一个迹象是粮站供货短缺。即使带着一整个月的粮票，每次也只能购买五公斤大米。米粒颜色发黄，摸上去陈腐潮湿，里头混杂着用来充填重量的沙石。煮熟之后，米饭嚼起来粗硬硌牙，散发着一股霉味，有一回一粒沙石差点儿崩掉了袁凤的一颗前牙。

有一天，母亲例行到医院取鱼肝油。鱼肝油在那个年头是珍贵的营养品，凭处方限制供应，只提供给三类人：身居要职的、身染重疾的还有战斗英雄。那天门诊部外边聚集了一小群人，堵住了那条狭长的走廊。母亲心神不宁，因为她注意到这群人的脸和关节都浮肿变形，面有菜色——那都是典型的贫血和营养不良症状。用大白话来说，就是没吃饱饭。

母亲忍不住打探了一句。有个女人用虚弱的声音告诉母亲：他们是从一百公里以北的一个村子过来的。女人没说上几句话就已经气喘吁吁。农民。母亲马上就懂了。他们没有城市户口，不能得到配给的粮食。城里人有粮票，再不济也不至于完全饿肚子。

女人还告诉母亲：他们一路步行，偶尔搭几步便车，走了两天才到温州。他们已经几个月没尝过米饭的滋味了，因为绝大部分粮食都交了公粮，现在家里连存下的番薯也快吃完了。树皮、树根、野菜甚至观音土，拿番薯拌一拌，随便什么能填胃的东西，那就是他们的三餐。

他们到城里来的目的不是看病，他们没钱，顾不上这事。女人说。他们只想开一张医生证明，说他们体力不支，干不动地里的活儿了。公社规定，这样的证明必须从市级医院开出来才算有效。更紧要的是，他们能凭那张证明买到几片不用票证的公价猪肝。他们早已经过了挑挑拣拣的地步了，如今任是什么充饥的都行，只要能挨过这一阵子，到了春耕时节，粮种就发下来了。粮种绝对不会等到下地的那一天，一到手就会先落进肚皮。爱怎么处罚就怎么处罚，人总得先活着。

有个像是个领头模样的男人走过来，冷冷地、充满戒心地瞪了母亲一眼。"省下你这口气吧，"他用喑哑的、已经没有力气呐喊的嗓音警告那个饶舌的女人，"你白长眼睛看不明白么？城里人会管你死活？我们是猪狗，田里生田里死。他们干什么？连指头都不用动一根，就有白米饭吃！"

男人的怨气很冲，拱得母亲身子一缩，便跟跟跄跄地走了，完全忘了取药的事儿。往回走的时候，母亲发现自己竟然迷了路。县前头，这是她那条街的名字，这个名字的由来是因为很久以前，温州还不叫温州的时候，这里曾经是县衙门的所在地。从县前头到市医院，再从市医院回到县前头，十年里这条路她已经走了不知道多少个来回。沿路的每一座房子每一棵树木她都认识，街上的娃子出生老人辞世，她都一一记得。而今天她竟迷失在这样一条蒙着眼睛都不会丢的熟路上。

她像中了邪似的迷迷怔怔地跑了起来，仿佛身后跟了条索命的鬼影，随时要咬上她的脚后跟。一忽儿工夫她就已经跑得上气不接下气，头发胡乱飞散，脚下蹬起一团躁动不安的尘土。那一刻她看起来如同一个疯婆子。她丝毫没有觉察到她已经拐岔了一个路口，离县前头越来越远了。

饥荒真的来了。要是不预备着点，饥荒就要神不知鬼不觉地爬进家门了。她听见自己的心思在肚腹里蠕爬。

那天她终于回到家时，已经是下午三四点钟了。女儿还在学校，丈夫还在上班。她拴上门，拉紧窗帘，跑进卧室，把冶金厂当结婚礼物送给他们的衣柜上的抽屉挨个打开，翻找那个装着军功章的匣子。那东西还在。转眼差不多十年了，匣子已经开始显出年纪，红星的角上爆出几处锈斑，颜色也变得灰暗了。

她爬上床，像只猫似的蜷成松松一团，躺在冬日的阳光里，手心捏着那枚军功章。她觉得颊上有一丝刺痒，过了一会儿才知道那是眼泪。一股巨大的宽慰浪潮似的淹没了她，她哭得稀里哗啦，浑身生疼。苍天有眼，无论她从前遭过了多少劫难，菩萨把这枚军功章送到她身边，叫她绰绰有余地得到了补偿。军功章上的尖角刺疼了她的皮肉，可是那疼也带来了欢喜和平安：只要这颗铁星星还在，她的女儿就能有一碗饭吃，哪怕是粗硬发霉的饭。女儿是她的肉中肉血中血，是她活在这世上的唯一指望。

傍晚时分袁凤放学回家，发现灶是冰冷的，火还没点上，母亲蜷成一团躺在床上，沉沉地睡着了，一只手握成一个松松的拳头，唇上挂着一丝安然辞世的人才会有的笑意。袁凤掰开母亲的拳头，发现里头是父亲的军功章。就是这东西，不久前叫她在学校里丢尽了脸，又长够了脸。

两个月后，众人都接到了通知：本来就控制得很紧的粮票和菜油票，还要收紧百分之十五。这就算是正式承认了饥荒。

家里已经有一阵子没见着肉了。有天夜里，母亲养的最后一只鸡，一只白色的莱克亨，被一个翻过篱笆爬入后院的小偷给盗走了。那小偷悄无声响，活儿干得极是利索漂亮。只有饥饿才能教出这样的绝活儿。第二天早上，母亲坐在地上，对着空荡荡的鸡窝，像条剁了尾巴的狗似的凄厉地号啕着。母亲总想把最好的东西留到最后，如今才知愚蠢荒唐，却已是追悔莫及。她的最好，到头来成了别人的最后。从此母亲懒得再去养鸡，她实在没有东西可以拿来喂鸡。

袁凤这阵子正猛长身体，一天到晚喊饿，缺油的肠胃总在惦记着吃，或者说，想念着肠胃饱足的感觉。对母亲来说，曾经复杂纷繁的家务事，如今已经简化为一件事，那就是怎么把极为有限的食品煮出一副丰富的假象。那是一个耗神费力的过程，不仅需要花时间花心思，还需要一点创造力，甚至一丝魔法。

母亲很快就学会了做最实惠的菜泡饭。她把菜汤炖得浓浓的，仔细盘算着该加进多少米粒，来充填分量。通过反反复复的试验，她发明了一百种怎样改变番薯质地和味道的方法。番薯不需要粮票，从街头小贩那里就可以买到。她在番薯里混入不同的汤汁，不同的蔬菜，调试着每样成分之间的不同比例。有时仅仅是不同的刀法，或者是不同的火候，都能翻出一种新口味。

不过煮饭就完全是另一码事了。怎么煮出喂饱一家子的米饭，是对一个女人持家本领最严峻的考验。首先要仔仔细细地洗米筛米，把米中的沙石一一挑出；米饭煮熟以后，舀出来晾在筛子上，摊成薄薄的一层，等着风干；等到米结成一颗颗硬粒，然后注入新水，再煮第二回；然后再第三回，也就是最后一回；煮完了再滴上几滴金贵的菜油，搅拌一下，才算完事。煮这一顿饭耗时半天，等到她最终把成品端上桌子时，那一锅米饭洁净、蓬松、饱满，闪着诱人的油光，能蒙住任何一副轻信的肠胃，以为真有一餐美食等在前头。

袁凤添了第二碗后，惊讶地发现锅里还有剩的。她又仔细地看了第二回，生怕是自己看走了眼。

"妈，这个月我们涨粮票了吗？"她的手停在半空中，不敢再盛第三碗。

母亲嗯了一声,打住了这个话头。同样的米,煮出三倍的分量,有人会说这是骗局,也有人会说这是魔术。真相到底是什么?真相是水,流到哪儿就成了哪儿的形状。袁凤用不着知道那么多,就让她再做会儿孩子吧。母亲含含糊糊地笑了,把锅里剩下的米饭全部倒进了袁凤碗里。

饥饿在一天中教会人的本事,太平年月里二十年也学不会。母亲溺爱地看着女儿打了个响亮的饱嗝,脸上闪着饱足的光亮,一股欢愉温温热热地涌上心来。当然,肠胃很快就知道,那饱足是一层薄纸,一戳就穿。

过了一会儿,母亲正要结束"给脑子喂肉"的课程时,袁凤上完街角的公共厕所,悄悄地走进屋来,默默无语地站在昏暗的灯影里。

"今儿没作业?"母亲觉出了那份沉静里的重量,从报纸里抬起头来,好奇地问。

袁凤避开母亲的眼睛,低着头,脸上浮起一团愧意和恐惶。"妈,我有点不对劲。"她期期艾艾地嘟囔了一句。

母亲放下报纸,定定地看了她一眼,突然有点担心起来:"你咋了?"

"我刚刚吃了两碗半米饭,怎么又,又饿了。是我胃不对劲,对吧?"袁凤问母亲,声气里充满了对身上那只贪得无厌的器官的轻蔑和厌恶。

一股尖锐的刺痛把母亲的心扭成了一个结。她走过去,近近地站在女儿面前,满心负疚,哑口无言。她不能跟女儿承认真相,她知道她还会继续撒谎。

"雀子。"

父亲的声音冷不防吓了她们一跳——她们以为他早已在单调的读报声中眯瞪过去了。

"雀子，"他含混地重复了一句，"他们都去打雀子，老程和大杨，打来吃。"

老程和大杨是父亲冶金厂里的同事。

"天爷，那东西都不够塞你牙缝啊。"一想起雀子在嘴里的感觉，母亲几乎想吐。

"那也是肉。"父亲面无表情地说，"气枪，我去，打。"

5

第二天是个星期天，父亲要去林子里打雀子，母亲让他带上袁凤。

"你最好带上闺女。这个书虫子，得出去透透气。"母亲说。但袁凤明白这不是母亲的真心想法。这个时节正是温州的雨季，天气说变就变，母亲要待在家里把这一星期攒下的脏衣服洗了。她不放心让父亲一个人出门，尤其是到她眼力够不着的生地方去。

没人问袁凤是怎么想的。袁凤并不情愿出这趟门，倒也不是因为不喜欢林子。她没去过几回林子，母亲通常把她拴得很紧。她只是有些怵那个母亲推到她身上的随行人。他不说话时的压抑，还有他说话时的结巴，她不知道她到底更怵哪一样。

他们吃了早饭就出门，快走到瓯江边上时，她才渐渐地兴奋起来。瓯江是城里最大的，也是唯一一条历经迂回辗转之后通往大海的河流。这条河是小城走到外边世界的唯一通途，火车飞机都还是很多年之后的事。他们实实在在地走了三刻钟的路，才终于到了码头，就在一条长凳上坐下来，等候渡轮。

早晨的阳光年轻热切，在江面上跳跃戏耍着，把水分成一明一暗、相互较劲的两半。离他们近的这一半，是一汪明亮的蓝；离他们远些的，则是沉沉的灰，那分界线像刀劈出来似的凌厉分明，叫人看着惊心。水面上行驶着各式的船，舢板，机帆船，乌篷船，运人的，送菜的，载南货的，来来去去，络绎不绝。明艳的阳光里，岸上的人时而能看清艄公的脸，饱经风霜，眉目紧蹙，仿佛肩挑着全世界的重担。

水面大体是宁静的，偶尔有风骤起，便有些潜流将烂菜叶、死鱼和水禽的尸体翻上来，一路漂去，直至眼目不及的陌生之地。河流宽阔，水载着生命也载着死亡。袁凤怔怔地入迷地看着，心里想着水和天相遇之处，是个什么样的世界。

终于等来了渡轮。码头上等船的人里，有挑着装满了货的大箩筐的贩子，有怀抱婴孩的母亲，也有回家过周末的住宿学生。船太小，载不下，原先排着队的人群就乱了，谁都想往上挤，因为下一班渡轮还得等一小时。

父亲把水壶挂到袁凤的脖子上，蹲下身子，把脊背亮给女儿。"上来，你。"他说。袁凤的脑子唰的一片空白，过了一会儿才醒悟过来父亲是要背着她走。她一下子回想起三岁，或是四岁，那年的国庆节，父亲把她扛在肩上，好让她看见游行的队伍。那情景恍然已如隔世。她已经跨过了浑然无知的那条线，走到了似懂非懂的边缘。一股热潮泛上了她的脸颊，她有些难堪。

"靠你自己，挤不进去的！"父亲嚷道。她还来不及细想，就已经跨到了父亲的背上，双手不知不觉地环绕着他的脖子。尽管头受过伤，父亲的骨架还依旧强壮。她能闻得见他没洗过的头发上混杂着香烟和机油的味道。头发能泄露一个人多少秘密？袁凤惊奇地想。这气味给她带来了意外的、从未感觉过的亲近。就在那一刻,八岁的她猛然领悟到气味和语言,甚至沉默,都是一扇门,能把人带进另一个人的心里去。

父亲背着她,肩上斜挎着装着气枪的麻袋,用手肘默默地顽强地在人群中开路。渐渐地,密集的人群裂开了一条缝,给他让路,因为他们注意到了他身上那件摘除了领章、已经洗得露出针脚的旧军装。它冷峻地严肃地提醒他们:战争尚未走远。

父亲身高几乎一米八,在身材通常矮小的南方人中间几乎是个巨人。他被抓丁离家入伍的时候还是一根豆芽菜。就在那些磨穿了无数双布鞋的长途行军中,在无数个饥寒交迫露天宿营的夜晚,在一次又一次战场上遭受的枪伤中,父亲神奇地完成了他的成长发育过程。

父亲走路的时候,总是有意佝缩着肩膀,仿佛在为自己的高大身躯向世界致歉。在父亲的背上,袁凤觉得自己生出了另外一双眼睛,发现了一个新世界。人一下子高了,岸边的那些房子似乎扁了下去,水的颜色深了一层,天矮了些下来,仿佛稍稍努力一下,她伸手就能拽住一角飞过的云彩。

父亲一颠一颠地走着,袁凤有些头晕,就记起了母亲有一回说的话。那次是她埋怨母亲管得太严、不许她带同学到家玩。"你长大了看事儿就不一样了。"母亲说。大人的世界真是不一样。趴在父亲的背上,袁凤仿佛窥见了大人世界的一个小角。光看一个角,她还说不上是不是喜欢。

上了渡轮,父亲就把她放到一个能伸腿的角落上。马达恨恨地咳嗽了一声,渡轮就动身了。很快速度就上来了,船头把水劈开,两边涌上一团团汹涌的泡沫。瓯江被船扎破了,流出白血。袁凤暗想,忍不住被自己野马般的想象给逗乐了。船身突兀的震动惊醒了船上的婴孩，他们一个接一个惊天动地地哭将起来，母亲们手忙脚乱地拍哄着，全然无济于事。船尾有一笼子的鸡，死命挣扎着想逃脱拴在脚上的草绳，疯了似的扑扇着翅膀，扬起一片遮天蔽日的羽毛和飞尘。

"爸，我沉吗？"看见父亲眉毛上聚集的汗珠子，袁凤在嘈杂声中大声地问。

父亲摸出火柴盒，颤颤地想点火抽烟，却没点成。袁凤就帮着点。风渐渐大了，火苗抖抖的，扑闪了几下，终于定住了。父亲狠狠地吸了一大口，又喷出去，一串小圆圈越升越高，渐渐变大变肥，最终消失了。

"没你妈沉。"父亲恍恍惚惚地说。

"你背过我妈？啥时的事？"袁凤的好奇心一下给挑了起来。

父亲有点迷瞪，仿佛在一条不知所终的记忆长廊里死命搜索，终究一无所得。他没回袁凤的话。父亲的脑子永远在清醒和迷糊之间穿梭往返，她永远也弄不清楚父亲说的话，什么时候该相信，什么时候该忽略。

没多久他们就到了对岸。父亲像是很熟悉这一带，两条腿敏捷地引领着他的身子和脑子，步履如风地挑着近路行走，袁凤得一路小跑才能跟得上他。他们走过一块间歇潦草地铺了路面的空地，地上盖了一排木屋，有一处客栈，一家茶馆，还有两家小吃店，零零星星地分布着，破破烂烂的，丑得扎人眼。走着走着，路面就渐渐窄了，变成了一条通往林子的土径。

"看见那儿了吗？"父亲突然在林子边上停住了，指着左边一个山丘说。路在这里拐了个弯，山丘就看得分明了，一边的斜坡已经被采石的人剥裸了皮。"山后边就是我家的村子。"

母亲曾经有一搭没一搭地跟袁凤说起过父亲家里的事，但这是父亲自己第一次提起这个话头。

"你有爷爷奶奶的照片吗？"她问。

"傻子，"父亲脸上裂开了一条笑纹，"那个时候只有城里人才会去拍照，我娘才不会把钱扔在这些花哨玩意儿上。"

袁凤一怔。在她的记忆中，无论在何时何地，父亲大概都从未说过这么长的一句话。自从上了船，他似乎就把脑子里的那一团云雾丢在河那岸了。

"我奶奶是什么样子的？"她斗胆问了一句。

父亲很久没说话，他盯着日头，眼睛被那光亮照得眯缝了起来。

"我走的时候，她让我咬破了指头。"他缓慢地说。

"为啥？"袁凤的好奇心到这时已经满得要洒出来了。

"她要我发个血誓：我一定要回家。我发了，可是她没有等我。"

父亲的喉咙里堵了一块东西，把他的声音撑裂了。有一瞬间袁凤隐隐觉得看见了眼泪，可是他的眼睛很快就变得干涩迷茫。那个灵光一闪的时刻转瞬即逝，再难寻觅。父亲的脑子就像分成了两半的瓯江水，这一半不记得早饭吃的是什么，那一半却能一路走回到十七岁。

他们进了林子，一路无话。经过多年的凶蛮采伐，树木已经稀疏了，但那枝叶依旧还能依依稀稀地挡着天，把阳光切割成一块块舞动的斑点，光亮落到这里就不再刺眼。微风窸窣穿过树叶，磨平了鸟啼声中刺耳的尖角。风带来了各样的杂味：河流、湿润的泥土还有雨后遍地冒头的蘑菇。林子是个不同的世界，它的声响，它的沉默，都有另一番风味。城里的规矩手再长，也管不到这里。

父亲挑了一个树桩坐下来,从麻袋里掏出气枪,把枪柄搁在右肩上,开始四下察看,搜寻第一个瞄准目标。

他很快就发现了十五步开外有一只硕大的鸟巢,坐落在一棵桦树开叉的地方,在茂密的树叶遮掩之下半隐半现。他开了第一枪。一群鸟儿扑扇着翅膀,惊恐万状地跃上天空。父亲的猜测没错,果真是雀子。

噗。噗。噗。

父亲接二连三地开了枪。气枪声是沉闷的,但听起来有些急。不远处隐隐传来扑通一声,有东西掉落到地上。接着又是一声。

"去找,捡起来。"袁凤还没回过神来,就看见父亲挥着手示意她去拿放在地上的一个布袋。布袋是装在藏枪的麻袋里的,父亲取枪的时候,把布袋也拽了出来。她捡起布袋,像只猎狗似的飞跑而去。一会儿工夫就转过身来,从远处挥舞着手里的袋子,气喘吁吁,兴奋不已:"三只,爸!"

她把战利品放到他脚下,依旧没缓过气来。"爸,雀儿飞得比鬼还快,你怎么打中的?"

父亲又拿出一根烟,这回不用袁凤帮忙,就把火点着了。"我是神枪手,杀过鬼子。"

"你瞄准的时候手一点也不抖,不像你捏笔和端茶杯的时候。"袁凤说。

"我讨厌笔,讨厌茶。"父亲咧嘴笑了。

"瞄准的时候,目标要是在动,你得要有提前量。"父亲解释给袁凤听。这会儿他的五官舒展,脸在阳光投下的树影里一忽儿明一忽儿暗。这是她认识的父亲吗?那个见了邻居来串门连句招呼话也说不全、饭桌上一听稍稍正经的话题就打瞌睡的父亲呢?袁凤不知道父亲为什么突然变了个样子。是因为户外的新鲜空气?是因为重新拿起了枪?还是因为离开了母亲的看管?

林子才是该喂给他脑子的肉,远比那些劳什子的报纸强。袁凤打定主意回去要告诉母亲。

"有些人生来眼力就好,是当神枪手的料,有些人一辈子就是个呆头。"父亲随意对袁凤说,一点儿也没察觉他正在使用人们在背后称呼他的绰号。就是这个绰号让母亲沦为街头悍妇,用她的口水和他的军功章,跟一群小屁孩打了一场混战。

四周死一般地寂静。所有的生灵都被枪声引起的动静震慑住了,四下躲藏。除了偶尔一两声战战兢兢的蝉鸣,林子似乎陷入了沉睡。雀子躲得很深,父亲又陆陆续续开了几枪,运气就不如第一轮了。

"就这么多啦。"父亲把气枪放回到麻袋里,系上装着死雀子的布袋口子,把布袋勾在手指头上试了试重量。"还不够塞牙缝。"他失望地叹了一口气,准备回家。

来时的兴头,到此时已经折损了一大半,他们无精打采地往渡口走去。走到半路,袁凤突然扯了扯父亲的袖子:"我们回林子,再往里走走?越往里人越少,说不定雀子多些。"

在后来的日子里,每一次袁凤回头看她走过的路,她都忍不住要诅咒这一天。要是日子可以像录像带那样回放,她多么希望可以抹去这一刻的时光。就是这个没过脑子的建议,把他们推入了万劫不复的沉沦。

6

到他们坐下来吃凉番薯窝头的午饭时,布袋里已经装了十五只死麻雀——都是在一个钟头里打的。

"你妈叫人偷走的鸡,全在这儿啦。"父亲举起已经半满的布袋,脸上泛起得意的光,那模样就像个在学校里考了好成绩、急于邀功论赏的孩子。

他们完全可以在那一刻收拾了东西上路,带上他们荣耀的战利品,在阳光下搭上渡轮回家,等着母亲准备出一顿有新鲜烤肉(或者说近似于烤肉)的晚餐。可他们偏偏没有这么做。他们对老祖宗世代相传下来的忠告充耳不闻:福兮祸所伏,月满则亏,见好就收……他们被愚蠢和贪婪驱使,打定主意不达到二十这个神奇的数字,绝不回家。

再往深里走,人烟越发稀少,树木逐渐茂密起来。古老粗壮的树根半裸在地面上,相互交缠勾连,串成一张硕大繁杂的网。袁凤看了,忍不住想起医生办公室墙上的血管分布图。

父亲举起气枪,寻找新的可以瞄准的目标,但很快就走了神,把枪放了下来,因为他看见大约二十步之外的一条树杈上,有一样像纸也像布的东西低低地垂挂下来。他们走近来,才看清那是一块床单大小的布,已经撕碎了一半,剩下的那一半上沾满了泥土和鸟粪。他们把布从树上取下来,平摊在地上,上面残留的图案突然就针一样地蜇疼了他们的眼睛:青天,白日,红土。袁凤知道这是那群人的旗子。那群人十多年前就被赶到了海峡那岸,那里是他们一退再退之后的最后据点。

从她记事起,大人就告诉过她:这是世上最脏的物件,见着了就该往上踩一脚,吐一口唾沫。但也就是那么一说而已,说过就忘了,她从没想到有一天她会面对面地站在这件东西跟前。她像就要踩上一颗随时会起爆的地雷似的,噌地朝后跳了一步,嘴里发出一声惊恐的叫喊。过了一小会儿,他们才醒悟过来:他们是偌大的一个林子里唯一的活人,这才如释重负,渐渐平静下来。便又试试探探地往前走了几步。这时就看见几步之外的乱草丛中半掩半露着一样色彩艳丽的东西,是一个拴在一只大板条箱上的、几乎已经漏光了气的大气球。

这是从海峡那岸过来的空投物资。那边的人丢了江山,看这边的日子过得紧,就想趁机来嘲弄、诱惑、争取人心。心理战,糖衣炮弹。沿海的各省,都收到过上头的警告,不可上那头的当。

即使在袁凤这样幼小的年纪,她也已经懂了:遇到这样的事,她应该用最快的速度逃离现场,然后向政府报告。可是她没有。父亲也没有。好奇,或许还有那么一丁点贪婪,就像猪油蒙住了他们的心,引着他们越来越深地走上一条黑路。这条路太黑,没有什么东西能洗得干净,连军功章也不能。

他们缓慢地、小心翼翼地朝那个摔得满身是伤的板条箱走去。箱子的木条已经在落地时震松了,他们顺着裂缝往里查看了一番,还好,里头没有藏着武器也没藏着人,死人活人都没有。老天有眼。他们暗自庆幸。

就找了一块尖角石头来撬箱盖子,没想到轻轻一撬就松开了。两人就跪在草地上,一样一样地翻看里头的物件。先是一叠一叠的印刷品,有宣传画、书籍、明信片、小册子,用的都是学校里已经不教了的老式繁体字。字虽然眼生,画倒是袁凤一看就懂的:女人和孩子在草地上玩耍;衣着体面的男人在灯光明亮的办公室里上班;一家子笑盈盈地围着餐桌坐着,桌上摆满了食品……一眼就看出是摆出来的架势。

"鬼扯淡。"袁凤把宣传品轻蔑地扔了,空中飘起一阵白花花的雪片。接着往下翻,底下的东西她只看了一眼,就说不得话了,因为光叫出那些名字来,就能勾起她的肠胃翻滚咆哮。袋装的大米和面粉，一包包干面和爆米花，罐装的猪油、果脯、花生油，最底下压着几十件精纺白布衬衫。

袁凤身子往后一仰，坐到自己的脚后跟上，气憋得紧，血在她耳朵里轰鸣。抵挡不住啊，她无助地败给了心底的那点渴想。天下有什么原则，哪怕是高入云天的，能压得住那样一点点低贱的渴想呢？

她抬头看了父亲一眼，父亲把头偏了过去，没接她的目光。父亲一脸茫然，毫无表情，一根隐隐发紫的筋，在太阳穴一侧蠕爬着。她看得出来他脑子里——假如他还有脑子的话——有两支军队在炽烈地交战：一支是渴望，另一支是害怕。父亲看得见两军交战，却不知道该挑哪一边站。

袁凤太小，还看不透父亲心里其实还行走着另外一支军队——那就是父亲对女儿的爱。这第三股力量才是毁灭性的，它在父亲原本就不甚清朗的心上又罩上了一层云雾，推着他懵懵懂懂跌跌撞撞地走向地狱之火，最终全军焚没。

父亲开始一样一样地规整着木箱里的东西，把那些体积太大带不走的以及商标揭不下去的物件丢弃在一旁。经过几轮挑挑拣拣，最后拿了两罐猪油，一听花生油，一包干面。这几样东西正好能塞进那只装气枪的麻袋里。然后他撕开一个米袋，用手掌舀出几捧米，把他们身上的每个衣兜都装得鼓鼓胀胀。

"爸……"袁凤的眼睛轻轻地扫过一包爆米花，又飞快地闪开了，私底里为自己孩子气的贪心羞愧。父亲没说一句话，只是把她的一个衣兜清空了，装上了满满一捧爆米花。

她掏出一颗爆米花放在手心，狐疑地闻了闻，那样子就像是一只猫在嗅一样陌生的食物。一缕香味蜿蜒钻进她的鼻孔，是海盐,是遥远的稻田,是柴火和油的气味。她身上每一个毛孔盖子都打开了,她感到了一种怪异的冲动,只想好好地打个喷嚏,吼上一嗓子。她慢慢地咬着那颗爆米花,仔细品尝着质地和味道。可是她那副几个月里只装过番薯和陈米的肠胃,却对她那假装斯文的牙齿和舌头造起了反,发出一阵惊天动地恬不知耻的呐喊。她一瞬间就把兜里的爆米花全倒进了嘴里。三下两下吃完了,眼里还有话。眼神说的是:"还要。"

"时辰不早了。"父亲终于说话。他又给她装了一兜爆米花,两人就起身走上了归家的路。兜里的东西太沉,坠得他们的步子摇摇晃晃。他们也不是没想过万一给逮住了是个什么下场,只是那一刻他们更相信运气。恐惧从来就不是饥饿的对手,古往今来莫不如此,从无例外。

"爸,等一等。"袁凤让父亲停了下来,自己反身跑回到木箱子那儿去。回来的时候手里举着一条白衬衫,一脸自得的模样。"这东西哪能不要?"

父亲犹豫了片刻,就从她手里接过了衬衫,把它穿在了旧军装里头。

渡轮准时到了,跟早上相比人少了许多,随处可以找到空座位,但他们都没敢坐下来,怕衣兜要炸开。两人眼神一撞上,就忍不住微笑起来。空气里藏着这样一个能压死人的秘密,谁还能掌得住不绽开一条裂缝?但他们都没有开口。

上岸的时候,已经过了五点。太阳还没落山,依旧在天边烧出一斑一斑鲜粉色的云霞,风扬起一股郁闷的热浪,袁凤三里之外都能闻得见父亲身上的汗臭。父亲查过了身上的每个衣兜,见纽扣都严严实实地扣着,才敢把外头的旧军装脱下来,只穿里头那件才搜刮来的白衬衫。还是热,就把袖子卷了起来。

他们并排走着，累得贼死，却乐得眉飞色舞，只想快点到家，吃一顿来世今生都忘不了的晚餐。过马路的时候，袁凤突然感觉背上有一股刺痒，回头一看，却是一头雾水，她不知道为何身后跟了一群人。那人群渐渐肥胖了起来，越跟越紧，最终在他们四周围成了一个圈，把他们的路堵死了。一个戴着一副厚眼镜的陌生男人指着父亲，撕裂了嗓门大吼了一声："你胆大包天！"

顺着男人的指头所点的方向，袁凤看见父亲新衬衫的背上，有两行被汗水浸泡得越来越明显的字：

> 消灭匪贼，
> 光复大陆！

袁凤怔了一小会儿，才明白了那字上的意思。接下来发生的事，在她的记忆中是一片雾霭。一幅幅场景相互交织，一忽儿清楚，一忽儿模糊，动作和声响混成一片巨大的嘈杂。尖叫声、鸣笛声、警车声，还有手铐的咔嗒声。父亲被打翻在地上，嘴唇磕破了，往外啐着血。他仰起脸看着她，用眼神向她默默求救，仿佛她是大人，他倒成了孩子。

"他只是个呆头啊！"她撕心裂肺地喊了起来。她觉出了嘴里的血腥味，便知道她把声带扯裂了。

袁凤最终独自回到家的时候，天已经全黑了，母亲正在门前那条路灯昏暗的小街上来来回回地行走。远远一见到母亲的身影，袁凤忍不住浑身剧烈地颤抖起来，抖得她开始害怕骨头会不会散架。母亲已经预感到了灾祸，赶紧将她一把拉进屋子，拴上了门。在歇斯底里的哭泣声中，袁凤最终把发生的事讲了个大概。当然，她跳过了爆米花那个环节。

母亲一言不发，脸紧得像块石头，但是袁凤听得见母亲的脑壳里有想法在窸窸窣窣地窜动。

"省省你的眼泪吧，待会儿有用得着的时候。"母亲最终开了口。

母亲走进卧室，一忽儿工夫就出来了，手里拿着个匣子。袁凤一眼就认出来那是装着父亲军功章的匣子。这一回，母亲都懒得拿个袋子装着，她把那匣子赤身裸体地举着，好像那是一个火把，一面旗子。

"走吧，赶紧的，去宋市长家。"母亲把袁凤的手捏在自己的手里，面无表情地说，"到了他家，你只管把眼睛哭瞎，只是别在路上把眼泪都用完了。"

袁凤跌跌撞撞地跟着母亲朝前走着，看见昏沉沉的路灯把自己的影子甩在身前，被她一脚又一脚地踩着，心里又饿，又疼，又愧。

两周之后，父亲被释放出狱，胡子拉碴，惶惶然的，见了街狗都傻傻地笑。宋市长，也就是从前的宋秘书长，在这件事上总算是帮了一手。按着他的罪，他本该判处长刑，他却幸运地躲了过去，但是他的军功章，还有他的伤残补助，都给收走了。

他沦为一介平民。

不对。一介平民是没得过勋章的人，而父亲的勋章是在大庭广众之下被褫夺了的。父亲如今比平民还低贱一等。

父亲从没说起在监狱里到底发生过什么，每次母亲问起，他总是千篇一律地说，"我，还行吧。"他再也没法坐着听母亲读报了，在家的大部分时间里他都躺在床上，或是盯着天花板出神，或是昏然大睡。现在他很少叫母亲过去他那边，可是有一天夜里，他突然冲进母亲的房间，抓住袁凤的胳膊，喑哑地咕囔道："爸对不住你啊，把你的雀子给弄丢了，我的囡。"

母亲把他拽到床上，搂在臂弯里，抚摸着他的短发。自从那次入狱以后，他就剪成了小平头。母亲最终将他慢慢地安抚下来。那一夜，他们三人睡在一张床上，母亲在中间，袁凤和父亲在两边，一张小床，挤得翻不开身，奇怪得很，倒是感觉太平安稳。

7

他们挨过了饥荒，但是父亲的状况却是越发恶化了。他怕世上一切有声有形有光有色的东西。他走路的时候佝偻着肩膀偏闪着身子，像是怕踩碎脚底下的灰尘，或是惊扰了自己的影子。他的话更少了，偶尔开口，声音则低如耳语，含混地掩盖在呼吸之中，仿佛害怕稍一大声就会冒犯了空气。他坐的时候，屁股都没敢粘在椅子上，像是怕他的体重会把椅子压塌。他听不得时钟走动的嘎啦声、锅碗瓢盆的碰擦声、门外孩子的踢球声、街上经过的脚步声，甚至袁凤文具盒的关合声。任何响动都使他惊骇，明亮的光线和鲜艳的色彩能让他缩小一圈。

这些年里，母亲已经适应了父亲的怪诞习性。母亲是水，父亲是地形怪异的河床，母亲把自己注入到父亲那曲折歪斜的河道里，顺着他改变着自己的形状。父亲下班之前，母亲会预先把广播关了，把不急用的灯关了，把嘶嘶地烧着滚水的炉灶调小了火，把袁凤的口舌也关了，省得一会儿发出声响。袁凤相信母亲要是有本事，是会把日头，月亮，风，甚至雨，都统统关闭。家里从前就很安静，现在就像是一间停尸房。

"你是要我像耗子那样过日子,就跟他一样?"有一天袁凤正在背一首唐诗,学校第二天要考试,母亲就让她别出声,改成默诵,因为父亲很快要回家。她火了,就顶了一句嘴。

"你碗里的饭,就是这只耗子带来的。"母亲讥讽地说。

"你是为了这个才嫁给他的,对不?"袁凤冷冷一笑,那语气里的刺扎得自己的舌头生疼。

母亲怔住了。平生第一回,她意识到她十二岁的女儿已经长大了,有了一双听得进风言风语的大耳朵和一条能剐死亲娘的尖舌头。但是那天母亲没回她的话。

母亲那天没回出来的那句话,在心里一藏,就藏了差不多五十年。最终向女儿显现时,母亲已经被收进了一只金属罐子里。罐子离当初问出那句话的地方不远,中间只隔了一条太平洋。

太晚啊,太晚。死神跑得太快,真相追不上。真相总是在死神之后到来。

那天晚上,临上床之前,母亲给了袁凤两张五角的票子。"去交游泳班的报名费吧,只是你练完了要立马回家,不能在外边瞎逛。"母亲一边说一边关了床头灯。袁凤已经跟母亲磨了好几个月要参加冬泳训练营,可是母亲直到今天才肯松口。

袁凤在学校里每一门功课都不错,但并不出挑。不错和出挑之间的差别说大不大,说小也不小。在这个不大不小的空间里,她就糊里糊涂地成为了任何活动中永恒的第二人选、随叫随到的替角、时刻准备着却永远用不上的预备方案。那些地方要的,都是出挑的人。

学校的作业很轻省,剩下大把的空闲时间,她大多拿来读闲书。只是手头也没什么太多的闲书可读:高尔基,马雅可夫斯基，一两本普希金和巴尔扎克，再就是几个中国名家。这就是能通得过红色筛网的寥寥几位作家，而且筛孔一年比一年紧。对她这个年纪的孩子来说，剩下的精力实在使不完，她就把它全部挥霍在了游泳上。

刚开始也不过是个打发时间的消遣而已。夏天学校里放暑假，袁凤就跟县前头街上的几个女孩子一起去一条小河里玩水凉快。那条小河叫九山河，离她家不远，她到头来也没弄明白为什么明明是一条河，却要取个和山搭界的名字。从没人教过她怎么游泳，可是她一扎进水里，手脚就顺了，仿佛在娘胎里她就会水。

除了暴风雨之后水质偶尔变浑，九山河的水几乎一年到头都是平静透明的，河道狭窄，河床很浅，从这岸游到那岸就跟玩儿似的。她很早就能游上许多个来回，且越游越有力气。她有时都怀疑自己上一辈子是不是一条鱼，尽管老师警告过她"上一辈子"是一句不该说的话。无产阶级（她觉得自己也是其中一员）是无神论者，不信上帝也不信菩萨，所以既没有"上一辈子"，也没有"下一辈子"。

她一扎进河里，就觉得手脚化成了鳃和尾巴，身子丢了骨头和重量，岸上羁绊着她的牵引力、摩擦力和地球引力，一到了水里就再也管不住她了。

水还给了她另外一副眼睛。她看见了河的蓝，芦苇的绿，河底鹅卵石的白。那些颜色都和岸上看到的不一样，它们有一股别样的纯净，像是从婴儿初开的眼里望见的新造之物。当然，老师要是听见了还会数落她："创造物"也是一个不该有的想法。

水是她一个人的世界，和岸上的那个世界不同。岸上的那个世界她得和别人分享：和一个永远让她闭嘴的母亲，和一个在不在场都没多大差别的父亲，和一个并不存在的弟妹，和一群面目模糊、她永远也辨不出差别的路人。九山河对她来说是个孤独的世界，但这里的孤独和岸上的孤独不一样，这里的孤独不是因为孤单，而是因为宁静——一个人被人懂了才会有的宁静。只有水是真正懂她的。

很快她就觉出了九山河的小，开始转向瓯江，去寻找让她心动的大世界。跟瓯江相比，九山河就是个还流口水的婴儿。她加入了少年宫举办的冬泳训练营，营里的孩子有的和她年纪不差上下，有的比她年长许多，差不多高中毕业了。就这样，一桩本来不过是夏天消暑的随意消遣，竟意想不到地演化成了常规日程。

那些年，当袁凤在水中找到抚慰时，游泳已经发展成了一种全国性的热门体育运动。本该独占鳌头的篮球、排球、足球、网球、棒球，却始终没能在全国范围内普及开来，因为球类活动需要球场、球拍、球馆，再不济，也得一双球鞋，刚从饥荒中冒出头来的人，很难有闲钱可以花在这些乐子上。而游泳的花费至多只是一件游泳衣，连游泳池都不需要。在一个水源如蜘蛛网一样纷繁密布的国家里，哪里都能找到可以游泳的地方：小溪、运河、湖泊、河流、大海。假如你是个男孩子，你甚至连游泳衣都可以省。

再说，他们的伟大领袖也是个爱水之人，已经给他们树立了榜样。这些年里，他已经多次横渡长江，并将他在水中的感受写成了一首气势磅礴的诗。很快，这首诗就走进了教科书，谱成了五花八门的音乐曲目。他那定格在照片里的明朗笑容就像是一根魔棒，瞬间把一项最不烧钱的消遣变成了全民的爱国运动。锻炼身体，保卫祖国。伟人说。你要么参加，要么反对，没有中间道路。

1966 年 7 月，快到十三岁的袁凤正在努力抵达一百次横渡瓯江的目标，而七十三岁高龄的伟人，又一次横渡了长江——那是他的第十八次，也是最轰动的一次。过后才会知道，那也是他的最后一次。这一次的横渡顷刻之间成了全国每一张报纸的头条消息。身体健康，神采奕奕，伟大的领导能力，千秋万代颂扬……云云，云云。

在多年之后，当尘埃已经落定，人们才会醒悟那次万民欢呼庆祝的横渡，其实是一个姿势、一道充满了激情却又不言而喻的动员令。一场酝酿已久、史无前例的风暴，正从地平线上渐渐逼近。这是伟人在滚滚长江激流之中发出的全民预警。别说人没事先提醒。

革命是这个世纪里的常事，每一次运动的名称里都有一个明确的目标：反帝、反封建、反修、反右、三反五反……但这次的名字相比起来有点含糊：无产阶级文化大革命。听上去不那么严峻，甚至还有那么一点点诗意。其实是一场超级风暴，需要下一个十年来慢慢消化承受。这次的革命是一把大扫帚，横扫一切，谁也别想轻易逃过。

这场革命和从前的饥荒很不一样。饥荒是静悄悄无声无息地爬进屋子里来的，可是这场革命是经过了公开宣战的。每一台广播，每一只高音喇叭，每一张报纸都大张旗鼓地说过了话。可说归说，真来的时候，母亲还是慌了神。

上一次的饥荒母亲没有准备好，这一次的革命她也是一样。不过也不能怨她，谁能真正自如地应付这样的一场风暴呢？假若非要拿出来比一比，饥荒至少还好防备些，战场只限制在厨房、炉灶和饭桌上。可是革命不挑地盘，随时随地都有可能发起狙击。一款不该有的发型，一件不该穿的衣服，一群不该结识的人，一个不该进入的话题，一丝不该有的微笑，一个不该有的父亲（或者母亲），一段不该有的过去。狙击者就等在街角，没有盲点，随时出手。

有一天母亲和往常一样去菜市场买菜，碰到一个男人一直盯着她看，尾巴似的跟在她后边。后来他犹犹豫豫地问她："我们在哪儿见过吗？"母亲狠狠地回了句"我不认识你"，菜也没买完，就飞也似的逃回了家。从那天起，革命的影子就钻进了她的夜梦里。那影子很鲜活，说不出形状，倒是有颜色。每一回的梦都是同一种颜色：血一样的红。

母亲把她的噩梦藏在心里，没告诉袁凤——她还太小；也没告诉父亲——他的脑子比从前更糊涂了。再说父亲也有他自己的麻烦事要对付。通往地狱的路是各人的，谁也不能替谁走。革命也闯入了父亲的夜梦，把他那个已经埋了很久的黑色秘密重新挖掘了出来：世界没有忘记他多年前当过国民党的兵。这段历史，再加上那件大逆不道的衬衫滋生出来的事，那是多少道理也辩不清、多少善行也洗不白的旧账。尽管他当年是被强抓的丁，尽管他投诚后对新部队赤胆忠心，尽管他在战场上多次负伤，但那也仅仅是尽管而已。他从前光辉灿烂的履历，如今招来的是怀疑和嘲讽，被一杆大笔轻轻一挥，彻底勾销。革命一开始，伟大的战斗英雄就沦落成一只谁也不屑一顾的烂苹果。

8

父亲死得很慢，他把他的命零敲碎打东一块西一块地丢失了，一路丢了几十年。当日本人的子弹扫穿他的右腿时，他们舀走了他的一勺生命力和半寸男根。而后，美国人的弹片削掉了他的一片脑子，把它留在了朝鲜。他的自尊是在别的场合丢失的：是他被打翻在地上，嘴里流着血，兜里装满了台湾白米的时候。比较起来，倒是他的骄傲丢失得最痛快：那是他在三千名同事眼前被收去了军功章的那一瞬间里，一口气利利索索地丢光的。

死亡的种子也许比这更早就已经种下了，就在他十七岁那年，当他被强行从家里带走，离开了他父亲、他父亲的父亲出生长大的那片土地的时候。他像一棵无根的植物在贫瘠的表土上浮浮地活了这么多年，这本身就已经是奇迹。

冶金厂新成立的革委会一眼就盯上了父亲这个最容易辨识的目标，但很快就懊丧地发现：他们手里那把跃跃欲试的扫帚找错了对象。

父亲被一轮又一轮地找去问话。父亲脸上挂着一丝孩子脸上常见的茫然笑容，对每一个甩过来的问题给出千篇一律的回答："大概，没有吧。"审问他的人不知道，那是父亲的恐惧神经反射。还要过一阵子他们才会醒悟：他们从这个男人身上拧毛巾一样拧出来的那些回答，不过是一串毫无意义缺失逻辑的胡话。

不过在审讯室里度过的时间也不都是浪费。这些审问过程虽然没有让谁长出什么新见识，却让父亲长了岁数。每一次从那间屋子里走出来，父亲都老了一岁。母亲这回就懒得找人疏通了，因为她既没有旧军功章也没有新泪水来给她撑腰壮胆。再说，宋市长现在也在隔离审查之中，落得比父亲还惨。

经过几个月徒劳的折腾，革委会终于对父亲失去了兴趣。人纵有天大的力气，踢一袋棉花又能有多大意思？挨打的多少总得有点反应，打人的才能保持兴奋。而父亲身上缺的，恰恰就是反应。终究谁也无法从一块没有毛孔的石头里挤出血水。

终于有一天，父亲的材料被封进一只牛皮纸大信封，收到一个文件柜里积攒灰尘,等待着一场新的革命催生出另一双手,来打开信封,搅扰灰尘。

最后一轮审讯结束了,父亲回家的时候,身上唯一鲜活着的部位是他的胃。他在饭桌旁坐下来,和平常一样寡言,却狼吞虎咽一口气吃了满满两大碗热气腾腾的鸡蛋面——那是母亲专为他新做的。父亲已经好几天没洗过澡了,隔着桌子,袁凤也能闻见他身上的气味。有气味的不仅是身子,还有脑子,那是一股太久不用了的馊烂味。她一句话没说,可是她的眼睛替她说出了她的嫌弃。

"活死人。"当她和母亲单独在厨房里清理脏碗筷时,她用一个十四岁的人能有的所有歹毒,对母亲说出了这句话。母亲被这句话戳蒙了,怔怔地盯着她看,然后把手里的洗碗布狠狠地掼到了墙上。叭的一声,洗碗布沉闷地贴到了墙面,像是一面千疮百孔的旗子。滴答,滴答,水从墙上流下来,落到泥地上,流成一个个小黑坑。

"你以为他想活着,就这个样子?"母亲压低了嗓门,不假思索地说,"他从朝鲜回来就想死了,是我求他活下来,为了我,因为我想要一个娃。要是没有他,这世上会有你吗?"

袁凤的心被一股冰水蜇了一下,一股寒意顺着她的血,一路爬到了她的脚尖。平生第一次,她意识到了她生命的沉重。在她这个岁数,她已经懂得每条命都有代价,但她不知道她的命在还没有成为命的时候,就已经有了代价。许多年后,当她在多伦多大学的课堂上第一次学到"原罪"这个词时,她觉得前世就已经熟知。她生而有罪。不,她还没有生出来的时候,就已经有罪。不是罪恶的罪,而是负罪的罪。

9

父亲又撑过了一年，瘦得跟空气似的，在活着与死了之间的那片灰色地带里浮游。在他生命的最后几个月里，他单位的同事都已经懒得搭理他了。他几乎是个隐身人，连街上刮过的风都懒得看他一眼，绕着他的身子走过。在一个闷热的夏夜里，母亲突然留意到父亲睡觉时已经不用蚊帐了，连蚊虫都嫌弃他血液里的那股馊味。

然而，他死之前做的最后一件事，却让他的妻子和女儿无比震惊。那件事在袁凤的记忆中留下了一道永远涂抹不去的印记。父亲是一只猫，先前死过了八回，又活回了八回。这一回是第九回，这回才是真死。不过，真死之前，他却跳了最后一脚。这一脚，就把他先前所有的窝囊，都洗干净了。

父亲是在1968年冬天死的，离新年只差三天。

那天天很阴沉，到下午就下起了雪。对于温州这样一个地处亚热带的城市来说，下雪是一件稀罕的事。在后来的日子里，袁凤常常会想起这场雪，总觉得那是老天的意思，特意借着它来标志父亲的辞世。四十一岁。短暂的、大起大落的一生。悲剧中的喜剧，抑或是喜剧中的悲剧？

快到傍晚的时候，雪下得越发凶了。街市很快丢失了颜色和线条，被一片银光闪闪的白绒所覆盖。房子空了，把孩子倾倒在街上。他们大多没见过雪，疯了似的四下乱跑打雪仗，满街都是喧嚷声。母亲也出来了，帮着袁凤和邻居的两个女孩儿一起搭雪人。

母亲时不时地会停下来，怔怔地看着孩子们玩。年青，生气勃勃，这些女孩儿让母亲无由地生出感触。这倒霉的一年总算过去了，她暗想。这一刻的平安是如此珍贵如此稀罕，母亲一小口一小口地品尝着，幸福得几乎晕眩。

街上有位邻居是摄影师，就拿出照相机给几个女孩子拍了张照片，背景是那个搭了一半的雪人。这张照片经过了几十个年头和数不清多少次的搬迁，竟然奇迹般地存留了下来，跟着袁凤一路来到了多伦多。每一次袁凤，不，那时她已经改叫菲妮丝，看见这张已经泛黄模糊不清了的照片，她脑子里就会自动浮现出它的拍摄日期。

就在那天，她失去了父亲。

那天父亲和平常差不多时间到家，但是晚饭还没有准备妥当，因为母亲和袁凤都刚刚从外边雪地里疯玩回来。父亲直接进了自己的房间，点上了晚上的第一根烟。门开着一条缝——那是他在家的意思，烟从门缝里丝丝缕缕地漏了出来。

"你有没有被雪淋湿？"母亲一边扇着煮饭的炉火，一边从厨房里探出头来问。

父亲模模糊糊地回了句什么，她们没听清楚，但也没有追问。三个人陷入了早已习以为常的沉默。

突然间母亲觉出手里的蒲扇有点沉，过了一小会儿才明白过来那是压在她手上的一团影子。她抬起头来，发现就在厨房和饭桌中间灯光黯淡的地方，站着一个男人。她像见了鬼似的跳了起来，一下子想起来这就是那个前阵子在菜市场里跟在她身后的男人。

"你是谁？你怎么进来的？"袁凤正在削红萝卜皮，她停下手来，眉毛狐疑地蹙成了一个小团。

"瞧你这话，你家又没锁门。我是谁？这事你最好问你妈。"男人笑了一笑，算是打过了招呼，语气几乎有点老相熟的意思，"我敢说她一定记得我，小虎，那个干杂活的男娃，当然啰，我现在可不小了。"

"我不认识你。"母亲回答说，声音里有一丝轻轻的哆嗦。

"行啦，文枝，你们，你和你姐姐，怎么会不记得我？你忘了他们对我作下的孽？"男人不等邀请，自说自话地走进了厨房，把右手直直地杵到母亲眼前。那手上缺了三根手指，暗褐色的断茬上结着蛆虫似的高低不平的疤痕。

袁凤恶心地偏过头去，轻轻地惊叫了一声，但立刻被母亲制止住了。

"我没有姐姐，你认错人了。"母亲垂下眼睛，回了男人一句，心中有些不安——为自己在女儿面前撒下的谎。

"你有姐姐，幸枝，对，她就叫幸枝。"男人不依不饶地说。

锅开了，米汤冒出来，哧哧地落到灶围上，屋里飘溢着半熟米饭的香味。

"你到底想要什么？"母亲有气无力地问道。她手里的蒲扇滑落到地上，可是她懒得去捡。

"我的手这个样子，还是右手，什么活也干不了。这些年我过得像个叫花子，你抬个手指就能帮我。"男人央求道。

"我看上去像个有钱人吗？我自己都找不着工作。"母亲站起来，把削了皮的红萝卜挪到砧板上，开始切菜。

"我都打听过了，你男人在部队待过，现在给公家干活。他总能凑几个铜板，帮一帮像我这样的老朋友。"他在那个"老"字上加了几分重量，仿佛那字没力气自己站稳似的。

"别把他卷进来！"母亲咆哮了起来，猛然间身体一横，朝着男人撞了过去。男人没有防备,跌跌撞撞的几乎摔倒,最终拽住了母亲的腕子才稳住了身子。

"别上火嘛,文枝,我都低贱成这样了,你总不能眼看着不管。你铁定不想我告诉你女儿……"他猝然顿住了,因为他觉得腰上有什么东西杵了他一下。转过身来,他看见身后站着一个男人。男人个子很高,却佝偻着腰背,头发已经有些灰白,身上散发着隐隐的机油和烟草味。他们的眼睛咬上了,彼此上下打量着,他看见一股怒气把男人的眼睛蜡烛似的烧化了。

他看清了顶在他腰眼上的东西是一把斧头。他开始颤抖,浑身被冷汗湿透。

"要是我再看见你,就让你试试这个!"高个子男人用抡大锤的力气,把那把斧子砸在吃饭桌上。砰的一声巨响,那张用了多年、泛着油亮的桌面吃下了斧子,裂开了一个露着肉的大伤口。

斧子在半空飞过的那道寒光刺疼了小虎的眼睛。他避开那光亮,眼珠子满屋漫无目的地乱窜,最终找到了母亲的目光。他茫然失措,像石头似的定在那里,可怜巴巴地用眼神哀求着她。

"还不快滚!"母亲指了指门,从牙缝里挤出几个字。

小虎一下子听懂了,跳起来拼了死命地往外跑。天已经大黑,街上空了,他的脚踩在雪地上发出一串急急的湿重的回响。

母亲整个身子瘫软下来,折成了两半,那样子仿佛在忍着一股尖锐的疼痛。她把脸埋在手里,从头到脚簌簌颤抖。父亲扶不起她来,只能站在一边无助地搓着手。

"走了,春雨,他,没事,过去了,都。"父亲咕囔着说出一串含含混混颠三倒四的话,像是说给母亲的,也像是自言自语。他一直在等母亲的回话,而母亲一直没有说话。无论是母亲还是袁凤都没留意到父亲是什么时候离开厨房,回到他自己房间的。

他从来来去无声。

又是一阵沉默,不过这沉默和以往不同。那个右手只剩下两根手指的男人改变了一切。有过了他,什么都不再是从前。这新的沉默如同液体水泥,渗入并封住了这场喧哗留下的每一条裂缝。

袁凤从屋角里慢慢走出来,接着切母亲留在砧板上的红萝卜。刀一滑,蹭下了手指上的一小块皮。她把指头塞进嘴里吮着,一股咸咸的金属味泛了上来。那是血的味道。她喉咙一紧,噢的一声吐出了那口带血的唾沫,把指头泡进了水盆。那盆水原本是用来洗切好的萝卜的。

盆里的水就生出了一根红线。那根线摇曳舞动着,渐渐长成了一股珊瑚色的细流,然后就开出了一朵粉色的花。这血水在她心中唤出各样画面:落日,倒翻了的番茄酱,从盛开的牡丹花上落下的花瓣,潮红的脸颊……那些画面里却唯独没有那把冰冷的菜刀,它才是始作俑者。

"那人是谁?"袁凤转身问母亲。

"我不知道。"母亲忍着抽泣回答道。

"他为什么叫你文枝?"

"我不知道。"

这就是母亲千篇一律的回答,袁凤便不再往下追问了。

晚饭终于得了。母亲喊了几回,父亲却没有现身,袁凤就被母亲支使着去父亲的房间查看。屋里很暗,安静得有些瘆人,她的脚步声在四壁之间来回碰撞,生出些叫她心悸的回声。她拉下灯绳,才发现父亲躺在床上,口吐白沫,双眼紧闭,已经失去知觉。

听见袁凤的尖叫,母亲冲进屋来,抱着父亲使劲摇晃,想把他晃醒。没用。她连棉袄都顾不得穿,就急急地出了门,往两条街外的街道医院跑去，想找个值班医生过来。留下袁凤一个人在家，独自面对父亲和朝她渐渐逼近的那团阴影。她太小，还认不出来那是死神。

她坐在床沿上，把父亲的手团在她的手里，看着他的身体微微痉挛着，呼吸越来越紧。麻木如水涌上来，她既不哀伤也无惧怕。

"爸，你等着妈回来，你等着啊，你等着……"她听见自己一遍又一遍机械地重复着同一句话，好像在背诵着一道数学公式。

她觉出一根指头在她手心轻轻抽了一抽，父亲的眼睛猝然睁开，睁得那么大，大到仿佛把她整个地吞了进去。"血，指头，你妈……"父亲含混不清地说。

她怔了一下，就立即懂了。她探下身去，对父亲举起那根被刀切伤的指头。伤口已经草草包扎过了，纱布上有一块干涸了的血迹。

"爸，我发誓，我会照顾好我妈。"她拽紧了他的手。

一团阴云罩上了他的脸，他的眼睛渐渐黯淡了下来。

第三章

一位年轻教师,
一片湍急的海湾,
以及一次令人心碎的旅程

乔治写给菲妮丝的电邮,
2011年10月22日,美东时间22:17。

亲爱的妮丝:

　　给你的新手机号打过几次电话,老是告诉我号码不在服务区。也给你旅馆房间打过电话,没人接听,估计你正在梅姨那里。给我一个她家的电话号码备用,我需要听到你的声音。夜很长,屋子很空。

　　为了打发时间,你这位郁郁寡欢的孤老头子试着继续往下读你的手稿。我没料到我给自己挖了个什么样的坑。妮丝,我到底认识你多少?或者说,我真的认识你吗?我们常常谈到你母亲蚌壳里藏着的"珍珠",但我没有意识到你的蚌壳里也藏有珍珠。或许,我们每个人的蚌壳里都藏有自己的珍珠。在寻找别人的珍珠时,我们不经意间打开了自己的蚌壳。真相可能是残酷的。读到你少年时代的生活,让我感觉有点儿刺痛,不仅因为我看到了你被迫经历的往事,也因为我没能在那个时候出现,借给你一个肩膀。

　　还有一层伤痛我在犹豫该不该告诉你:你的文稿叫我想起自己的处境有多么岌岌可危。我这双患关节炎的、皮枯肉缩的脚,如何来穿一双巨人留下的鞋子？在你的文字里，那个年轻俊朗的老师栩栩如生，隔着三里路都能闻到他身上散发的魅力。他带你走进了英语的世界。从慷慨激昂的"万岁……"，到关于天气的日常寒暄，你的英语走过了什么样的进化之旅？他打开了你的眼界，引你进入这么多扇门，我忍不住怀疑：他还剩下什么门留给我来开启、让我引你进入呢？我能从你的文稿里感受到你失去他的疼痛，是那种令人生颤的烧灼般的伤痛，仿佛一切都发生在昨天。除了《圣经》里的约伯，谁还能扛得过这样沉重的损失？可是你扛住了。

你真的扛住了吗？

请原谅我的啰嗦。我其实就是想说——我也不知道该怎么说才合适——我痛恨自己错过了你人生中这么多的以往。

乔治

又：假如你的时差还没过去，干脆起床做点愚蠢到家的事，比如看一部特别没劲的电影，读一本电脑说明书，或者闻一闻你的臭袜子。随便挑一件让自己感觉疲乏的事来做，睡意会回过头来找你。

菲妮丝发给乔治的电邮，
2011 年 10 月 24 日，北京时间 01:17。

亲爱的乔治：

我好像听见了谁在什么地方哭哭唧唧，我没想到你会有这样的反应。是不是也有丁点儿嫉妒的味道？即使在一条老狗身上，也难免会找到一两个新特征。我亲爱的可怜的老乔治。

孟龙只是我的记忆。我让他活了几十年,直到我把他装进了这些文字和段落里。我就这样杀死了他。作家都是杀人犯:我们先是给人一条性命,然后再通过最精细的预谋,把这条性命拿走。我刚才在说"我们"了吗?真是厚颜无耻到顶——我还没有发表过一本书呢,就已经把自己挤进了那支队伍。当我把孟龙装进文字里去的那一刹那,他就离开了我,进入读到这些文字的人的生命里去。这些人也包括你。

智者像使用肥田粉似的使用他们的记忆。"所有的过去都滋养我们,让我们成长。"他们总爱这么吹嘘。我是个傻子,记忆对我来说就是一只枕头,供我在上面睡觉,做梦。假如我真的需要肥田粉,我会到加拿大轮胎(注:加拿大一家知名的百货店)去购买。再说我也早就(至少大体上)已经过了"成长"的阶段了,不再需要肥田粉。这话听上去像不像安慰?

不过,穿别人留下的鞋子的想法,听起来倒多少有点意思,至少能让你老实点,对我在意一些。假设我非得要对付自己身上的某一样弱点,我宁愿对付自满也不愿意面对自卑,我向来如此。

你拨打我手机时加了地区号吗?这张手机卡是本地的,所以你要加地区号。梅姨的电话号码我贴在家里冰箱门上了,那张贴纸上还记了几个看医生的预约日期,你可能没注意。尽量少用她的电话号码,她不太愿意接陌生来电,这边的诈骗电话实在多得防不胜防。

我每天都去看梅姨。她身体不错,总是忙碌。看到她享用食物时的样子,真是让人惊叹。记得我们刚认识时,你也这样说过我。她有兴致的时候,会和我说起一些她和我妈年轻时的事,但她不喜欢被人刨根问底。我知道得越多,就越感觉到她有些重要的事情还瞒着我。我不知道到底是什么东西在阻拦着她。寻找答案的过程是残酷的，真相的代价很高。有时候我会疑惑，不知道自己是否承受得起这个代价。

你那边是周日了，你收到这封信后请立即给我打电话，我反正也睡不着。我有种感觉：有人在急等着人哄，按理说我才是那个遍体鳞伤的心碎之人。

妮丝

菲妮丝发给乔治的电邮，
<u>2011 年 10 月 28 日，北京时间 16:11。</u>

乔治你好：

现在是多伦多凌晨四点，我没法给你打电话，再说国际漫游话费简直要杀人。可是此刻我必须和人说上话，否则我要爆炸，所以只好给你写信。

梅姨刚刚告诉我：我妈和梅姨有十三个同父异母的姐妹，一个同母异父的哥哥。想象一下我表兄弟表姐妹的数目！一天以前，我一个表亲也没有，一天以后，我拥有一个表亲王国。这是什么样的数学演算？听起来几乎就像是《一千零一夜》里的一个荒诞故事。请把我摇醒。记得你问过我：为什么我妈总是那样孤单、与世隔绝？我也很想知道她为什么不和她的亲人们保持联系。只有梅姨手里握着那把打开谜底的钥匙。我现在离谜底很近了，近到几乎可以闻见它的气味。不知我可怜的神经还能不能撑到见到谜底的那一天？我一直在辛辛苦苦字字句句地记录下梅姨告诉我的每一件事。

我已经订了明天去温州的高铁,安排给我妈骨灰下葬的事。骨灰罐放在梅姨的房间里(更准确地说,在梅姨的柜橱里),她一直都不怎么安心。

妮丝

乔治发给菲妮丝的电邮,
2011年10月29日,美东时间19:49。

亲爱的妮丝:

　　我还在慢慢从震惊中复苏。就亲戚数目而言,现在连阿依莎都不能与你匹敌了。这些年的疏隔,一定有一个比"彼此互不对路"更合理的解释。十四个兄弟姐妹,那得吵多少场架才能一个一个地割舍啊?此事必有蹊跷。

　　听你讲这些事,我倒感觉有点放心了。在多伦多的时候,你太安静了,静得让人害怕,那时我很替你担心。天知道梅姨下一轮会扔下什么样的炸弹。我只能耐心等候最后一只靴子落地。

　　那天我们在电话上谈得太投入了,我都忘了告诉你:我又读完了你的一部分文稿。这封电邮里我附上了已经看完并稍加修订的章节,以备你有空时进一步润色用。再细聊。很快。

乔治

电邮附件:
菲妮丝的文稿《老师》。

1

父亲之后的日子和战争之后的日子有许多相似之处，都是以统计损失开始的。首先要盘点到底丢失了什么，以及还留下什么；然后就是再次瓜分地域，重组资源，最后列出一张新的资产负债表。

其实父亲没带走多少东西。他只是带走了饭桌上的那个位置、屋里那股混杂着烟草和脏头发的气味。他连那气味都没全带走，因为有一部分已经渗入了石灰墙的毛孔里，需要时间来慢慢消散。当然，他也带走了那只小小的装着他每月薪水的信封，不过那是个不值一提的小细节。

与他带走的东西相比，他留在身后的，可就殷实多了：一间突然大了许多的房屋——尽管他在世的时候，谁也没觉得他占了多少位置；一张他女儿现在可以称作"自己的"的木床；一些可以随意打破的沉默；还有两条渐渐变得鲁莽而无所不能的声带——他的妻子和女儿现在终于可以恣意发怒、哀号或者偶尔随着广播里的音乐哼曲子。

父亲的离世改变了一切事物的计算方法。"一切事物"是个综合词，泛指他的过去，他寡妻的现在，以及他女儿的未来。这三样东西汇总起来，就是一份新的现实，黯淡无光，模糊不清。父亲在世时，他每月的薪水是四十五元。他一走，家里的收入就掉到了每月十五元。那是他的抚恤金，一直支付到袁凤十六岁、到法定工作年龄为止。

听说抚恤金的数目后，母亲二话不说就扯着袁凤冲进了冶金厂的食堂，把正在吃午饭的革委会主任堵在了饭桌上。"十五块，你哄谁呢？还不够喂一只雀子。你可以不管我这个老太婆，可是他还有一个女儿。她是革命后代，将来要接过革命火种的，你敢饿着她？"

这个时候食堂里满满的都是吃饭的人，就有看热闹的朝她们走了过来——那正是母亲想要的听众。她手臂上系的那条黑布，此时就是一面小小的战旗，她指望旗上烧着的战火会把那些眼睛燎疼。母亲很清楚自己的一举一动会引起什么样的反应。

"可怜见的。"有人叹了一口气。那声叹息谁都听见了，却没有人敢附和。渐渐地，人群围着她们站成了沉默的一圈。母亲的鼻子很快就闻出来，他们的沉默是有气味的，那股气味叫同情，或者干脆说是不忍心——母亲喜欢直言不讳。那不忍心里头还掺杂着一丝忧虑和恐惧：谁能担保自己不会落入这般下场呢？或许自己的下场比这还要凄惨呢。那是兔死狐悲的惊恐。

父亲刚进厂的时候，是披红戴彩的英雄，让所有人另眼相看。日子一久，即使在还没出事之前，热切劲就已经过去了，众人只把他看作一个呆头。没有人记得他是怎么成为呆头的，于是他就成了和街上走过的任何一个呆头一样普普通通的呆头。呆头在厂里跟谁也没交上朋友，正因如此，他跟谁也没真正结下梁子。他的离世没留下什么伤疤，也没有破碎任何一颗心。要不是此刻他的遗孀重新搅起已经落地的灰尘的话，他怕是早已被人淡忘。这个姿色虽然淡去却依旧风韵犹存的女人来了，就是为了搅扰他们的午餐，扰乱他们心里的太平。

"妈，别在这儿丢人现眼了，求求你。"袁凤小声央求着，突然就嫉妒起父亲来了。他一走了事，再也不用卷入这样的闹剧之中了。

丢人现眼。没错，这正是母亲要做的事。袁凤太小，她还不懂，人活在狗的世界里，就要学会狗的把戏。在狗的世界里，吠叫是唯一有用的语言。

"他一身血一身汗，上了两次战场，就为了保全你们的性命。到头来，他的家小遭你们欺负，你亏不亏心啊？"母亲丝毫不理会袁凤的央求，铁了心要顺着潮势往前走——她知道此时正是顺潮。她看起来像个疯婆子，其实她是悄悄存了心眼的，知道什么该讲，什么该收。其实父亲上过三次战场，只是有一次他穿错了军装站错了队伍。在话已经溜到嘴边的最后一刻，母亲灵机一动，把那一次的经历从父亲漫长的军旅生涯中扒了下去。

主任早已习惯了众人的唯唯诺诺，对这个婆娘发起的这场突袭丝毫没有防备，一时脸色煞白，脖子却涨得赤红，气急败坏地冲着母亲嘶吼了起来："算你这个婆娘撞上大运，他没死在牢里。论他做下的那些事，你还有脸来讨补助？他有什么资格？一分一厘、一个铜板都不值！这个钱是厂里发了善心，你爱要不要！"他咆哮着冲出食堂，身后留下一碗吃了一半的午饭和一团愤怒的飞尘。

母亲垂头丧气地离开了厂子，拉着袁凤往家走去，一路无话。随后的几天里她一直惴惴不安，如坐针毡，吃不准自己的这一场大闹，会不会连那份菲薄的抚恤金也给闹飞了。

到了月头，她总算收到了第一笔收入。数了数，是十八元，着实吃了一惊。

那一场狂吠就算没给她赢来一尺，也算是争来了一寸。

把十八块钱的收入维持到月底，光靠精打细算是不够的，还需要一点想象力。

母亲很快就知道：每天下午四点半，即菜市场关门的前半个小时,是买菜的最佳时段,因为有些菜贩子住得远,不愿意再费力气挑着货物步行回家,他们宁愿把剩菜做成半价甚至三分之一的贱价卖了。劳累了一天的菜市场,到那时就该吐出一天的垃圾了。从垃圾堆里翻翻找找,时不时也能找到几件稀罕物,比方说烂了根的豆芽,长了齿的土豆,爆了肚皮的臭鱼。有一回,母亲甚至找到了一盒长了几个霉点的月饼。

其实认真想一下,世上本无什么"烂透"了的食品,总有些个部位还能派上些用场,拿水好好洗一洗就行了。母亲对袁凤说。母亲说这话时,带着哲学家的睿智,科学家的冷静,还有乞丐的骄傲。

在漫天的混乱中,至少还有一样东西是沉稳不变的,那就是物价。后来有些老人家甚至把它称为福气。就是靠着这样东西,母亲每个月的预算才不至于彻底失控。通货膨胀还是未来的事,现在政府手里牢牢地捏着供求链条上的那把铁锁。用不着因为害怕涨价而囤货,昨天花钱买的一枚邮票,今天再去买还是同样的价,明天后天也是,只是换了更漂亮的票面。

买菜烧饭对母亲来说只是小菜一碟,剩下的大把时间她奢侈地挥霍在新近找到的零活上。那些活计五花八门,居多是计件的,包括(但不限于)黏信封、糊火柴盒、织孩子穿的小毛衣、给上班的邻居看孩子。

这些杂活不仅蚕食着她的时间,也一寸一寸地盘踞着她的空间。家里堆满了各式各样的工具和杂物:盛胶水和牛奶的玻璃瓶、装糨糊的罐子、毛线团、各种尺寸的刷子和毛衣针、剪刀、刀片、一个竹编的婴儿圈椅、几只放脏尿布的木盆,还有几个装皂角的口袋,诸如此类,不胜枚举。假如她运气不错,那么到月底时,林林总总加起来,这些杂活可以给她的钱包里添上七八块钱。

这就是后父亲时代里母亲的生活状况。母亲的生活在女儿的生活中只占一块地盘，因为袁凤有自己的乱线团需要厘清。后父亲时代是个新世界，有许多旧习需要去除，也有许多新招需要学习。

后父亲时代里袁凤学会的新招之一是写信。通过持续不断的亲身实践，她很快就成了高手。她的信尽管是写给不同部门的，目标却大同小异，都是为了申请减免各样费用：学校的学杂费、学工学农活动的路费、游泳训练营的注册费（她现在依旧喜欢游泳），等等等等。她的信字迹工整，语气谦恭，总是以一句例行的套话打头："作为一名贫民家庭出身的无产阶级革命少年……"稍稍有点戏剧性，但总能精明地抵达目的地。少年人的骄傲被撕开第一个口子时很疼，但她惊讶地发觉伤痛很快就变得麻木。

但总有些费用是无法用一纸减免申请信可以解决的，比如盛暑下午的一根棒冰；大年初一的一件新衣。新年新衣是世代相传的习俗，她躲是躲不过去的，只能用一件母亲穿小了的、看起来还七八成新的布袄来蒙混过关；还有学校时不时组织的郊游，通常需要交几毛钱午餐费。她只能借故推脱，而她的借口变得越来越离谱，从平淡无奇的头疼脑热、拉肚子，到母亲心情不好，再到猫在生病，她把想象力扯到了尽头。

一切很快都会过去。她这么安慰着自己。到秋天她就十六岁了，那是法定的就业年龄。她会成为一名女工，每月挣一份薪水，再怎么菲薄，也能帮衬着母亲跳出这个老鼠洞。

"你休想停学，除非我死了管不了你。"母亲大声吼道，脸扯得很紧，带着一丝死神才能融化的坚定。母亲还生活在幻想之中，不肯从那个凤凰涅槃引领百鸟的美梦里清醒。那个该死的可怜的编得如此蹩脚的神话，害了多少人。袁凤暗暗诅咒。

袁凤的后父亲时代开始于一次平顺的转身，因为她已经，或者说她以为她已经，蜕下身上的老皮，长出一身刀枪不入的新皮。若有人让她来描述这个改头换面的衍变过程，她大概会使用"换血、快速大修、彻底改造、成为一张白纸"这样的修辞。当一个人不再感觉耻辱时，就不再会有恐惧。没有恐惧就没有伤痛。

偶尔在夜深人静难以入眠的夜晚，袁凤想象着自己是一只鸟儿——是麻雀而不是凤凰——自由自在地进入人生的第十六个年头，对前面的路没抱任何期望，所以也不会有任何失望。

直到她遇到了孟龙。

2

Down with the imperialism and all its running dogs!
Long live Chairman Mao!
（打倒帝国主义以及一切走狗！
毛主席万岁！）

孟龙在黑板上缓慢而精心地写下了这两行英文字，每一个字母都是艺术。他写板书时手臂伸展出来的那条弧线，他手指捏住粉笔时那份仿佛怕要融化的小心翼翼，他头上那绺随着他抑扬顿挫的声音而抖动的头发，他举手投足间蕴含着的那份温存，与周遭的环境是如此地格格不入，却又如此令人着魔。

中学课程里新近又加回了英语课，用来取代俄语，倒不是因为美国人不再那么讨人嫌了，而是因为苏联人越发遭人恨。现在的英语课和从前不同，用不着那么着急地学习字母表，语法也可以再等一等。大革命的年代里，思想意识永远是占首位的。理念没有耐心站在发音规则和动词变位这些琐碎小事之后排队。

黑板上这些弧线、直线、小圆点以及它们组合在一起的流动感，让袁凤觉得怪异却又入迷。她忍不住纳闷：这些怪怪的字母会搭建成什么样的语言？承载什么样的想法？在她的胡思乱想中，她把这些字母想象成了宁静水面上的落花，旖旎月光下的漫舞，还有，爱情。即使只是暗想着这个词，就已经让她面泛桃红，她突然就觉出了自己衣装的寒酸，还有头发的丑。夏天里母亲怕她招虱子，剪去了她的辫子，给她剃了一个愣小子似的短发型。这头发还要多久才能长回去呢？两个月？一个学期？到那时她可能已经死了。

当她的英语老师孟龙在那两行英语词旁边写出中文翻译时，她不免有些吃惊。这门新语言，带着一身洋里洋气的花哨，一旦真用起来，跟她的母语也没什么差别，都是拿来书写一纸慷慨激昂的声明，一份宣战诏书的。母亲常说陈瓶装新酒，而孟龙在做的，却是陈酒装新瓶。

假如让袁凤回忆一件（只限于一件）能让她立刻想起孟龙的事，她大概会挑选孟龙的眼睛。他的眼睛很大，眼眶深陷，目光深邃，闪着隐隐一丝光亮。那光的源头来自阅历，还没被世故所黯淡，既诱人却又具有威慑力量。他眼中那股设了防的魅力几乎在顷刻之间抓住了她的心，揪着她来不及多想，就飞蛾扑火般地扑向了他。

从见到他的第一眼起，她就知道她会心甘情愿地匍匐在他的脚前，把她的爱慕热切地、赤裸地、义无反顾地呈现给他。她的激情和她一样年轻天真，从未经历过试探。她愿意把什么都交给他，完完全全，毫无保留，任其在他的光亮中焚为齑粉，然后化为一缕青烟。能在辉煌中活过一刻就好，不惜在此后进入永劫。人在十六岁的时候，死亡有不同的含义。

她还必须提到他的声音。她怎么可能忘记呢？蔚蓝色大洋的波澜，撩人地揉搓着她大脑中的那些灰色褶皱——这是她能够联想起来的画面。那汪大洋有时也是汹涌激荡的，但大多数情况下都很宁静，载着她来到一片海岸，凭直觉她就知道那里是安全的。他的声音来得正是时候，把她从一个众声喧哗的世界里营救出来。那个世界到处充斥着疯狂的山呼海啸般的口号、咆哮、掌声和跺脚声，一切都是以革命的名义。

可是袁凤也同样忘不了他的衣装，或者说，他的着衣风格。他们相遇的时候，全民都以洗得褪了色的橄榄绿和海军蓝为傲。橄榄绿和海军蓝可以有多重解释，往低了说是对军警制服的廉价模仿，往高了说是英雄崇拜情结的热切渲染。而孟龙却穿了一件毫不起眼的立领连袖老式灰布中装。他的衣装给他开辟了一小块介乎于合群和出挑之间的安全领地，既没有随波逐流的意思，又不至于招致另立山头的嫌疑。

然而，他也还没有老到到能够完全扼杀心中那丝有别于乌合之众的欲望。他含蓄的抗争方式，就是将一条黑色的羊毛围巾闲闲地横搭在肩膀上。走路时，他的黑围巾衬着灰色布袄在风中翻飞。这就是他的时尚宣言，微妙、婉转却不容错过。据一个可靠来源，他的这条围巾是他的亡妻给他亲手织的生日礼物。从入秋到来年春天，长长的几个月里，那条围巾一直没有取下来过，仿佛他的脖子是他身上最最畏寒的一个部位。那围巾上兴许能找到粉笔灰，但绝不会有头屑。

还有他的气味。当他在课堂上俯下身来，随意问她一个什么问题的时候,他身上那股刚洗过澡的新鲜肥皂气味,天爷,瞬间就把她整个人拆成一堆碎片,一张脸红得像一盏火油灯,舌头打成了死结。

关于他的记忆,那是一张复杂纷繁的蜘蛛网,她很难单单只挑出其中的一样而忽略其他。孟龙在她生命中留下的印象是一团乱线,牵一发而动全身。

多年之后,当她已经改名为菲妮丝,在多伦多大学的课堂里听教授上英语诗歌课时,久远的往事毫无预警地朝她袭来,来势如此凶猛,几乎将她从椅子上掀翻。

假如真有弥尔顿诗歌中所述的创世场景,那孟龙一定是在一个至美的明媚春日里被创造出来的。上帝刚从世纪小睡中醒来,神清气爽,身旁放着一杯甜香无比的琼汁玉液,心中没有一丝阴影。在袁凤眼中,在孟龙以前,世上还从来没有过一个所造之物能和孟龙相比。

在她整个成年期里,她从没停止过诅咒孟龙。她的诅咒中充满了毒汁——是那种只有爱到极致的人才能酿制出来的歹毒。他不可更改地铸就了她对男人的口味:她要的是一个她从未有过的兄长和一个她还来不及理解就已经失去了的父亲。父亲的脑子小如豌豆,心却大如天地。她那时太小,还不知道那样的一个脑子是容不下那样的一颗心的。父亲常年在脑子和心的撕扯中度日,她不懂他的挣扎和苦楚。等她懂了,他早已不在了。

除了兄长和父亲,她还要一个让她想起来就生出欲念、全身疼痛、失魂落魄的情人。他必须是她的刺,扎进肉里,一生一世也难以拔除。

孟龙就是他们的合体。

失去他之后的很多年里,她一直都在别的男人身上寻找他的影子，从一张床找到另一张床，从一段恋情跳到另一段恋情。一次又一次，她都企图说服自己：他就在那儿了，很近很近了。最终她才明白：他们和他之间，隔的是一场永远不可穿越的梦。

她不寒而栗，陷入绝望。

3

孟龙到袁凤所在的学校报到之前的那个星期，一只装得鼓鼓囊囊的牛皮纸信封就已抵达校革委会办公室，里边装的是他的人事档案。或者说，他的行踪记录。一个星期的时间不长也不短，正够让流言酝酿成熟、名声彻底腐烂。

他档案袋里的内容论道理只是给革委会成员过目的，可是谁没有三两个亲朋好友呢？秘密是用来吊人胃口、与人分享的，传话的那张嘴总是期待听的那副耳朵来把守大门。当孟龙带着他的全副家当，一只干瘪得几乎可以用可怜来形容的帆布包，走进学校的传达室时，他不知道他是赤身裸体的，因为学校里每一个人的手上，都捏着一片他的人生故事，甚至连袁凤的耳中，都刮进了有关他耸人听闻的过往的只言片语。袁凤只是一个微不足道的高中生，这样的学生学校里有近两千人。

没有几个人真正有机会看到那只棕黄色牛皮纸信封里的内容，可是谁真会对那个刻板的官方版本感兴趣呢？那不过是一系列日期、签名和红印章而已，乏味得让人昏昏欲睡，怎么能和那些活色生香的私下传闻相比？所以，当从信封里泄露出来的第一个细节流落到第一副耳朵上时，流言的漫长旅程就已经开始了。从一条舌头行走到另一条舌头，每一条舌头都顺道添上了自己的颜色和气味。故事很快就成了型。随着时间的拖延，情节渐渐演变，这里一拐那里一扭，故事就走了形。孟龙以往的种种轶事，经过孜孜不倦的口口相传之后，早已分不清何为真相何为想象了。仿佛在窥探一场颠鸾倒凤的房事，死水一潭的学校，竟因着孟龙的到来，无端生出种种兴奋，搅起层层波澜。

孟龙毕业于全国顶尖的学府北大。毕业后他留校任教，先是讲师，后来晋升成为北大最年轻的教授，可谓一帆风顺。命运的转折，发生在1957年。那一年他把自己抛进了一场运动的漩涡。"抛"在这里仅仅是字面上的意思，并非比喻，也没有延伸的意义。他是如何让自己坠落到那个地步的？这个过程极具戏剧性，用今天的话来说，很狗血。

据说当时上头有个未成文的规定，各单位要按百分比划出右派。这就让系支书犯了难。那人是个老干部，脑子慢，有些木讷。一头是必须完成的任务，另一头是需要放过的无辜——系里的那群老师，的确个个眼睛长在头顶上，自以为是，一身酸臭傲气，但怎么也不至于是人民的敌人。可怜的支书夹在中间，左也不是右也不妥，一时失了主张。

他想破了脑袋，筋疲力尽，依旧没想出万全之计。只好召集全系的教职员工开会，把难题摆在了桌面上，指望着能有几个头脑发热的人站出来，自愿献身来蹚一趟通往地狱的浑水。然而迎接他的是一片死一般的寂静。空气凝结成一片脆玻璃似的固体，一丝稍微沉重的呼吸，一个饱嗝，一声喷嚏，一个屁，都有可能导致一条裂缝。

孟龙命中注定该有此一劫。就在这个绷得很紧的时刻，他的身体对他发出紧急呼唤，他必须马上跑一趟厕所。等他回到会场，他发现自己已经成了右派队伍里最新的一名成员。他被革去教职，发配到一家区图书馆任职。与周围的一些人相比，这已经算是很仁慈的发落。

这个关于孟龙如何成为右派的故事，在学校里流传甚广。这样的故事不可能记载在牛皮纸信封里，但传的次数多了，就变成了事实。假设这个传言有几分真实成分，那么孟龙就是撞上了喝凉水也塞牙的霉运。不过话又说回来，他自己也不是完全洁白无瑕无懈可击的。在他的文学课堂上，他就说过一些耸人听闻的话，那些话再往前走半寸，就会踩上某些脆弱的神经。

"一个真正的爱国者，首先要爱全人类，因为爱和真理一样，是没有地理边界的。"他在给一个大班上课时，曾经这么说，"希腊人为什么至今念念不忘拜伦？那是因为他到死都还在为希腊的独立抗争。伊丽莎白·勃朗宁夫人写了那首《致国会》的诗，就是骂本国政府不顾意大利人民的死活。也没有人觉得他们不爱自己的祖国。"

他被发落到图书馆时，认识了他后来的妻子，一位在科学院工作的物理学家。这当然是从前的事，此时的她只是图书馆里的一名清洁工。她被打成右派，也是因为出言不慎。她认为国家的天平过于倾向工科，而忽略了基础科学。在她看来，工科不过是一样实用工具，而理科才是探索宇宙真理的学问。"科学是宇宙语言，不是某一群人的私产，它不属于资产阶级，也不属于无产阶级。"她的观点就是这样偏激。

后来他们认识了，就说起各自的境遇。两人将各自的过犯作过对比，不免感觉好笑。一个是文学教授兼诗痴，一个是物理学家，两人的生活轨道原本相隔万水千山，却因为命运拐了一个意想不到的弯儿，而阴差阳错地重合在一起：他们都相信国际主义。如此南辕北辙的两个人，竟然会在这件事上心意相通。其实，他们的国际主义理念，算不上认真，也谈不上坚定，几乎是随心所致的。然而就是这些随意的言行，把他们带入了共同的劫难。

他们的结婚申请很快就获得了图书馆领导的批准。"还是把这些一丘之貉圈在一个巢穴里为好，省得流窜到社会上祸害好人。"书记言之凿凿地说。

她和另外一名清洁工一起，负责打扫分布在三个楼层的三十六间办公室。别人下班之后，她才开始工作。等她终于下班，回家已经精疲力竭，再也没有精神头读书写字，或者从事任何稍稍费脑的事。有时他和她做爱，她会在中途睡着，留下他一人欲念半遂，充满愧疚。

不久，她就养成了钩织毛线的癖好。他们的宿舍房间里到处塞满了她编织的手套、毛线帽、围巾、毛线口袋、袜子……这些编织物越堆越高，多得可以应付十个冬季。看着她全神贯注地做着这些简单重复的事，做到一半就在椅子里沉沉睡去，那样子简直就像个心满意足的慵懒妻子，他几乎相信她已经与这个世界达成了某种和解。

他真是个没长心眼的白痴啊，耳朵是如此地聋，眼睛是如此地瞎，迹象都已经明明白白地摆在他面前了，他却丝毫没有觉察。

他依旧坚持阅读。莎士比亚、华兹华斯、拜伦、弥尔顿、惠特曼……当然不是在看书，因为书早就已经绝迹了，而是依仗那些篆刻在他记忆中的文字段落。他可以随时在静思中索取着记忆中的文字，精确到最后的一个标点符号。他对知识的持续兴趣让她惊讶，也遭她腻烦。她时常会停下手里的毛线活儿，直直地盯着他看。你怎么可以，假装什么事都没有发生过？他突然就明白了她静默之中的愠怒，不禁被她内心积藏的幽怨所震撼。一丝羞耻泛上来，他竟然无言以对。

"你看溥仪，现在在卖门票。"犹豫了半晌，他才喃喃地说，为自己的行为作着空泛无力的辩解。前朝的君主，清宫里的最后一位皇帝，现在也只是一介平民，在京城的植物园里做工，用那双原为金银绸缎以及尊宠而生的帝王之手，来挣碗里的每一粒米饭。更何况你我？治不了的病，就只能忍受。这是他想回她的话。话已经溜到舌尖了，他却觉得太过陈词滥调，最终还是咽了回去。在遇见他的妻子之前，他已经沉静地、几乎逆来顺受似的接受了命运的安排，可是她让他第一次对自己听天由命的生活态度感觉不安。

十年之后，当他遇到了学生袁凤，又从袁凤那里认识了她的母亲袁春雨，他突然就从袁春雨身上找见了自己的影子。厄运不是偶然的。世上本无偶然。出于他们至今无法解释的怪诞原因，厄运在千千万万张五官模糊的人脸中一下子发现了他们，把他们单独挑选了出来，仿佛他们身上已经盖过了命运的印章，就像是一头耳朵上钉着牌子的母牛，或是一匹身上烙了印记的马。他和春雨天生就是吝啬地支出能量的人，娘胎里出来就懂得该如何最低限度地使用着生命的气血，尽可能省下最后一滴，用到非用不可的节骨眼上。在别人使用情绪的时候，他们使用耐心，慢慢地熬着日子，最终熬穿了厄运。

他的妻子不能接受他的处世态度，觉得那样病态地活着，是对生命的慢性磨损。直到她不在世上了，他才真正领悟了她的决绝，知道他和她确实来自两个星球。

在物理学家的眼里，世界是由线条、数字和方程式组成的。他的妻子对形容词、情绪和诗歌之类的东西不屑一顾。概念模糊，缺乏依据，近乎荒诞。这是她对这些玩意儿的评价。她几乎完全无法信任任何未经数据演绎而来的结论和不能量化的陈述。

在她看来，支撑宇宙微妙平衡的杠杆，除却真理别无他物。一个人若接受谎言，哪怕仅仅是默认，那就是犯了比坚持偏见更令人发指的罪行，因为偏见来自无知，无知可以通过知识和时间来化解，而支持或默许谎言，却是明知中的故犯。她的精神色谱里只有黑白两种颜色，即使偶尔出现灰，灰也会因为先天不足加上后天失调而匆匆夭折。

一天早晨，上班的路人发现她躺在图书馆门前的血泊中，已经死去。警察赶到现场，三十分钟的调查得出了一个仓促的结论：她是失足从图书馆楼顶坠落的。一起事故。

然而，医生却透露了一件对他来说相当震惊的事。她去世几个星期之后，他因为持续不愈的感冒去了一趟医务室，医生告诉他：他的妻子去世时怀有四个月的身孕。医生说她当时很犹豫，不知该不该把一条小生命带进她身陷其间的那潭烂泥之中。

所有的疑点刹那间唰地连成了一条清晰的线。

那天晚上，他从街角的小铺买了一瓶廉价烧酒带回家来，邀请他的妻子，准确地说，是他妻子镶在黑框里的那张照片，一起痛饮。这是他们第一次在一起喝酒，也是最后一次。电闪雷鸣间，他突然醒悟：他们结婚的这三年，该是她生命中最寂寥的日子，若非如此，她如何会把心掏出来给一个陌生人，而不是她的丈夫？

当她站在图书馆的楼顶，俯身向下看着那条街上日复一日一成不变的景象时，她一定想到了飞翔。她向往着鸟儿的自由，地心引力的魔爪够不着鸟儿的翅膀。她纵身一跃，对谎言肆虐的世界发出了最后一声呐喊。如此决绝，如此响亮，但是所有的耳朵都错过了。这个"所有"里，当然也包括了她的丈夫。

他安葬了她，第二天就回到单位上班，沉默宁静，面无表情，但办公室同事却发现他在整理书目卡片的时候，手在微微颤抖。他的哀伤，他的隐忍，不经意间触碰到了几颗柔软的心，从前紧闭的门，渐渐为他打开。同事开始邀请他参加周末的篮球比赛，喊他一起去难得的集体郊游，或者一年一度的新年聚会，有一回他甚至成为一场婚礼的座上宾。他从不拒绝任何一只向他伸过来的手，但是每个人都明白，在他的心底，他从来不是他们中的一员。

此时距他戴上右派帽子已经过去了十二个年头，本来他是有希望摘帽的。摘帽的机会离他似乎很近了，领导甚至找他谈过话，隐晦地提到了可能性。然而，机会却在最后一刻从他的指缝里溜走了，因为他在错误的时间点上收到了一封不该来的信。

信来自他的母亲。

在1949年政权交替之际，他母亲丢下了丈夫和才十五岁的儿子，和她的情人一起，搭上最后一班船，逃去了英国人的地盘香港。那时候，那块小小的殖民地被一些热血之士称为"帝国主义的腐朽之乡"。

在信里，母亲叫他去香港与她会合，然后母子一起搬去加拿大定居。他一直没有回信，倒也不是因为脑子有多热，而是因为他的心很苍凉。他过十五岁生日时，母亲带他去六国饭店吃了一顿饭，给他买了一只德国产的牛皮书包。那正是金圆券如粪土的年代，他知道这个生日过得有点奢侈，但他却不知道那是母亲的道别——三天之后她就离开了北平。

在母亲走后的日子里，他才慢慢醒悟过来：那只书包其实是母亲买给她自己的，并不是用来装他的书，而是用来卸她的歉意。那是他们见的最后一面。关于那天的情景，他已经记不清楚。也许她用亲过情人的嘴唇，吻过他刚刚长出第一茬胡须的脸颊；也许她用抚摸过情人肌肤的手指，梳理过他不服管教的少年乱发；也许她说过再见，也许她没有；也许她叹息过也流过眼泪，也许她没有。记忆在二十年的路途中跌跌撞撞走走停停涂涂抹抹，无论是带走的还是留下的，可能都已不是真相。他唯一记得的，是母亲的决绝。二十年的决绝已经结成了冰川雪山，岂是一封信可以融化的？哪怕信里有再多的悔不再、恨不能、巴不得。

他没想回信，更没想过要去香港，但是他却犯了一个天真愚蠢的错误：他忘了他周围有无数双三百六十度无死角、昼夜不眠的眼睛。他既没有销毁这封信，也没有把它交给组织，直到一切都已无可挽回。

他已经不是第一次犯错了，惯犯的惩罚自然会比初犯严苛。这次他被踢出京城，发落到温州。跟京都相比，温州简直是个稍大些的村落。在这个村落一样的小城里，没有机场不通火车，人们说着外星人一样的方言。他被分到一所中学，教一群连字母表都没见过的孩子学英语。

4

袁凤已经有些日子没到九山河游泳了，河水的感觉跟上次有些不同。十月在温州是个水性杨花的季节，夏天的尾巴还没收紧，冬天的尖嘴却已经伸进来了，两头在进行着一场胶着的拔河比赛。一阵风，几滴雨，或者一团飞过的云，都有可能瞬间颠覆局势的平衡。

今天实在是个好天，日头，光线，风和云都好——是那种多一分太过，少一分不足的正好。这样的日子出门上街，你觉得脚底有风，世道太平，没人敢欺负你。假如你恰巧心情也正好，你甚至会觉得自己正站在世界的巅峰，无所不能。可惜袁凤今天没这个心情，她还在为早上的事生闷气。

其实，她的闷气不是从早上，而是从头天晚上开始的。夜里躺在床上，在似睡非睡的那个灰色地带里，那张已经搅扰了她多日的清单，突然间又浮现了上来，把她上床时那点可怜的太平心境啮咬得千疮百孔。那张单子列着她所需要的物件，那些物件的排列次序也许会随着日子和心境改变，可是摆在第一位的那样东西，却从来没有挪动过位置。

那是一件新的游泳衣。

她十六岁的身体已经在那件十三岁时买的游泳衣里囚禁了很久，她的乳房是第一个站出来反抗布料的压迫的。布料已经在经年的使用中丢失了颜色和弹力，变成了一块惨不忍睹的破抹布。乳房在野蛮生长，乳房和泳衣都成了她的仇敌。若非得让她挑一个来恨，她憎恶乳房远胜过憎恨泳衣，尽管它们都让她无计可施。她唯一能做的，只是变换站立和走路的姿势，耷肩佝背，尽量缩小着身体的面积，仿佛在时时刻刻为她惹眼的体形道歉。她现在突然就理解了当年父亲走在人群中的那份不自在。每一次她站在泳池边上准备下水时，都觉得泳衣在放肆地嘲弄她身体，她的胸前贴着无数双眼睛。她羞愧难当，只好退出了少年宫的游泳训练营。九山河，瓯江，甚至训练营的报名费都没有难住她，最后压倒她的，却是一件泳衣。

除了游泳衣，她还需要一个新的乳罩，尺寸要比现在的大出两号；还有，她也需要一双新袜子。她班里的大部分同学，甚至包括两个住在城郊乡下的女生，都换上尼龙袜了。尼龙袜是新产品，市面上的时髦玩意儿，可是她至今还一直穿着老古董的手织纱袜,那棉纱还是从母亲穿旧的毛衣上拆下来的。

要是能有一只新书包就更好了。她现在的书包是她升初中的时候母亲买给她的礼物,边角上已经磨出了一个洞。她最心爱的一支钢笔,就是从那个洞里越狱潜逃的。不过,在她心里的那个棋盘上,书包是一枚"需要但不是必须"的棋子,可以灵活地挪动着位置。好好缝补一下,它还可以轻而易举地再活上六个月。

她已经去百货公司逛过好多回了,就是为了看看实货。她对价格已经倒背如流:一件最最普通、没有花纹的蓝布游泳衣,标价是三块二。一个棉布胸罩是一块三,不需要布票。一双尼龙袜子是两块五,有点贵,可谁让它是上海货呢?这几样东西加起来是七块钱,大体上占母亲每月抚恤金的39%。假如她把袜子从这个单子里去除——那是她可以忍受的妥协,那么花销就减到了四块五,那是她们月收入的25%。假如她还肯再咬咬牙做个割舍,只留下游泳衣,四舍五入一下,花销就降到了月收入的18%。不过,游泳衣是她铁定需要的,她已经割了再割,再也没有可以割舍的东西了。

这是一盘在她脑子里走了无数个回合的棋,她已经把这笔账算了又算。在她这头,她把能省的都省了,剩下就是母亲的事了。无论如何,母亲就是把每一个铜板捏出水来,也得舍出几个铜板给她。她在心里排练着该怎么跟母亲开口,不同的用词,不同的语气,一遍一遍的,一直想到脑壳子炸裂,头疼万分,一夜的睡眠给搅得细细碎碎的如同一团烂布絮。

早上起床,套上那双散发着脚汗味儿的破旧棉纱袜子,她发觉昨晚的心事像隔宿的酒,还没消散,搅得她到现在还昏头涨脑。一股子怨气没处发泄,随时要在她的脑壳里炸出一个大洞。前几天冶金厂革委会的头头通知她们:明年袁凤高中一毕业,厂里就要停发母亲的抚恤金了,因为袁凤可以进厂上班,顶替父亲死后留出的那个空缺。这事先前没人跟她们打过招呼。袁凤进厂是学徒工,拜师期间工资只有十五元,跟现在相比,每月还少了三元——那是一件游泳衣的钱。父亲在世的时候,她总觉得家里过的是地狱的日子,直到现在她才知道真正的地狱是什么样子。那时她真是个被宠坏了的孩子。

今天一下水,就觉出了河水的不同,但她又说不出来到底是哪里不同。兴许是水的质地,今天的水似乎有点浓腻。她的手脚每划动一下,都感受到水的阻力。她依旧还是鱼,水却不是水了,水成了没有结成团的稀果冻。

兴许是水温。水肯定不冷,可是她却一直在发抖。寒意仿佛是从骨髓里丝丝缕缕往外渗的,她的皮肉一次又一次告诉她水温正好,可是她的骨头却自有主张,不为皮肉所动,只是一味地喊冷。

兴许是水的颜色?她是少数几个可以幸运地在水下睁开眼睛游泳的人。当她深潜下去,抬头四下张望时,她看见了在她之上有一块硕大无比、光滑的、半透明的红色玻璃,仿佛是太阳蜕在河面上的皮。那是血的颜色。母亲的血,从母亲的血管里流到玻璃瓶子和橡皮袋子里。滴答,滴答,滴答,滴得很慢,却叫人听着毛骨悚然。

这天早上起床后,袁凤坐到饭桌上,沉默无语地喝着稀粥,脑子里反复思忖着该如何开口要钱。她知道这是要割母亲的肉,她已经为这场对话愁了一整个暑假。

母亲也很沉默,袁凤无法猜测她到底在想什么。自从父亲走后,母亲一直都很吝啬地使用着表情,仿佛情绪也标了价,不能滥用。袁凤的神经扯得很紧。假如头疼也有重量,昨晚的头疼是三两,这会儿的头疼已经长到了一斤。

清晨的阳光很是生猛,钻进窗口,朝着饭桌劈头盖脑地掷下一把白光。桌子是结婚时的旧物,用了多年,不再光鲜,在黑暗中尚看得过去,遭阳光一照,便露出了种种老相。东一条西一条的划痕,一块爆了皮的油漆,几根嵌在木头缝里的鱼骨头,几粒饭疙疤,一团抹布漏过了的灰尘,还有十个月前父亲的斧子留下的那个咧着嘴的大伤口。阳光给所及之处都涂上一层病恹恹的菜色,桌子一下子又老了十年。

不行,她不能再等了。袁凤对自己说。在这个每月的预算只有十八块钱的家中,没有哪个时刻是适宜开口的。

"妈,我要一件新的游泳衣,三块……多一点。"她脱口而出,被自己的话吃了一惊——她原来不知道自己身上竟有这样的胆气,这句话说出来竟然是出乎意外地容易。真是枉费了那些在脑子里来来回回走了多少遍的棋局,那些多日里害得她茶饭不思惴惴不安的揣摩,还有那一场又一场白挨了的头疼。

母亲只是默默地点了一下头。这个点头既明白也含糊,不像是拒绝,也不像是首肯,充其量只表示她听见了。母亲站起来,把空饭碗往边上一推,探过身去取挂在墙上的网兜。

"我要出门了,割几片新鲜猪肝回来。"

"你弄到证明了?"袁凤吃惊地问。猪肝是一样近乎奢侈的稀罕物,虽然不归在凭票供应的范围之内,却比凭票供应的物件更难弄到手,因为只有拿到医院证明的人,才有资格享用,而医院的证明只开给重病号和严重营养不良的人。

"你得有口肉吃。"

母亲没有和她多费唇舌,就走了。半个身子已经跨到门外了,又转回来,指着一个堆满了脏衣服的木盆,吩咐袁凤:"这都放了好几天了,今天周日,你不上学,帮我洗洗晒了吧,都说下午有雨。"

袁凤无心无绪地吃完了早饭,就捡起英语课本来看。英语是她最喜欢的课程,可是这会儿她却怎么也定不下心来,翻了几页,终是兴致阑珊,那件悬而未决的游泳衣依旧在脑壳里晃悠。

刚才在脑壳里晃悠的,只是一件游泳衣,现在又多了一盘爆炒猪肝。上次尝到猪肝,已经是六个多月以前的事了。母亲告诉她:那一次是求着汪阿姨要到了一张医生证明。汪阿姨住在她们那条街的下首,跟她们隔着三个门。汪阿姨的儿子是区医院里的医生。

袁凤想象着母亲把猪肝切成薄片,放进腾腾的热油里。那些小薄片一瓣一瓣花儿似的开放起来,先是粉红色的,然后渐渐变成紫褐色,衬着奶白色的蒜瓣和鲜绿色的葱花,那急火逼出来的青翠,光在脑子里过一遍,就已经让袁凤流出口水,更别提那香味。气味是世上最长命的魔鬼,可以沉睡、冬眠,却永远不会真正死去,只要一想起来,瞬间便能生龙活虎地复苏。她的肠胃咕嘟地抽了一抽。

买猪肝的钱,当然也可以拿来花在游泳衣上。一边是猪肝,另一边是游泳衣,她到底应该挑哪一边?可是她没的挑。从小到大,哪件事也没容得她挑选过。若问此刻的感觉,猪肝似乎离她稍近一些。可两样都是她的心头好,哪样她都舍不下。

她放下英语课本,朝着木盆走去,心不在焉地开始翻衣服口袋。洗衣服时,要把每个口袋都掏一掏,看有没有装着东西,然后再放进水里泡,这是从小母亲就教她养成的习惯。她在自己的外套口袋里找到了一条手绢,在母亲的裤兜里翻到了一枚五分钱硬币——那简直是百年一遇的奇迹。她还在另一个口袋里找到了一张一两的粮票,那是最小的粮票单位。她简直被自己挖到的宝贝给吓住了。

母亲的脑子一定出了问题,要不她绝不会在任何地方落下任何东西。袁凤暗想。母亲吃过饭的碗里,若是能找到一根还剩着一丝肉的鱼骨头,那只有两种可能性:要么就是人傻了,要么就是猫成了精。哈哈,那是天大的笑话。

谁先看到谁先得。县前头的每个小屁孩都懂这个道理。可是她已经不是小屁孩了。

她到底还是不是小屁孩?小屁孩和大人的分界线,到底该划在哪个岁数上?她突然有些迷糊。

袁凤木桩似的站着,心被渴望和恐惧撕成两半:一半想用手掌里的那枚硬币和那张粮票,换一只新鲜出炉的烧饼,另一半害怕自己会被母亲逮个正着。谁敢说这不是母亲设下的陷阱?天下做妈的都擅长用圈套来试探儿女,看他们会不会失足陷落。渴望和惧怕在袁凤心里打了一会儿拉锯战,眼看着渴望要占上风了,她眼角的余光里突然扫进了一只印着蓝边的白信封。这只信封被压在母亲的衬衫和一条脏毛巾中间,露出一个尖角,想来是从某个衣兜里不小心掉出来的。

她弯腰把信封抽了出来。是一封航空信,寄信人是梅姨,邮戳上的日期为一个星期之前。这些年里,梅姨和母亲之间一直保持着书信往来。梅姨的信里说的多半都是她工作上的事。梅姨在上海静安区的教育局任职,单位里的事情很繁琐也很辛苦。梅姨信里也说到了姨夫陈伯伯。陈伯伯原来在上海一个政府部门身居要职,"文革"开始后,就被贬职发落到一个基层单位工作,一直心情不好。他的郁郁寡欢,她的精疲力竭,他们频繁的搬家,新邻居的种种不堪……梅姨的信里都是些诸如此类的车轱辘话，这一封和那一封也没什么区别，日期一改几乎可以重复使用。梅姨曾经几次说过要汇钱给母亲，帮衬这边的家用，可是母亲坚决不肯接受。

袁凤再往里一掏，发现信封里还有一张折叠成一个小方块的纸。这张纸和梅姨的信似乎没有什么关系，却不知为何给塞进了同一只信封里。她把那张纸摊平了放到饭桌上，想看清楚上面写的到底是什么东西。原来是一张从医生的处方笺上撕下来的纸，上面有两行手写的字，字迹是医生特有的那种潦草，右下角盖着一个印章：

  血型：O，400毫升，已付四十元整
  卧床休息一天，营养餐，六个月内不可重复

这些字单个摆着她都认识，意思她也都懂，可是它们排成一个句子之后，突然就变得模糊陌生起来。纸上唯一一样一目了然的东西，是那枚带着不容置疑的威严神情的红色印章："五马街道医院财务科"。

渐渐地，她的脑子里长出了一根线，把这些互不相干自说自话的字眼，一个一个地连成一条隐隐若显的逻辑。天花板有点倾斜，窗外投进来的阳光变成了一根根尖利的针。她头昏目眩，闭上了眼睛，可是那些在阳光里银光闪烁的尘粒，在黑暗中依旧狂乱地飞舞。

她睁开眼睛时，发现自己像头疯牛似的在街上狂奔。她完全不记得她是什么时候、怎样从家里出来的。一直到她跑过了整条街，到了街尾，她才意识到她手里捏着一样东西——是她那件已经洗得像破布絮一样不堪入目的游泳衣。她的身子如同烧得正旺的锅炉,每一个毛孔都在往外喷射着炽热的懊悔、负疚和愤恨。没有什么东西能浇灭那样的烈焰。家里没有,街上也没有。她急切地需要找到水,河也好,海也好,大洋也好,再晚了她怕自己会被焚为一堆灰烬。

为什么?

她没有央求老天爷托胎投生到这个世上。这是什么世道?想吃上一盘炒猪肝,就得放弃一件游泳衣;想要一件游泳衣,就得放弃一只新书包;若又想吃猪肝,又想要游泳衣,还惦记着新书包,那就只有一条出路:让你的亲娘去卖血。

她扑通一声扎进了九山河。河水碰到她滚烫的脸颊时,发出了吱吱的惊叹声。

5

袁凤坐在孟龙自行车的后座上,任凭清风拂过她的嘴唇,撩起她的头发。她觉得她刚刚吞下了九个太阳,每根指尖上都发着光,那光可以照亮五个夜晚。弹指之间,一个发霉馊烂的早晨突然就摇身一变,变成了一个云开雾散、欢喜到几乎癫狂的下午。这样的奇迹只有在十六岁的时候才可能发生,早一年不行,晚一年也不行。

两年以前,父亲曾经答应过她:等她到了十六岁,就给她买一辆自行车。两年过去了,这个承诺不再新鲜,已经随着父亲的身体腐烂。父亲说了不算的,又岂止是这一件事?父亲答应过她一定会把她稳稳妥妥地抚养长大。跟这个承诺相比,一辆自行车又算个什么东西？她难道还真能拿这样的琐碎说事，控诉父亲不负责任吗？人一死，万事休，死亡替世间的一切承诺松了绑。

再说了，要是能坐在孟龙自行车的后座，她为什么还要有一辆自己的车？只要能坐上他的车，她什么都能立刻丢下，连眼睛都不会眨一下。新泳衣、新胸罩、新书包、尼龙袜子、爆炒猪肝，一切的一切。这一刻的快乐癫狂，拿命去换都值。在十六岁的词典里，死和癫狂本来就是同义词。至少是近义词。他的体味透过他的衬衫钻进她的鼻孔，她只觉得一股温热丝丝渗入她的大腿根。这是一种她从未体验过的感受，她甚至都不知道那种感受到底该叫什么名字。荷尔蒙。这是她后来学到的词。

他们很快就到了县前头街，在袁凤家门口停了下来。那是一座小平房，是在清末民初的年代里建造的，地基打得很结实，进门有两级高出街面的青石台阶，为的是防洪。这一带地势低，从前常有涝灾。屋前有两棵树，一棵是桑，一棵是梧桐，大约都见过房子打下第一块石桩的时候，如今皆垂垂老矣。两棵树的树干中间，拴着一根晾衣绳，绳上晾的衣服在风里唰啦唰啦地拍打着，挡住了些街上的景致。

屋门开着。刚过正午，屋里的光线蛮横生硬，把照到的每一样东西都变成透明体，所有的污垢失去了藏身之处，纤毫毕现，一览无余。母亲坐在饭桌边上，糊着摞成一堆的火柴盒，颈子埋得低低的，鼻梁上蹙出一团乱纹，脸色比先前更为苍白，是少了400毫升的血之后的那种苍白。

"400毫升是多少？"在路上袁凤曾向无所不知的孟龙打听。"一瓶酱油通常是500毫升。"孟龙给了她一个参照物，她就明白母亲失去的血，相当于一瓶子刚用过一丢丢的酱油。她突然醒悟过来，六个月之前吃到的那盘炒猪肝，或许还有在这之前吃过的那一盘,甚至更早的,都是母亲的血换来的。腥咸的,带着点金属气味,她想起了父亲死的那天,她吸吮被刀割伤的手指时尝到的那股味道。肠胃抽搐翻滚起来,她差点想吐。

她正要从自行车上跳下来,却被孟龙拦住了,他的注意力被屋里发出的声音扯住了。那是母亲在哼着歌儿。她的声音很轻柔,带着点羞羞怯怯的意思,可是奇怪得很,居然把别的声响都盖住了。一首听不出词儿的曲子,一圈一圈地绕着弯,有点像遥远的大海的波涛,一潮近一潮远,腼腆的试试探探的,却又勾着人心。那声音里有一样说不清道不白的东西,在人心里掏出一个窟窿,孟龙毫无防备地感到了疼。袁凤听出来他的呼吸带上了一丝潮气,泛起了卷边。

母亲手里的糨糊用完了,她站起来,探身过去够桌子那头的一个新糨糊瓶子,却突然停住了。她惊讶地发现门前的台阶下站着两个悄然不语的偷听者。

"妈,这是我的英语老师,孟龙,孟老师。"袁凤结结巴巴地说。她不知道母亲会有什么样的反应。介绍来客是一块她从未涉足过的新领地。从小到大,她没带过任何一个人回家。母亲绝对禁止,没有商量余地。

母亲站在两级台阶之上,仔细端详打量着孟龙。

"她惹什么祸了?"母亲突然叫嚷了起来,声音里充满了疑惑,那神情就好像袁凤还是个刚戒了尿布学走路的孩子。

求你,别这样。袁凤用眼神央求着母亲。

"我分分钟都操着心,身子是十六岁的身子,脑壳呢,还是个三岁的娃。"母亲丝毫没理会袁凤的暗示,依旧在叨叨絮絮。

天下母女间的斗智斗勇,多少像是一场实力悬殊的赛跑,无论女儿逃得有多快,总跑不过母亲。母亲永远追得上。袁凤心里涌上一股苦楚的绝望。母爱不挑时间地点，没有逻辑也没有界限，总喜欢在最煞风景最荒谬的场合里出现。母爱说来就来，没人挡得住，在大雪天里给你送上一根冰棍，在烈日之下为你捂上一件棉衣。放心好了，母爱不是一天里养成的，也不会在一天里改变。袁凤气急败坏，最终还是将那一腔怨恨忍了下去，因为她知道更糟糕的还在后头，她得留着力气。

"她比你想象的成熟。"孟龙说，一句话就把袁凤从羞愧难堪的沼泽里捞了出来。

袁凤从自行车上跳了下来，母亲稍稍闪了闪身子，勉勉强强地做了个欢迎的姿势，让他俩进屋。

"她要是没惹事，那你来家里做什么？她的班主任连我们家的门槛都没跨过……"母亲说了一半的话突然噎在了喉咙口，因为她发现袁凤在用一只脚一跳一跳地走路。

"天，她怎么啦？"母亲的嗓门调高了几分，从担忧升级到了惊恐。

"脚上扎了个小口子，消毒包扎过了，你别担心。"孟龙扶着袁凤进屋坐下，用平稳的语气，将母亲搅起来的漫天飞尘渐渐湮了下去。"那些人不像话，不该把垃圾这么随手扔在河边。袁凤，下回你从水里出来，应该马上穿鞋子，不要赤脚在地上走。"

"她是游泳去了？我说呢，连门都没锁。那你是跟她一起去的，孟老师？"母亲问道。到这会儿她终于安静下来了，惊恐已经化解为好奇。

"我是骑车散步的时候碰见她的。"孟龙说。

"她脚上这伤口，会不会感染生病啊？"母亲的眉毛挑了起来，又有新愁涌上。

"放心，都处理完了，不会有事的。袁凤，你这几天不能下水。"他一边安抚母亲,一边叮嘱女儿。

"你对她的好,她都知道,回家有说。"母亲终于彻底放下了心来,嗓门便有些哽咽。

"没说我坏话吧,袁凤?"他问。

袁凤坐着不吱声,看着孟龙和母亲来来回回地打着太极拳。母亲当着她的面说她,却又一直绕过她,仿佛她全然透明。这是母亲的推手招式,把袁凤推入婴儿期,永世不得翻身。孟龙则一反手,把她从坑里轻巧地捞了出来,进入平等的对话。天下并无真平等,只能取个近似值。久经考验的母女联盟,从前联手抵挡世界的那个"我们",此刻正在分崩离析之中。一个新的联盟正在形成,那是孟龙和女儿的联手。现在是"他们"在对抗世界,而在这个世界里,也包括了母亲。

袁凤简直被孟龙说话的方式镇住了,他在讲述发生的事情时没有浪费一个字。他并没有撒谎,他只是对事实进行了筛选,忽略修剪了一些细节而已。被剪除的区域不大,若放在世界地图上,也就一个西伯利亚的面积。从他的话里本来可以挑出一万个疑点,可是母亲却没有追问。袁凤平安无事地回了家,母亲揪得很紧的心,这会儿终于可以松开,她还顾不得其他。

"袁同志,我听见你唱歌了,那是什么歌啊?我觉得像……"他顿住了,苦思冥想地搜寻一个合宜的词,眉毛轻轻地朝中间汇拢,拧成一个沉思的结。"像是掏着了心。"他最终找到了想要的那个词,一朵微笑绽放开来,延展到他的眼角,那脸上便荡漾开一汪孩子似的真切欢喜。

母亲的脸唰地涨得赤红,那红晕洇漫至颈脖,连那沾着糨糊的指尖,似乎都冒出热气。那丢失的一酱油瓶子的血,每一滴都回到了她身上。袁凤幸灾乐祸地看着母亲在她眼前土崩瓦解,那座在飓风海啸面前岿然不动的城堡,竟然会在区区一句恭维话面前,瞬间散成一地瓦砾。好话是世上最便宜却无坚不摧的武器。

"小时候,我妈哄我睡觉时唱的,不好意思让你听了去。"母亲嗫嚅地说,羞臊得无地自容。

"歌词是讲什么的?"孟龙问。

"一只蜘蛛,瞎忙,给家里每人织一张网,再讨样东西。我妈说我从来撑不过第三轮,就睡着了。"母亲毫无防备地被童年的记忆击中,情不自禁咯咯地笑出了声。

"唱给我们听听吧。袁凤,你说呢?"孟龙催促着。

"妈。"袁凤拖长了声音央求着。

母亲架不住,只好小声哼了起来:

> 小小一个蜘蛛啊忙织网,
> 织了一团又一团,
> 一团又一团,
> 一团又一团。
> 第一团,给我亲娘,
> 娘啊娘,你送我一朵红花戴头上。

母亲掌不住笑,就停在了半道。

"有意思,你接着唱啊。"孟龙恳求道。

> 小小一个蜘蛛啊忙织网,
> 织了一团又一团,
> 一团又一团,
> 一团又一团。

第二团，给我亲爹，

爹啊爹，你送我个弟弟陪我玩。

母亲脑子里的歌词全都混成了一团，便再也唱不下去了。袁凤和孟龙很快跟了上来，顺着那曲调，兜着圈唱着"一团又一团，一团又一团"，乐不可支，笑得浑身乱颤。

"妈，我怎么从来没听你唱过这个？"袁凤的嗓子笑得喑哑了，说起话来嘶嘶的。

"那是小娃娃的傻玩意儿，你都这么大了。"

"袁同志，这'一团一团'地唱下去，唱到十团八团的，亲戚都唱遍了，咋办？"孟龙还没理顺喉咙里噎着的那口呼吸，说话上气不接下气的。

"找一门八竿子远的亲戚，侄子的丈母娘什么的，再胡乱编个什么礼物送一送，总是有的。"母亲随口回答道，三人不约而同又爆出一阵哄然大笑。屋里的墙壁清静惯了，听不得这样的聒噪，便有些恼怒。

孟龙朝袁凤眨了眨眼——那是他们之间的摩斯密码，她立刻看懂了。跟你说过吧，不用发愁，一切都在掌控之中。这是他藏在眼色里的话。

"你就叫我春雨吧，'同志同志'的，怪严肃的，受不起。你稍等一下，让我把这一团乱糟糟的东西清理完了。"母亲扬起下颌指了指桌上那一堆快要完工的火柴盒说，"孟老师，你留下来吃晚饭，我说了算。今天家里碰巧有几片猪肝，那东西可不是每天都有的。"

他一下子陷入了沉默，不知该找一句什么话来回应。他已经知道了猪肝背后的那个故事。一旦进入了别人的秘密，就再也无法佯装无知，全身而退。

6

这天早些时候，孟龙骑着自行车到了九山河岸一处人烟较为稀少的地方。每个周日，他都会在这里骑车兜一圈风，或者下河游几个来回——他也是个水性极好的人。他原是想借此偷得一时半刻的清闲，养养心神来对付接下来一整个星期的疯狂，却没想到在岸边遇上了袁凤。袁凤刚游完泳上岸，脚被河滩上的一根钉子扎破了，流着血，此时正捂着伤口坐在岸边的一棵榕树底下，等着路人经过帮她一手。

孟龙教两个年级十个班的英语课，学生太多，他记不住每个人，可他却认得袁凤。倒也不是因为她格外羞怯，动不动就脸红——这是少年人的通病，连革命也无法治愈，而是因为她上课时那份旁人没有的专心致志。她交上来的作业极其认真工整，常常在本子的空白处写着她在课堂上不敢问的问题。他会在她问题边上随意写上几句回答，他做梦也没想到她会把他的答复当作经书一样看待，每个字每个标点都细细揣摩、回味、膜拜。

后来他才意识到：她对英语课的兴趣，也不见得比数学和物理（那时叫工业基础知识）更多。她喜爱这门课，纯粹是因为她喜爱教这门课的人。英文里有个成语：爱一个人，也得爱他的狗。中文更简洁，叫爱屋及乌。

他把袁凤扶上自己的自行车后座，驮着她去了附近一家医院处理伤口。清洗，消毒，包扎，又打了一剂破伤风预防针。该做的都做了，完事时，已经过了中午的饭点。他就驮着她去了街边的一家小面铺，给他俩一人买了一碗鱼圆面。这是他第一回请学生吃饭。

铺子里没有一个顾客，死一样的寂静。苍蝇魔鬼似的肆无忌惮地嘤嗡飞舞着。一幅沾满油迹、被烟火熏得发黄的毛主席肖像，从墙上望着他们慈祥地微笑。那是一种由年岁、不可挑战的威严才可能有的微笑。他们不敢彼此相视，害怕那眼神若是一撞上，保不准就会引爆一场不合时宜的意外。

他仅仅是有点饿，而她则是饿慌了。她一言不发，直接把头埋进了饭碗。滋溜，稀里，哗啦。他吓了一跳。一个如此安静的女孩儿吃起饭来竟然有这么大的动静。"你多久没吃饭了？"他问。一句纯粹的笑话而已，没想到幽默一出口就拐错了弯，拐到了一个通往灾难的路口，引出来一大泡泪水。大大的，饱实的，毫无由来的泪珠子，顺着她的脸颊淌下来，在桌面上凿出一个个洞眼。

他毫无防备，一时怔住了，脑子飞快地旋转着，想搜寻一两句稍稍能劝慰她的话。他的词汇库存量很大，居多是从已故诗人身上学来的，可是此刻一点也派不上用场。死人的话只能安慰死人，对活人不管用。空气中充斥着她还来不及结痂的委屈和伤痛，小铺的主人视而不见心无旁骛地翻着一张旧报纸，墙上那张肖像上的微笑，不知何时已经变成了一丝嘲讽。废物！孟龙暗自诅咒着自己的无能，竟挖了一个这么深的、不能自拔的坑，粘上了这个哭哭啼啼的十六岁的女孩子。在来到这个学校之前，他没有应对过这个年龄的人，既不能把他们当作孩子，也不能把他们当作大人。在人际关系的雷达屏幕上，十六岁是个盲点。

最终她哭过了劲，自己慢慢安静下来。她一开口说话，就把他从坑里捞了出来。她跟他说了家里的事，那些年的羞辱，挣扎，那些伤口。她本没想说的，一切都是意外，那些话没经过她的脑子，就径自挖了一条逃路，越狱似的跑出了她的舌头，她和他都同时吃了一惊。话一旦逃出生天，就汇成了一条小溪，一条河流，最终成为一汪大洋。她根本无法制止那些滔滔不绝的倾诉，就跟她无法制止台风和地震那样。世上没有一条堤坝能拦阻得住这样汹涌的急流。

急流渐渐平息，变成一条涓涓细流，最终过去了。

她感觉通身都被洗了一遭，清朗洁净，身上那一层烂皮囊，已经蜕在了小铺的饭桌上。桌子早已听惯食客留下的各样私密，丝毫不为所动。她把家里的那点底都亮给他了，她脆弱得像层轻轻一捅就破的纸，但是很奇怪，她却不再惧怕他。他现在知根知底地知道了她生命中最难堪的东西，她的煎熬已经过去，耻辱失去了束缚力。真相剥去了衣装，她赤裸低贱地站在他面前，空前绝后地自由，前所未有地勇敢。

他听她讲着她家里的事，只觉得这个比他小得多的女孩给他打开了一扇门，里边那个世界里的卑贱和艰难，几乎让他目瞪口呆。他是政治上的弃儿，一个流放者，但是按字面意义严格来说，他算不上贫穷。在那个年代，大学生还是稀罕物，那张北大的毕业文凭给了他一份足以维生的薪水。在他的认知中，贫穷是有的，却在远方，在某座边城，在某个水源匮乏的村庄，她让他知道了城市也有自己的贱民。

他很想拥抱一下她，说一句一切都会好起来之类的话，可是他最终遏制住了这股冲动。生在一个既不能改也不能动的世界里，沉默或许比谎言更容易让人活下去。更何况他突然发觉再也不能像先前在课堂里那样对待她了。今天下午，就在他眼前，她刚刚经历了一场说不清道不明的蜕变。

她不再是个孩子，一切的说教对她都是居高临下的侮辱。

除了孟龙选择告诉她的那几句话之外，母亲对那天早上发生的事一无所知。袁凤那天回到家就像变了个人似的，竟然愿意跟大人好好说话，且很把老师当回事。母亲谢天谢地，惊喜都来不及，根本没想深究。最近一阵子，袁凤进入了一个不可理喻的阶段，仿佛和天下的大人都有仇，一举一动都像是在挖战壕筑城墙，拦阻大人的进犯。她眼中的那个大人世界里，守在最门口的就是她自己的亲娘。这个年轻的英语老师真是老天爷送来的及时雨，不早不晚地出现在一个愤怒悖逆的女儿和一个茫然失措的母亲中间，成为一个正合时宜的缓冲地带。

正好家里有猪肝，留下老师吃一顿晚饭，或许就能把关系拉近了。这就是母亲的私心。留人吃饭，这在她们家就算是件惊天动地的大事了，这张饭桌有史以来就没见过生人的面孔。

母亲开始整理手头的乱摊。火柴盒子只需贴上标签，就可以完工了。标签是跟着潮流走的，每一批进来的货，贴的标签都不一样。这一批是一句口号，用美术字印在一块红艳艳的背景上：备战备荒为人民。

"你得让我也出一点。"孟龙犹豫了几秒钟，终于说。

"啥？"母亲听糊涂了。

"他要给点钱，要不然就不留下吃饭。"袁凤一下子听懂了孟龙的话，就解释给母亲听。

"这样吧，我去买三只烧饼，一人一只。"孟龙补了一句。

"胡说什么呢？"母亲的脸立时就紧了。

"馅儿要雪菜肉丝的。"袁凤贼眉鼠眼地笑了。

"阿凤！"母亲吃了一大惊，狠狠瞪了她一眼，怀疑自己是不是稀里糊涂地跟哪个陌生人换过了孩子。

"就这么定了！"孟龙手腕轻轻一压，心不在焉地把这个话题压下了。他只想好好看看她们两个是怎样搭手干活的。他不开伙，三餐都吃在食堂，也不抽烟，除了偶尔夜里断电需要点蜡烛或煤油灯，他很少用到火柴，也不知道火柴盒子竟然是手工糊出来的。母女两人那流水般的默契和速度，只看得他眼花缭乱。母亲贴上了标签纸，轻轻一推就把盒子传到袁凤手里。袁凤麻溜地一码，就排成了一条直线。再一码，那直线又排成了一个方阵。每只盒子之间留出的距离，都画了线似的精准齐整，彼此挨得很近，却又留下足够大的缝儿让糨糊风干。那是千次百次的熟生出来的巧。

"春雨，他们怎么给你算钱，火柴厂？"孟龙好奇地问。

"一百个盒子五分钱。"母亲回答说。

"每个盒子能装多少根火柴？"

母亲怔了一下，便笑了："还真没人问过这个。这不归我管，是厂里的事。"

"没准，八十到一百根，装满为止。"袁凤抢着回答。

他每个月的薪水是五十六块钱。需要糊多少个盒子，才能挣到这个数？他飞快地心算了起来。

112,000。他听见自己在喃喃自语。

"你在说什么？"母亲又听糊涂了。

每个月112,000个盒子，或者说，至少8,960,000根火柴。这个数量的火柴，能熏黑世上一半人的肺叶、点燃地球上所有的森林。一年是十二个月，一生又是多少年？谁能说得准这个数字？这条隧道没有尽头。一团又一团。他突然想起了春雨唱的歌里那只永无止境地织网的蜘蛛。一阵无法排遣的、长夜般的绝望,突然席卷而来,将他彻底淹没。

母亲抬头看了他一眼,似乎看懂了他的心思,轻轻一笑:"我有一只小凤凰要喂养,糊一只是一只,再小也是钱。"她平静地说。

他躲过了她的眼光,羞愧难当。

袁凤坐在边上干活,半心半意却又满心欢喜地听着母亲和孟龙之间的对话。他们的声音像沙滩上的潮水似的,一会儿进一会儿退,轻轻地拍打着她的耳膜。这些年里,她过的都是祸福相倚的日子。爱和负疚,羞辱与得意,指望和失望,都是形影不离。每一件好事之后,祸事必然紧追不舍。她虽然只有十六岁,但已经见过了太多的事,她知道对她这样家世的人来说,出门一脚踩到屎的机会,远胜过捡到一张五元票子。远胜的意思是百倍千倍。

今天老天爷大概困了,竟然让这么好的运气溜到了她手上。可是,天知道会有什么样的灾祸在前头等着?该来的就来吧,她管不了这么许多,她只想好好地仔仔细细地享受这一刻的时光。爱已经麻木了她的感受,就像日头黯淡了蜡烛的光亮,把她丢弃在一团盲目的懒散的一动也不愿动的欢喜之中。

她当然听到过关于他的闲话。学校里流传着许多个版本的故事:他头上那顶自找的右派帽子,他的亡妻,他腹死胎中的孩子,还有那封选错了时辰的香港来信……但那都不过是扔在他身上的污泥。污泥也长眼睛,专挑着好人、能人、跑得快的人沾。这些人太强,太遭人嫉恨,命里注定要比别人倒霉。污泥能弄脏他的衣裳。要是他不小心提防着,或许还能脏了他的皮囊,却碰不到他的心。心是任什么东西也弄不脏伤不着的。她才十六岁,还不懂皮囊是身体的居所,就像身体是灵魂的居所一样,两者本是一体,你中有我,我中有你。一个伤着了,那一个岂能安然无恙?

即使她懂，她也毫不在意。无论他是天使还是魔鬼，是正人君子或是恶棍，对她来说毫无区别。他把她从地上一把抱起来，驮在他的自行车上，她只想跟着他兜风。天堂也好地狱也罢，她才不会去操心他会带她去哪里。她不要像母亲那样过日子，抠抠搜搜地舍不得花掉一生中最好的年华，像压制噪音那样地压制着激情，只在有人召唤的时候，才挤牙膏似的挤出一丁点爱，每一天都在害怕情绪超支，感情破产。她绝不这样过日子。绝不。她想要爱，爱得炽烈、疯癫、丧心病狂，爱到五脏六腑碎裂，生出剧痛。为这样的爱她什么都可以舍，她不想为自己留一毫一厘的后路。

还要过二十年，她才会参悟一条亘古不变的真理：世上每一个女儿都嫌弃过母亲，都渴望逃离母亲那样的日子。可是到头来，哪一个也逃不过命。到老了女儿才会明白，她过的，其实就是母亲的日子。她的女儿，她女儿的女儿，一代一代都如此，周而复始。

"春雨，往后每个周三和周五，下课后我都会过来，帮袁凤补习英语。她还真是喜欢这门课。"袁凤听见她的老师对她的母亲说。

从那以后，孟龙如约每周两次到袁凤家里补课，但他把时间换了，不在课后，而是晚上七点半，以避免陷入主人留饭的尴尬场景。那个关于猪肝由来的故事，已经将他的肠胃搅得翻江倒海。后来很长的一段时间里，他都会在眼前摆着的任何一盘菜里看见鲜血。

他会时不时带点东西过来，一只新出炉的烧饼，一小包酸甜橄榄，两个从北朝鲜进口的苹果……都是些很随意不值钱的东西，这样的小东西让母亲抹不下脸来拒绝。他无法拯救世界，他其实都拯救不了自己。他不过是尽力想把母亲下一次卖血的日期稍稍往后推一推，一个月，一个星期，哪怕一天也好。在他的善意和母亲的自尊之间，只隔着一条细线。他心里明白，再多的善意也磨不平自尊的棱角，他只能小心翼翼地行事。

他用来给袁凤补课的课本，是天下无二的独创。封面看上去，绝对是一本标准的中学课本，翻开头几页，也的的确确都是课堂上教的那些课文，比如：

  I am a little driver.
  I drive a long train.
  My train runs very fast.
  It is running to communism.
  （我是一个小司机，
  我开一列大火车。
  我的火车跑得快，
  一路快跑到共产主义。）

假如你再往下翻几页，就会翻到完全不同的对话：

  I like hot weather best.
  Really? Personally, I prefer winter.
  （我最喜欢热天。
  是吗？对我来说，我还是偏爱冬天。）

"这是《英语900句》，美国人用的英文课本。"孟龙解释给袁凤听。当然，那是经过了改头换面之后的伪装本。

有一天晚上，他来时手里提了一个包，进屋就反手拴上了门，并且小声吩咐母亲拉上所有的窗帘，把用不着的灯全关了。他看着她们，一丝顽童似的得意的笑意，在他脸上荡漾开来，仿佛他刚刚得了一件了不得的玩具，正等着显摆出来，把天下人镇蒙。墙上的挂钟屏住呼吸，急等着看一场好戏。只见他从包里掏出一个长方形的盒子，隆重地高举着，定格在一个亮相的姿势里，然后极其小心翼翼地放下来，搁到桌子上。

"我的收音机，新买的。"他宣布，两颊泛起兴奋的红光。话一出口，他就立即懊悔了。幸亏在家时他就已经把价格标签撕了，要是春雨看到这个价，他会无地自容。她要糊多少只火柴盒，才能攒到这个数字？他连想都不敢去想。数学能够摧毁一切，数字能把满心的欢喜搅成一摊狗屎般的愧疚。到底是从什么时候开始，他学会了把火柴盒作为天下所有物件的计价单位？

袁凤的嘴张成了一个大大的纹丝不动的圆。她是在有线广播和高音喇叭声中长大的。一年以前，她曾经在一个同学家里见到过一台矿石收音机。同学的父亲是机电工程师，那台收音机是他自己动手装搭的。几个铁疙瘩，几根线，草草地装进一个露着半边脸的破木盒里，这就是她的全部印象。她只是模模糊糊地听人讲过晶体管收音机，不过听了也是白听，她一点也不懂，她对那玩意儿的无知程度，基本等同于对彗星和恐龙。这会儿传闻中的新奇竟然面对面地摆到了她的眼前：一个漂亮的乳白色的塑料盒，两只大大的棕褐色的眼睛，当然，你叫它耳朵也行。它们是旋钮开关，一只管频道，一只管音量——这都是后来孟龙告诉她的。里头是什么样子？还是一样的铁疙瘩和一样的乱线团吗？她问自己。塑料盒子严丝合缝地关起了所有的秘密，看不见的东西让人生出不着边际的想象和好奇。

他拧开音量开关,里边正在播送中央人民广播电台的《新闻联播》。这个节目他们平时都是从有线广播里听的,只不过收音机的声音更清脆些,仿佛把北京扯到了紧跟前。然后他把音量渐渐调低了,低到几乎听不清楚声音,而只是感受到了低音的震颤。"别说话。"他警告她们,然后用手势把她们招呼到离收音机更近的地方。悬念像电流般嘶嘶啦啦地穿过耳膜,充溢在空气之中。

他敏捷地调节着旋钮,从一个频道滑到另一个频道,动作极是轻微,仿佛是在一张平滑而毫无瑕疵的钢板上寻找一条细缝。除了交流声,还是交流声,听上去像是细雨、大洋的浪潮、天边遥远的滚雷、树叶在风中的窸窣,或是燃烧的木柴发出的噼啪声。那声响是压抑的,边角模糊,彼此相互混搅。

突然,那毫无意义的声响里流出了一串音乐。那曲调乍一听很是怪异,把耳朵吓了一跳,肌肉就收紧了。听着听着就听顺了,不再觉得惊悚。怀疑和警觉渐渐消退下去,耳朵觉出了安全,就把那绷紧的神经放松了下来,最终竟对那调子生出些莫名的好感。

接着传出一个女声,讲的虽是普通话,那说话的语气和声调格外地平和柔软,与平日耳朵里刮进的声音不太一样。熟悉的语言,听着竟像是外语。

这里是美国之音对中国广播时间……

母亲浑身一抽,神情猝变,脸色唰地白了,仿佛刚刚又失去了400毫升的血。

"这要是让人知道了,他们会……"母亲把后半截话生生地吞了回去,仿佛那话若出口见了天日,就会变成了铁板钉钉的事实。

"咋会有人知道？除非你去报告，那你就是同谋。"他反驳道。说那话时嘴角一歪，歪出一脸诡笑。谅你也不敢。那是他眉眼里的意思。

"妈，就咱们三个人知道，没事的。"袁凤央求道。他的诡异欣喜如传染病传给了她，她已无药可救。

现在收音机里说话的是一个男声，嘟噜嘟噜地说了长长一串话，袁凤的耳朵只断断续续地钩着了一两个字。

"这是美国人嘴里的英语，在播报国际新闻，后边就会有中文翻译。"他解释给她听，"你要学地道的英语，你就得听地道的英语广播。"

"豹子胆啊，你们。"母亲徒劳地抗议着。一对二，一场实力悬殊注定要输的战役。

这天夜里，袁凤怎么也睡不着，突然觉得身下的那张床太小了。

7

自从到袁凤家补课以来，孟龙对袁凤的态度稍稍有了些变化。他们在学校里见面时，他跟她打招呼，甚至看她的样子，都比先前添了些客套。人前显示距离，就等于间接承认了那个悬在空气中属于他俩的私密。她喜欢这种人前的刻意。

喜欢的同时，她突然生出了恐惧。恐惧如野草，在完全意想不到的地方突然就钻出头来。饭吃到一半的时候，刚有睡意但还没进入梦境的时候，第一缕晨光舔开她眼睑的时候，或者在她毫无防备地拐过街角的时候。再过三个月她就要高中毕业了，他就不再是她的老师，她也不再是他的学生，所以他也没有理由再来给她补课。跨出校门她就要直接到冶金厂上班，三年的学徒期，然后期满转正，成为一名长期工。长期。长期有多长？长到永远，长到她太老了干不动活了，或者她倒地死了，看这两个哪个先轮到。

这就是她的一生，陋街窄巷一样，一眼就看到了底。

假如她从来不曾认识过他，她的前景虽然黯淡，却也还不至于到难以承受的地步。他为她点燃了一根蜡烛，叫她看见了一角温州城之外、她的眼界所不及的那个世界。在这个岁数上，她的心正是最柔软可塑的时候，他在她印泥一样的心上留下了印记。他留下了一片他自己。可是，他留下一片他的时候，也同时带走了一片她。

可是人总是要走的，谁也拦不住谁。这是大自然的法则，就像白天要离别黑夜，春天要脱离冬天，果子要挣脱树木，父亲要抛下女儿一样。她离开学校的那一天，他们——她和孟龙——就要各行己路，永无交汇了。想至此，她忍不住打了个寒战。这些惶恐和杂念在她心底隐藏着，随着日子的流逝一天一天长大，她的身子已经装不下了，随时要赤裸裸地爆炸在光天化日之下。他知道吗？他要是知道，又知道多少呢？

她必须要告诉他。她没有选择，再憋下去她就要疯了。

每一次他来给她补课，听完《美国之音》后，为安全起见，他都会小心翼翼地把收音机调回到中央台。这天晚上，他正在调旋钮，她突然对母亲说她要出去走一走，透透气。母亲有点惊讶，因为天色已晚，但没有阻止她，只是吩咐她不要走得太远，要挑有路灯的地方走。自从她上了高中，母亲缠在她颈子上的绳套似乎稍稍松了些，于是她和孟龙两人就一起出了门。

他提出来带她骑车兜一圈风。在往常她一准会乐得头重脚轻，可是今天不行。今天她需要走路，能有点时间来慢慢地切入一个话题。这个话题她想了很久，却一直没有想好一个合宜的开头。

　　她坚持要散步。

　　这天的月亮差不多就是满月了。月光亮到发蓝，照到哪里，哪里就生出一团淡淡的紫。而照不见的地方，就舞动着些奇奇怪怪的影子。冬日刚过，夏日未至，万象已经复苏，每一样活物都在用嗓子占据夜空下的领地，谁也不肯让着谁。青蛙的嗓门最大，其次是蟋蟀，再就是纺织娘，它们都躲在附近的灌木丛中和小河边上。温州城里蜘蛛网似的到处都是塘河，在还没有城的时候，水就在了，水比人的记忆还老。可是现代化的脚步在悄悄逼近，再过个一二十年，这些河都会被泥土充填，消逝在高速公路和高楼大厦之下。

　　不过当时水和人都还不知道这些。孟龙和袁凤走在月光之下，根本没有料到那天他们听到的夜声，将会是老城近乎最后的哀鸣。世道很快就要改变，新潮流所至之处，就会生出新景致，老城即将成为一本过时的地图里一页泛黄的废纸。革命留下的残局，马上会有商机来收拾，利利索索的，什么也不会浪费。

　　"看看你，都长得多高了。"孟龙看着袁凤，惊叹道。她走在他身边，身子藏在他身子投下的阴影之中，异常地沉默。

　　这一年里她的确长高了许多。她个子蹿得太猛了，为了不挡住同学的视线，新学期开始时，班主任把她的座位从第三排调到了最后一排，和班里个子最高的男生坐在一起。在女生中，她鹤立鸡群，站在那里什么话都不说，就已经让她们感到了威胁，因为她让她们觉出了自己的弱小。在那个群体中，她格格不入，没有人会对她推心置腹,被孤立是自然而然的结果。或许,换个角度说,她自觉自愿地把自己打造成了一个孤独的流放者。她心里藏着一个成人才会有的秘密,而她们才刚刚玩腻了布娃娃——假如她们买得起布娃娃的话。

"大概是,随我爸吧,我爸个子高,像江心塔。我妈说我太费布票了,现在轮到她穿我穿小了的衣服。"袁凤有一搭无一搭地回着孟龙的话,心里却在盘算着下一步的行动计划。

"你妈有没有说,你现在变得,那么……"孟龙犹犹豫豫地停住了,在脑子里搜寻着合适的词。"那么像个大人了。"最终他说。

其实不用他说,她已经猜到了他在那个小小的停顿里吞下的那半截话。同样的话,母亲衣柜上的那面镜子——那是她的镜子,已经明明白白地告诉过她了。她已经不再是那个皮包骨头的小丫头了,颧骨上的太阳斑也已消逝殆尽。她的眸子里闪着火花——那是未经世事熏染的光亮,谁也没法浇灭它,因为点燃那光亮的燃料是自给自足的,"风吹雨打都不怕",就像那首人人皆知的儿歌里唱的。每个星期她都昏昏沉沉地打发着日子,无精打采地等候着他来家里的那两个晚上。他来了,她整个人就猝然活了,每一根神经都充满了电。

除了家里的镜子之外,她还有另外一面镜子,那就是他的眼睛。这面镜子不像家里的那面那样挑剔,却比家里的那面更敏锐,更懂得她的好。他眼睛里的镜子证实了家里的镜子——那面真镜子——已经告诉过她的事实:她的容颜对得起世上所有的镜子。但是他说话时那隐隐一丝你这个可爱的小丫头的语气,却突然惹毛了她,激起了她反击的欲望。她那一米七四的躯体上的每一个细胞,都急于在他面前显示她已经不是孩子。

"我一上班就要搬出去住,搬到单位的宿舍里。"她的脸突然间绷紧了。

他吃了一惊。"这事跟你妈商量过吗？"

"没有必要。"她脱口而出，说完了立即为自己磨刀石那样坚硬的语气懊悔，口气稍稍软了些下来，"以后再跟她说吧。"

他笑了，是那种轻柔到几乎纵容的笑。

"你还得好好长身体呢，别操心布票的事，我把我那份省下来给你。下个季度吧，这个季度不行，我都用光了。"他说，带着一股她先前从未见过的温存。

她怔住了，一时难以置信。"你是说，你还会来看我，就算我毕业了？"

他没有立刻回话，而是静等着她汹涌的狂喜慢慢地退潮。"傻孩子，当然会来看你，除非把我踢出去。"

她如释重负，全身瘫软了下来。过去的几天几夜里，她一直都在冥思苦想地筹划着今天晚上要说的话。各样的念头，各样的话，一字一句，一潮一阵，无休无止纷乱无序地在她的脑壳里闪过，等待着一个合宜的开头，把它们串成一场大人之间才会有的、别有深意的对话。

在那个男女之事可行而不可言的年代里，十六岁半的袁凤对人类繁衍行为的过程以及其间的疼痛和狂欢，都还近乎一无所知。小时候，她夜里曾经被父亲房间里传来的母亲压低了的呻吟声所惊醒。她模模糊糊地猜测过那紧闭的房门之后发生的事，可是没有哪本书、哪部电影、哪个领略过风情的女友来帮她揭开过谜底。连她的母亲，也不曾给过她任何指点，哪怕是暗示。她的猜测是飘在半空的浮云，东鳞西爪，浮游不定，她始终不得要领。可是荷尔蒙总会有自己的办法，帮她找到路的。

一个吻。这是她今晚计划要做的事。假如她无法给肚子里的话找到一个合宜的开头，或者头虽然开了，却拐上了一条通往灭顶之灾的歧路，这个吻是拿来救场的。她是在苏联小说《钢铁是怎样炼成的》里读到冬妮娅亲吻保尔·柯察金的场景的。那本书是那个年代所有的年轻人都读过的小说，他们应该喜欢的是坚强果敢的革命者丽达，可是所有人念念不忘的，却是那个穿着裘皮大衣，热烈大胆的小资产阶级尤物冬妮娅。书里那个亲吻的场景，每一次想起来，即使在黑暗中她也会禁不住面红耳赤，手心湿黏。这就是她今晚想要做的事。这个想象中的吻让她浑身绷紧，手心被汗水湿透，牙齿抑制不住地格格相撞。

他一句"当然会来看你"，出乎意外地解救了她。她不需要非得在此刻找到那个该死的话头、筹谋那个该死的吻了。这个糟透了的夜晚把她的脑汁像中药似的熬了一遍，她的灵感干涩枯焦，再也没剩下一个鲜活的细胞可以营造爱情。不过她还有足够的时间去慢慢长大，等着他的布票化成一件新衬衫——最好是苹果绿颜色的，也等着她的心思意念慢慢生出扎实的根基，结出落地有声的话语。

"阿凤，"他轻轻喊了她一声，这是他第一次叫她的小名，"等期中考完了，我有话要跟你说，是紧要的话。"空气轻轻哆嗦着，充满了暗示，她被他语气里的郑重其事吓了一跳。让她震惊的，不仅是他的话，还有他的话在她心里激起的滔天悬念和希望。

她飞快地计算了一下时间。很简单，从现在到期中考之间的距离，是七个白天和六个夜晚。从今晚到那一天，是她通往天堂或者地狱的冗长旅途。

多年之后，她依旧还会想起那个想象之中的吻在她的记忆中烧下的疤痕。那是她的初吻，并未发生，却刻骨铭心。那经久的折磨，那战栗的期待，那高烧般的幻觉，已经离现实如此近了，却被命运之手轻轻一推，遁入永恒的幻象。

期中考来了，又去了，可是那场他许给她的谈话，却没有发生。它的内容被埋入往事，成为永远无法解开的秘密。就在那段时间里，一件意想不到的事情发生了，如一场台风突兀来袭，在它身后留下一地破碎和狼藉。计划中的人生在此脱轨，毫无准备地进入了一段不可预测的路程。

有一天上课时，孟龙心不在焉地在黑板上写下了"Celebration of Nationalist Day"（庆祝国民党日）。这不是他的本意。他原本要写的是"Celebration of National Day"（庆祝国庆节）。好好的一首颂歌被他给唱歪了，唱给了不该有的听众。一个小小的拼写错误，导致了一场重大政治事故。

后来每每回想起来，袁凤都不敢确定她的良心在这件事上是否完全清白无辜。孟龙并非鲁莽之人，前车之鉴已经教他学会了谨言慎行，做事知道清理首尾，不留把柄，他不太可能犯下这般低级的白纸黑字错误。更糟糕的是，课上完了，还会把板书一直留着，仿佛在静等着人来举报。莫非他心里有事？袁凤的心抽紧了。是那件他要跟她说的事吗？紧要的话。他是这么告诉她的。

在孟龙遭遇的三起劫难中，前头两起或多或少属于阴差阳错，是一出演成了荒诞戏的情景喜剧。但就这一起来说，没有任何合理的解释可以帮他脱罪，他完完全全是咎由自取。

几天之后，处理决定下来了，这回是来真格的。作为已经有两次前科的惯犯，他被发落到温州城以北三百公里的一个小村庄。这个村地处山区，是全省海拔最高，也是最贫瘠的地方，没通电，到最近的汽车站也要步行三个半小时。秋季开学之前，他就要去一所社办小学报到，教语文和算术。至于英语，那里一百年之内都用不上。

他从一开始就没想去报到。二十年里,他第一次想到了他的母亲。她在香港生活了多年,现在在九龙和温哥华两地轮流居住。

有一天晚上,他过来看袁凤母女。几句寒暄之后,他就跟她们说了他的逃亡计划。这个计划不是一时兴起,他已经考虑了一阵子,唯一没想到的是他会脱口泄露给她们。他的原意是想跟她们道个别,丝毫没想牵连她们。在他人生的这个阶段,整个世界上,除了她们,他一无所有。

"这个留给你。要特别小心,每次听完了一定要调回到中央台。"他从袋子里掏出收音机和那本糊了假封面的《英语900句》,放到桌子上,特意叮嘱袁凤。

他扔下的那颗炸弹,却没有引起他想象中的爆炸。

"为啥不把它卖了呢?"母亲漠然地打断了他的话,"我们路上要用钱的啊。"

"你说啥?"他怔了一怔。

"我们跟你一起走,阿凤在这里能有什么出头?"母亲说。

8

尽管他们已经在脑子里作过千种万种的想象,但是那个深夜当他们被带到这里,面对面地站在海湾面前时,他们立刻觉得先前的想象实在太贫瘠苍白。远处传来海浪撞击到岩石时发出的粉身碎骨般的巨响,让他们知道了海的宽阔和力量。海能养着人,让人慢慢地活着;海也能毫无预兆地翻脸,叫人顷刻之间丧命,死无葬身之地。没有谁能抵挡得住海随心所欲的蛮荒之力。腥咸的海风带来了海的原始气味，那里掩藏着未卜的凶险和未知的机遇。他们被这样的宏伟和神秘所深深震撼，肃立无语，大气也不敢出。

天空有一弯细细的月牙，那光亮被空气中一层薄薄的水汽过滤之后，在水面上洒下隐隐的暗光。这样的光对他们来说恰到好处，既可以掩护他们悄悄融入背景之中，又不至于黑得让他们失去方向。船老大日复一日年复一年地在这片海面上混饭吃，从这岸偷渡到那一岸，载人运货，靠的就是经验。孟龙他们已经在附近的渔村里潜伏了四天，耐心磨得纸一样薄，终于等到船老大发话：就挑今夜行动。

十多年后，到了八十年代，国门猝然打开，信息蜂拥而至。袁风在上海的一家书店里发现了一张这个区域的详细地图，上面标注了这片海面的中英文名字：Mirs Bay，大鹏湾。可是在1970年春天，一张这样的地图，对络绎不绝的偷渡人流来说是一纸难求的稀缺物，市场上全面禁止——至少对公众如此。然而孟龙想要的东西，他总能削尖脑袋钻出一条通道。他花了二十块钱，从一个渔民手中买下了一张手绘的当地地图。那笔钱比母亲一个月的抚恤金还多出两块。孟龙让春雨母女大开了眼界：在北方平原和全国大部分地区，革命原则依旧是至高无上的法典，而在广东沿海地带，钱已经开始说话。

从广东到香港的地下通道已经运行了二十载，经过一年复一年的反复试验，手法越发繁多，花样日日翻新，成功的经验底下铺的是一条条人命。

路径大致有三条，各有长处短处，孟龙已作过仔细研究。假如以距离为算，第一条路最快捷，但需要翻过设在边境上的铁丝网。若太平通过，铁丝网之外还有一段水路，他们要游过去才能抵达那头。在三个方案中，这条路最快，游水的路程也最短，花费自然也最少，但却是最凶险的，因为边防军和猎狗全天候都在防守。人若没有一只比狗还灵敏的鼻子，很难在那样一道万里长城中嗅出一丝裂缝。

第二个方案要走很长的山路，相对来说远了许多。要由一位熟悉林中古道的当地人领路，在浓密的原始森林中步行大约十日。走出森林后，还要游过一段大约五公里长的水路，才能抵达目的地。这条路比第一条路安全，但却最耗费体能，得有超人的肌肉力量和耐力，才能完成如此长距离的跋涉。行走山路时尽管有树荫遮蔽，却依旧会时时暴露于烈日之下，身背全套游泳装备和两星期的干粮，以及治疟疾、割伤、虫蛇咬伤的急救包，负担沉重。途中几乎没法洗澡，且一路不得说话，单是这一条就能把人憋疯。

这两个方案很快就被否决了，原因很简单：母亲的水性不行，关键时刻指望不上。很快他们就把注意力集中到第三条路径上。这一条路相比起来最安全——假如这样凶险的路途也可以用"安全"二字来形容的话。这个方案就是坐渔船于最深黑之夜出海。不费脚力，就是烧钱：每个人头三百块钱。在那个年代这是天价。两下谈妥了就得先付一半定金，另一半写成一张签字画押的借条，到岸后由香港那边接应的人按数付清。

计划定了，他们就像采蜜季节的工蜂一样开始四下奔忙，筹集费用。有了目标，心不再浮游，辛苦是辛苦，却不觉得倦怠。母亲没想再费时去多糊几个火柴盒救急，她心下明白即使她日夜不眠，分文不花，也得糊上半辈子才能凑足那个数。她就是有半辈子，船老大也没有。即使船老大肯等，海潮也不肯。

卖血也救不得这个急。即使她把身上的血抽干了，变成一具木乃伊，也顶不上那个缺口的一个小角。况且她还得省着体力来熬这样长的旅途，一根蜡烛烧不得两头。

他们唯一能做的，就是变卖手头的一切。孟龙的父亲过世时留给他一只旧英纳格手表，再加上他那辆两年新的自行车，还有那台几乎全新的晶体管收音机，三样东西加在一起，给他的钱包里添了二百一十五块钱。

袁家的底子薄，几乎没有什么物件值得往委托行里送。父亲留下的旧自行车早就变卖了，换成了袁凤身上的棉袄。但是父亲还留下了几样旧东西：一块国产手表，表身碰瘪了几处，玻璃面上裂了一条缝；还有几件旧军装，早洗得脱了线，辨不出原先的颜色了。旧货行的掌柜阅人无数，见多了世间的沉沉浮浮，早就学会了不动声色。可是当母亲在他审视的目光之下，战战兢兢地把这几样旧东西放到柜台上时，他的脸上竟然罕见地裂开了缝，倒叫母亲吃了一惊。

"天，这是真货啊。这年头，轻易买不着……"他从那几件军装里抬起头来，意味深长地看了母亲一眼，又觉出了自己的失态，立刻把脸上的热情压了下去。过早暴露出对某样物品的兴趣，那是刚入行的小学徒才会犯的错误，像他这样在这一行里混成了精的老人，应该沉得住气。

"总共四十三块，好价钱，没亏待你。"他板着脸说。

母亲愣愣地站着，不知该说什么，两只脚在地上不安地挪来挪去，走也不是，留也不是，脸上写满了犹豫。

"四十六块，没法再高了。你愿卖就卖，不卖就走人吧。"他打住了话头。

母亲抓了钱就走，腿仿佛脱离了身子在独自狂奔——她是怕那人一会儿就要改主意。"文革"转眼就已经到了第四个年头,革命初期对军装的那股崇拜之火,到现在还烧得通红炽烈。她那个呆头丈夫,活着的时候一回又一回地救过她。现在虽然死了,还从坟墓里伸出手来拉她一把。

她们还想到了另外一个筹钱的法子:变卖家里的那几样家具。理论上说家具是冶金厂的财产,归厂里处置。但事到如今,火烧眉毛,谁还顾得上这些?不过是些无关紧要的细节而已。

"我那个在上海的阿姐脑子有病,给我汇了一笔钱,非得让我换家具。"邻居看见母亲往外搬床和桌子,不免有些惊讶。问了,母亲就这样跟人解释:"我家阿姐说阿凤睡在她阿爸过世的床上不好,不吉利。你听听,这都是什么封建迷信的想法?"

骗子都是苦日子给教出来的。母亲不禁被自己的满嘴莲花给逗乐了。那是她现炒现学的新本事。现在她遇上躲不过的事,张口就能编出一溜子假由头,或者说,真谎言。

其实平心而论,她说的也不完全是谎话。钱还在路上。骗子常常是这么说的。只不过这一回,钱还真是在路上。她给姐姐春梅拍了份电报,让她电汇两百块钱。有急用。她这么说。这钱是先前她姐姐和姐夫多次要给她,却被她一次次回绝了的。他们欠她的,岂是这笔钱能勾销的?

忙碌了一个星期,他们把变卖得来的钱都凑在一处,数了数,共是五百三十五元,再加上几个零镚,足够付船老大的定金了。有了这笔定金,他们将踏上通往帝国主义腐朽之地的不归之路。

定金有了,他们还缺一张前往南方边境地区的特殊许可证,那是绕不过去的关卡。这事很快有了着落。孟龙用一块肥皂,雕刻出了一枚天衣无缝的官方印章。跟真货相比,假货无可挑剔,几可乱真。孟龙的精湛手艺,由此得到了确凿的印证。当然,他无师自通的本事,还仰赖燃眉之急所赐。

他们上了一艘由小引擎作为动力的渔船,船里坐了十个人——九名乘客加上船老大。船老大说这个马力的引擎用在这事上最合适,机器噪声不大,很容易就被风声和海浪的拍打声遮蔽过去。每个人上船之后都要低伏身子,不得抽烟,不得说话,谁也不能弄出响动。这是人命关天的事,没得通融的余地。

船老大又说这会儿的天气正合适,月光正好,风不大不小,又是顺潮,更难得这趟船上还没有小孩子,再也找不出比今夜更好的时机了。可是三千个好头,也抵不了一个烂尾。他严厉警告他们:巡逻艇上的水警可不是吃素的,他们对水上的门道花招了如指掌。你有半斤,他就有八两。你知道今天正好走船,他也知道。大凡遇见好天,狗鼻子就会比平日更尖。

船在深黑的夜色中滑进了水中。水面逐渐开阔,风猝起,船身猛烈地摇晃起来。母亲一会儿就顶不住了,心着急地想管住胃,胃不服,狠狠挣扎了几番,却兵败千里。又急又怕之间,一阵天旋地转,母亲哇哇地吐了起来,嗓子被泪水和呕吐物堵住了。船老大听不得那声响,也闻不得那气味,朝孟龙扔了一条毛巾,让他赶紧去堵她的嘴。

母亲几乎被那条毛巾的馊味憋得晕了过去。孟龙无助地看着她,只能贴着她的耳根小声地安慰着:"快了,快了。"

突然间,母亲的肠胃停止骚动,安静了下来。那天其实是肠胃第一个注意到了异常的。母亲隐隐听见远处有一丝声音,裹在海声中间,几乎无法独自剥离出来。一开始她不知道是什么,只是凭直觉感受到了它的存在。她一动不动地呆立了几秒钟,才分辨出来那是马达声。血轰的一声涌上头来,如同一股暑夏的热潮,癫狂地扑打着她的太阳穴,又猝然变成冰冷的令人战栗的寒流。她看到了远处有一小团亮光渐渐逼近，膨胀成一束光带，将漆黑的夜色掏出一个边角参差不齐的洞。

船老大嘶哑地骂了一句娘，猛然转舵，躲避探照灯。船一个急转身，舱里的女人一时不备，忍不住惊叫了起来。

上船之前，船老大已经详尽地跟众人说过了万一被抓住的种种后果。

"会先统统带进拘留所。兴许一天，兴许几个月，待多久谁也说不准，看各人的运气，也看警察的心情。你得立马认错，态度要诚恳，眼泪有时候比话还管用。"船老大叮嘱他们。

"你认自己的错就好，不要扯上别人。记住：你是自己脑子进了水，才会想出这样的下招，走了这样的错路，没人指点你。千万不可顶嘴——他们才是明道理的人，你不是，你是笨蛋糊涂虫。可能会在档案里给你记个过什么的，不大会进监狱。想往那边去的烂人太多了，要是个个都关起来，天下哪有这么大的牢房？"

那时他们藏身在渔村里，第一次听船老大讲行程中的种种可能性时，他们还是更愿意相信运气，耳朵只挑着顺耳的听。万一被抓住，大不了就是轻轻责罚一下，从宽处置，这是他们的脑子选择相信和记住的内容。事到临头，危险在即，记忆突然就改了道，带他们进入了落到猎狗嘴里的严峻现实。

"我们走了多远了？"孟龙突然发问。

"差不多一半的路吧。"船老大回话。

孟龙飞快地收拾起他的塑料口袋，里头装的是他的换洗内裤、吃剩下的干粮，还有一团包在油纸里的老虎屎——那是他从广州动物园一个工作人员手里买来的。这一带的人信老虎的威力，都说巡逻的狗闻到老虎屎的气味，就不敢靠近。塑料袋的口子系得死紧，必要时可以漂在水面当救生圈使。

他把塑料袋绕在脖子上，捏住了袁凤的手臂。他下手有点狠，她觉出了疼。"对不起，我没来得及给你，布票。"他轻轻地对她说。还没容她回过神来，他已经松开她，猛然扎进了水里。

他再也犯不起事了。对别人来说也许是"轻轻责罚一下"，对他来说绝对不是。算上这次，他就是一个连犯了四次错的惯犯。这一回，要是落到猎狗手里，即使不生吞了他，至少也要啃走一只手臂。他已经没有时间多想，他决定孤注一掷。海水裂开一条缝，给他的身体让出了路。他划拉了几步，又回过头来，嘴角扭出一丝怪笑，眼睛在黑暗中闪着光。那是一匹穷途末路的狼眼中才会有的光，冰冷，孤独，令人心惊胆战。

这是孟龙被深黑宽阔的海面吞没之前留给袁凤的最后印象。直至今日，袁凤还不敢确定这是不是纯属她自己的想象。

"人要找死，谁拦得住？"船老大摇了摇头，手上加了把劲，船箭似的射了出去。

9

他朝她游过来，离她很近了，近到她可以看见他的头发像水草一样在水中轻柔地漂浮。他向她张开五指，她也如此，他们的灵魂几乎相互碰触。夜复一夜。即使是在她高烧的谵妄中，她也清醒地感知到他们活在两个平行的空间里。他在努力穿越层层时空阻隔，朝她游来，但他们就像是两条被一层薄薄的玻璃墙相隔的鱼，如此相近，却如此不可及。

假如当时他一个人启程，他完全可以挑选一条不同的路径，或许现在早已安全抵达。他捎上了她们俩，给自己背上了一个致命的包袱。是的，致命。在意识的夹层中，她迷迷糊糊地想着。

这么多年里，在九山河和瓯江水里游过的无数个来回，在冬泳训练营里烧的那些钱和时间，到头来竟全是浪费。回头一看，她整个少年时代里的每一次游泳，仿佛都是在为这一次做的准备。这一次与从前所有的那些次都不一样，这一次是游向自由和爱情的。但事到临头，她却退缩了。在母亲和爱人之间，她选择了母亲。

她觉得耳膜上隐隐压着一片重量。是一丝声响，像蜜蜂的嘤嗡，也像雷滚过地面之后留下的那丝震颤。她攀附在意识的边缘上，渐渐明白过来那是母亲在哭泣。

她终于挣醒过来，发现自己躺在地上的一张席子上，枕头闻起来很久没用过了，一股灰尘味。屋子里什么也没有，空空的看起来既陌生又有点眼熟。不，不能说什么也没有，至少还有一只死气沉沉的炉子，耷拉着身子靠在一面满是污迹的墙壁上，等待着食物将它煨暖激活。梦境是朦胧迷糊的，但醒来后的世界似乎比梦境更让她疑惑。这是在哪儿？她心里涌上一股冲动想使劲地大喊一声，可是竟然找不到嗓子。

"阿凤？"母亲从席子的那一头爬了过来。太阳照样升起，透过玻璃窗，怒目注视着母亲那张满是蚊虫叮咬瘢痕的脸。广东地界上的虫子凶猛歹毒，最爱欺负不曾相识的陌生脸孔。母亲的眼睛是干涩的，没有任何泪痕。哭泣只是袁凤的想象，母亲从来不曾自怜自艾。

"我睡了多久，妈？"袁凤终于找到了嗓子，眼皮却依旧黏沉。

"两天。"母亲回答道。母亲现在撒起谎来很是得心应手，能把事件改头换面，编织得天衣无缝。真正的事实是：她们从广东拘留所被释放后，回到温州已经四天了。袁凤发着高烧，这四天里一直在迷迷糊糊中时睡时醒。

阳光把母亲的头发改了样子，似乎在上面撒了一层细细的灰。袁凤凑过去细看，吃了一大惊：就在她沉睡的时候，母亲白了头。

"你没怎么吃东西，只在中间醒来时喝过几口米汤。"母亲说。

袁凤一点儿也记不起来她曾经醒来并喝过米汤。

"你买米了？"她怔怔地看着母亲，迷迷瞪瞪地问。

"买了，够吃到下个月初的。"母亲说。

拿什么去买的？袁凤正想问，却又把半截话噎了回去。还需要问吗？母亲又去卖了血。她们已经把家里每一样能卖的都卖了，也把每一分钱都花了。母亲还得一次一次地接着卖血，直到血管里再也流不出血来，就像多年前她的乳房里再也流不出奶来一样。

"把收据收好，不要给我看到。"袁凤脱口而出。那是她心里的想法，不觉间说出了口。

"啥？"母亲疑惑地问。

10

风向开始变了。

世上任是什么运动，拖得久了，就难免把自己拖得疲软了。"文革"也是这样走到了头。1977年寒冷的冬天里，风刮来了解冻的消息：大学要重新开门，面对社会招生了。1978年夏季，冶金厂熟练的车床操作工人袁凤，用她的老师孟龙教给她的英语，通过了竞争激烈的考试，进入上海一所名牌大学读书。那是她第一次独自离家远行。

几年之后,一名教过袁凤英语课的加拿大外教,赞助她来到多伦多大学读书。第一个硕士学位,给她带来了一份兼职工作;第二个硕士学位,给她带来了一份全职工作。求学、求职、谋生、熟悉环境,一步接一步的杂乱调整过程里,袁凤把母亲接到了加拿大,先是以访客身份,后来就长住了下来。她们在多伦多一起生活了将近二十年,直到母亲住进了松林养老院,最终死在那里。

2003年1月的某一天,袁凤——不,这时她已经叫菲妮丝了——和她当时的男朋友,一位从新加坡来的艺术家(同时也是诗人、音乐家、比萨送货员)以及她的母亲(此时已改名蕾恩),一起去多伦多闹市区的一家中餐馆吃春节年夜饭。就在那里,她看见了孟龙。在此之前她一直以为他早已死在了大鹏湾的海水之中。用重磅炸弹来形容当时带给她的冲击,都还是太温和委婉。她虽然一眼就认出他来了,但立刻知道他已不是他。稀疏的发际线,耷拉的肩膀,一张皱纹深刻平淡无奇的脸,三十载的岁月已经把他变成了一个走在街上没有人会看第二眼的男人。

后来她再想到那天的事,才醒悟过来其实他真正的变化不在表皮,而是在他的眼神。他的目光里再也没有那股克制的愠怒和刀片一样尖刻的专注。曾经的狼一样阴森的光采,已被岁月吞噬。他已经变成了一个温顺的、人畜无害的、乏味的老男人。普通。对,就是普通。这个词并不完全准确,但也算是差强人意了。

唯一没变的是他的声音,依旧温柔,带着磁性,穿透三十年的厚壁,正正地击中她的心,激起一圈波纹。

她怔怔地一动不动地坐着,远远地看着他沉浸在阖家的节庆气氛之中。旁边坐着他的妻子,看上去比他略长几岁;他的女儿，长相平平，戴着一副巨大的黑框眼镜，身边没有男人；还有两个小女孩，一个五六岁，一个七八岁的样子，绕着桌子疯跑，嘴里大声嚷着什么，手里欢天喜地地举着一个红信封，大约是外公给的压岁钱。

  该死的。她默默地诅咒着。命运真是一丝一毫都不肯放过她啊，到这时还要来索取她一生中残留的几片快乐记忆。那寥寥几个未经雕琢的纯真青春日子，原本已经被他的死亡定格在永恒之中了，却因为他的出现被再次谋杀。这一次的死，才是真死，从此永无复活之日。

  她没有过去跟他打招呼，就离开了餐馆。恍恍惚惚地走在街上，她不知道该为他活到了今天而心存欣慰，还是该为他没死在昨天而感到遗憾。前面是虚伪，后面是残酷，怎么想都是错，但怎么想都真实。

  那天母亲是不是也看见了孟龙？这个疑问跟随了她很多年，但她从来没有问过母亲。

第四章

一对姐妹，
一场事先筹谋的久别重逢，
还有一只街猫

菲妮丝发给乔治的电邮，
2011年11月3日，北京时间02:07。

亲爱的老乔治：

我在温州的经历几乎可以用一场法国荒诞派戏剧来形容。我去找我上过学的那所学校，还有我和我爸都工作过的冶金厂。学校不见了，工厂的原址也认不出来了，旁边盖起了一座商城。县前头（我出生长大的那条老街）现在已经扩建成了一条交通要道，沿街的老屋全部拆毁了。在这座城市里我再也没有任何残留的基因证据可以证明我的身份了。一个需要住旅馆的人，还能拍着胸脯说她回到家了吗？

真正的喜剧高潮发生在昨天，我在街上碰到了一位中学同学。我们同窗四年，而且都参加了少年宫的体育训练班，她练乒乓球，我练冬泳。可是我们回忆起学校的旧事时，她的记忆和我的完全不同。南辕北辙相差如此之大，我甚至怀疑是不是有人趁我睡着了，在我脑子里钻个洞，换了一个芯片。她完全不记得我参加过冬泳训练营，她说孟龙出事的原因是"因为他没把他的小弟弟收妥在裤裆里"——他睡了一位体育老师，被人家的丈夫逮了个正着，一把告到了革委会。天爷，她爆的那些细节真是香辣生猛。

后来的大半天我都是浑浑噩噩的。我在回忆录手稿里写下的那些栩栩如生的场景，难道不是我的亲身经历？难道我纯粹凭着想象力，创造出了自己一整个童年和少年期？抑或我是某种煤气灯效应的受害者？世上那个可以证实我的生存历史的人，如今已躺在那个金属罐子里，默不作声。但我还是决定相信自己的记忆，除了记忆我已经一无所有。假若抹去这些记忆，我那块地理意义上已经消失了的故土，还有什么地方可去？所以不管天塌地陷，我也得紧紧抓住我仅存的记忆。

坏消息还不止这一桩。我妈骨灰安葬的事，我们原先设想的那个计划，现在看来会有变数。情况有点复杂，三言两语讲不清楚，等你打电话来的时候，再跟你细说。

手稿里那个题为《姐妹》的章节，你不用着急订正了。梅姨又跟我讲了些先前没讲过的事。前阵子她告诉过我的话，现在她又开始改嘴，变动了几个时间顺序。梅姨说我妈离开上海到温州和我爸结婚之前，曾经和她有过几次深谈，跟她说了些让她"很意外"的事情。基于这些变动，我想修改一下原稿，把我妈的视角也糅合进去。等我改好了，你再慢慢挑错。

妮丝

又：我坐下午的火车回上海。

乔治发给菲妮丝的电邮，
2011年11月4日，美东时间12:55。

亲爱的妮丝：

听到你的声音真好。这个月的电话账单，你最好别看。尽管我想你想得要死，我还得公平地说：这次的远行对你真有好处。回去一趟，就把你内心的情绪搅动起来了，在多伦多你是一潭死水。

人总是相信他们选择相信的，记忆是主观的。从这个角度来说，当我们坚持自己版本的往事时，我们在某种程度上也在对别人施加煤气灯效应。可是我们总得相信自己的记忆，否则我们就会分崩离析，荡然无存。

我一挂电话，就想起来我忘了告诉你一件事——我现在的记忆力就跟筛子一样严实。前几天我在医院食堂遇到了杨小姐，就是你妈在松林养老院最喜欢的那位护士，她是来我们医院探望一位住院病人的。她告诉我一件从前我没听说过的事。你还记不记得你妈去世的前一天，他们给她介绍一位新来的护士，引得她大发雷霆的事？杨护士说你妈把自己关在厕所里，一直在哭喊"小虎，滚"。我想起来你在《饥饿》那个章节里，也提到过有一个叫小虎的人，他曾到你家里来，问你妈讨钱。你父亲就是在那一天辞世的。你知道那人是谁吗？

幸好我们把蕾恩的骨灰分了一半葬在了士嘉堡。假如你想不好温州的事，不知如何定夺，你总是可以把罐子带回来，合成一体葬在这里。

好吧，我就等着《姐妹》的修改稿。对现在的这一稿，我有很多问题想问你。我猜测她们姐妹俩都是离家出走的，但我不知道出走的原因。她们在上海重聚之前,为什么一直没有联系?纪代是谁?她看上去很有故事,可是她只在开头略略提了一下,后来就一直没有再出现。姐妹俩似乎经历了一些地狱般可怕的事,我急于想知道到底是什么。春雨在上海出的那件事,到底谁该负责任?你父母最早是在何时何地相遇的?希望在你的修改稿中,我能找到一些答案。

还有一个问题:你现在写了几个不同的章节(《饥饿》《老师》以及《姐妹》),时间的安排是错乱的。你为什么不按事件发生的顺序写呢?这样读起来也许容易些。

睡个好觉。

乔治

菲妮丝发给乔治的电邮,
2011年11月10日,北京时间17:28。

亲爱的乔治:

这是《姐妹》的修改稿。读最后一遍的时候我吃了一惊:我以为只是小小地改动了几处,没想到这些改动一下子把我妈推到了前台,而把梅姨推到了不为人瞩目的角落。我觉得有点愧疚,不过这种感觉一会儿就过去了。我只能依赖梅姨的转述而得到我妈的视角——梅姨对她们那几次深聊的内容记忆深刻。但这也只是梅姨的单方记忆,我妈已不在场,她既不能确认,也无法否认,我妈只能在梅姨准许她存在的那个小空间里呼吸。我给我妈的聚光灯,光源大多来自梅姨。从这个角度来说,我没有亏待梅姨。

你问我为什么不按时间顺序处理这些章节，我的回答是：前头的两个章节（即《饥饿》和《老师》）是基于我自己的记忆，而这一章（即《姐妹》）却是"史前"的，事件发生时，我甚至还不是天上飘过的一丝空气。我决定把我的声音放置于其他人的声音之前，你能理解吗？

很不幸，即使在这个修订过的版本里，我仍旧回答不了你所有的问题。其实你的问题也是我的问题。现在梅姨终于屈从了她那个残忍的、不依不饶的、每天给她施加山一样压力的外甥女了，她答应我会告诉我一件"能把所有的疑点连成一片"的往事，但是要等到哪一天她休息好了有精神头的时候。"跟你交代完这件事，我就可以死了。"她说。我知道这句话的分量。想到马上要进入天崩地陷的真相，恐惧马上占据了上风。然而，在那日来临之前，暂且让好奇统领世界吧。

我并不知道小虎到底是谁，他像个鬼魂似的，时不时就会出现。在这一章里，你会看到我外公写给我妈的信，外公也提到了一个只剩下两个指头的人。把这些线索都串联在一起，我有种感觉：小虎是一个曾经在我妈的生活中扮演过灰暗角色的人，尽管那次他来我家索钱的时候，我妈一口否认他们曾经认识。

          惴惴不安地等待着被真相压瘪的 菲妮丝

电邮附件：
<u>菲妮丝的手稿《姐妹》。</u>

1

春雨从火车上走下来，春梅犹豫了片刻，才迎上去。面对面地站着，彼此都看见了对方眼中抑制不住地流露出来的震惊。两人几乎同时在心底默默地喊了一声：天，变成这个样子了？！

时值1949年9月，上海解放后的第四个月份。

当她们在1944年秋天分手时，春雨十六岁，春梅比她大一岁半，也还没到十八岁。那场狂风暴雨把她们从正常的生活轨道中抛甩了出去，给她们留下了支离破碎的记忆。她们是在一片惶乱之中匆忙分手的，甚至没有认真道过别。当时根本没有心思，都没想过她们还是少女。哪怕仅仅从生物学意义上来说，她们前头还有很长的成长之路。

分手之后，她们都经历了很多事。春雨在离老家不远的一个小县城工作，是一家医院的护士助理，而春梅则刚刚从新四军转业，现在在上海的一个教育部门工作。

长大只是一件发生在她们身体上的事，几乎可以说是一桩意外，她们既没有准备也没有在意。当她们在上海火车站的站台上重聚时，她们中间相隔的，是整整五年的岁月和两场战争——抗日战争和解放战争。她们没有机会目睹彼此生活中那个循序渐进的成长过程，看见的只是突兀的结果：她们惊讶地发现彼此已经完全长大成人。

跟分手的时候相比，两人都至少长高了半个头。春雨脸色病恹恹的，贫血似的苍白。她从前那股子直愣愣的、毫不闪避、叫人心头一悸的眼神，如今已不复存在。现在她眼中闪烁的是一丝犹如受了惊吓的动物般的惶惑不安。在过去的五年中，她很少离开过宿舍和病房之间那条狭窄的土路，如今她的脚落在站台的地面上，她马上醒悟这是在别人的地界。天爷，这是上海，上海怎么能是地界呢？上海就是世界，是一整个宇宙。

一下火车她一直浑浑噩噩、不知身在何处。最终平静下来，已是几天之后的事了。到那时她才能把心定下来，开始细细观察周围的环境。她一遍又一遍地告诉自己：是春梅邀请她到上海来的，从此春梅的日子里，也会有她的一份。

两姐妹相比起来，春梅的变化似乎更大一些。战争风云涤荡过她的脸，砂纸一样地磨走了她南方女子特有的细皮嫩肉，留下一片黝黑粗糙被风吹得满是裂口的肌肤，那肌肤上闪烁着一层激情和意志的光泽。她把辫子剪了，现在梳的是短发，短得几乎像男孩。这样的发型很适宜她身上那件军装。或者说，她身上的那件军装很适宜这样的发型。军装旧了，胳膊肘上打着一块补丁，但每一道皱褶都整洁分明。她腰间扎着一根皮带，肩膀上斜挎着一只水壶，水壶的带子上系着一条白毛巾。除了刚刚摘除的领章之外，她的一身装扮就是地地道道的军人。她是精致的女人，也是英武的男人。她把两者的精粹碾碎了融合在一处，成为了一个完美的雌雄同体人。

这是一种上海滩未曾见识过的、一时还不知怎样反应的时尚风格。春雨管不了上海滩的想法，她只是觉得姐姐的样子充满了神秘的诱惑。

"四个月，才四个月啊，我们夺取上海到现在。那时谁都不信我们能打赢。到上海的第一天夜里，我们的战士，十万人，全部都睡在街上。淋着雨，谁也没有吭一声。早上市民起床打开门来，看见满街都是我们的兵。都还是孩子啊，睡得那个深，浑身湿透，打着呼噜，把他们给吃惊的。我们的人谁也没有进到人家屋里去,连撒尿的也没有。一个都没有。他们一下子就赢了人心!"

看春梅说话的神情,仿佛那十万大兵,个个出自她的门下,她认得他们每一个人。

春梅的口音也经历了一场革命。她与生俱来的浓重的江浙腔已经消失殆尽,现在她操着一口几乎完美的京腔,在名词后头不动声色地捎带着一个轻轻的"儿"化音。

随着口音的改变,春梅的用语也经历了变革。从前春梅动不动就爱说"我/我的",春雨的耳边至今还回响着春梅做小女孩时娇滴滴的声音:我是班里第一个做完考卷的人;我的书法被选上了参加展览;等仗打完了,我就要去当艺术家;我认为徐志摩是新月派里当之无愧的头号诗人……自恋,自以为是,自我表现,是春梅少女时代的性情标签。当然,这一切都发生在那场改写了她生命的大灾祸之前。那些大小姐做派的口头禅,如今已经被不露锋芒的"我们/我们的"所替代。岁月磨平了春梅身上的尖角,现在的她不知不觉地认同了千人一面的大众,心甘情愿地骄傲地置身其中。

春梅带来的各种新鲜印象如潮水般纷乱凶猛地涌过来,几乎将春雨扑倒在地。春雨开始怀疑自己是不是脑子糊涂了,臆想出了一个不存在的姐姐和一段不存在的以往。她打量春梅的眼光中已经掺杂了最初一丝的嫉妒。春梅的身上,仿佛烧着一把火。这火她也有过。你的头顶有一团火。只有命数强的人才会有这样的火,豁亮豁亮的,鬼见了你都怕。纪代的脸突然毫无预兆地闯进了她的脑海。纪代是五年前她遇见的一个日本女人,那时候纪代曾经这么说过她。全天下芸芸众生,为什么偏偏是纪代看见了她的火?若她的身上果真有火,那火现在又去了哪儿?她的胆气呢?才过了五年,为什么她现在见了什么都害怕?火车,人群,听不懂的话，脚底下的地，头顶上的天。

纪代现在在哪里？她是不是死在了异乡，戴着自己送给她的那副金耳环？抑或她还活着，回到了日本，又开了一处"一家子"——纪代喜欢这么称呼她的生意。只不过这一回，她供货的对象变了，是败兵，一批战争淘汰下来的垃圾。

春雨不禁打了一个寒战。他们从未在她的意识中走远，纪代和她的那伙人。他们是一团捉摸不定的影子，一直盘踞在她的记忆洞穴里，专挑她懈怠下来、失去警觉的时刻，朝她猛扑过来。

只有她一个人还被那些记忆缠绕着不放吗？春梅的眼睛里没有阴影。每个人都有记忆的石窟，春梅的石窟里守护着的，一定是跟她完全不同的内容。胜利，解放，在雨中露宿却梦想着星空？

她把我头顶的那把火偷走了，这是为什么她眼睛里没有惊恐。春雨默默地沉思着。一股莫名的怨忿不由自主地涌上了心头。这五年里，春梅杳无音讯，她一直紧紧地揪着心，每天都想到了最坏的可能。而事实上春梅却潇潇洒洒地活着，驰骋天下，赢了两场战争，还捎带着领回家一个男人。风水轮流转，现在是春梅说了算。

春梅的北方口音这时突然听起来刀似的刮人耳朵。春雨觉得要疯，很想扯着嗓子对春梅大吼一句："好好说话！你不会温州话吗？"那可是娘胎里带出来的话，是穿尿布的时候就用的话，是她们做小姑娘时躺在床上聊私话、各自玩小把戏争讨父母欢心的话。可是春梅竟然和她说官话。春雨想吼出来的话还没爬到舌尖，就已经死在了喉咙中。人长大了，衣服变小，房子变小，天地变小。乡音也会变小吗？人也能丢弃乡音，就像扔掉一双穿小了的鞋子那样吗？

春雨那时还不知道：有一天，当生活转完了一个大圈，把春梅带到接近原点的地方时，春梅还会回来认领她们共同的乡音。只是这个日子离现在还远。很远很远。

她们拖拖拉拉地从火车站走出来，一下子卷进了熙熙攘攘的人流之中。一辆黄包车从身后窜过，吱地揿了一声喇叭，惊得春雨几乎跳了起来。一个穿洋装戴着呢帽子的洋人，从黄包车的挡雨篷底下探出身来四下张望，看见春雨，就招了招手，咕咕囔囔地说了句什么。也许是英语，也许是德语，大约是晨安之类的问候，春雨没听真切。车夫毫无耐心地从人群中横冲直撞，一只车轮几乎碾上了春雨的脚。

她们往左一拐，就把人流甩掉了，进入了一条比先前安静也宽敞了许多的街道。街边是两排梧桐树，树干上长满了斑点，树枝高大粗壮，精心修剪成了朝着街心相互簇拥的形状，头顶便有了一片拱形的天穹。秋风带着凉意吹过，叶子已经丢失了翠绿，渐渐变成黄褐色，衬着那片从树荫中露出来的、被阳光洗成淡蓝色的天穹，那颜色鲜活得让人想哭。

过后春雨才知道，在上海这样的大都会里，这样的街道另有名字。不叫街，不叫路，更不叫巷。林荫道，boulevard，这是一个洋名儿。

几个一看就是有钱人家的女子，从她们边上擦身而过，身上穿的都是绸缎旗袍，那款式是春雨不曾见过的。在她那点可怜巴巴的小眼界里，她能见过什么时髦呢？只见那旗袍的侧衩开得很高，隐隐露出了内裤的边。春雨把眼神闪开了，觉得心仿佛跳到了脸上。在眼角的余光里，她看见春梅直直地视而不见地从她们身旁走过，脸上一根肌肉都没挪位置。

这是她到上海的第一天。一天能容得下多少个第一眼？春雨的脑子塞得太满了，昏昏沉沉，头晕目眩，只觉得那双布鞋太紧了，上了刑似的挤脚。

"你到了家，可能不会马上见到陈同志。他太忙了，千头万绪的，都等着他去开解。全世界都在睁大眼睛看我们的笑话，等着我们败下阵来。从前他们不信我们能取下上海，现在他们不信我们能管好上海。可是我们一定能赢，信不信由他。"

陈同志是春梅的丈夫。他们是四年前在军事训练学校里认识的，那时她是扫盲班的教员，他是学校的党委书记。他是她的第一任丈夫，而她，却是他的第四个妻子。

他的发妻是童养媳，换种说法，就是家里白使的帮工。他爹娘逼着他在十七岁上和她圆了房。婚后第三年，他就离开了山东老家，光脚徒步走了整整两天的路途，找到了活跃在北部山区的共产党部队，从此永远舍弃了那段毫无感情的婚姻、一个当时两岁的儿子，还有那份看不到头的庄稼人的苦日子。后来他又娶过两个妻子，都是自由恋爱，用那时的话来说，是他的同志和爱情伴侣。但两个女人都在战争中死了，一个死于小产，另一个死于伤寒。

春雨一边听姐姐讲着姐夫，一边暗自纳闷：陈同志做的到底是什么样的神秘工作，一举一动竟然能引起世界上的骚动？好奇归好奇，她却不敢往深了打探。他们是公家人，做的是公家事，不宜告诉老百姓。她知道自己在春梅的眼里很无知，她不想因为多嘴让自己显得比看上去更蠢。她突然就看明白了：春梅这些年的真正变化其实不全在于个子长高、皮肤变粗、头发剪成了摩登的样式，甚至也不在于走了样的口音。惊天动地的变化其实来自春梅的内心。春梅的心从前是拿来装诗歌、狼毫笔、哗众取宠的小伎俩的，如今这些东西都清空了，她把心单单拿来装了天下大事。

五年的时间,一个人的心可以长多大?

"等你安顿下来,我们给你找份工作。现在是新上海,不养冒险家和寄生虫。人人要工作,自己挣饭吃,给社会做贡献。"春梅把一绺被风吹乱的头发往后顺了顺,声气十足地对春雨说。

春梅新近被分配到一个重点学区办公室工作,马上就要被任命为那里的党委书记,负责培训从旧政府留任的教职员工,让他们尽快适应新的社会环境。春梅是为讲台和听众而生的。她一开口讲话,听起来就是一篇现成的讲课稿,或者一场战前动员令。其实演说家袁春梅并不是一天里养成的,也不完全是一场革命的产物,她的口才从小就已经有了苗头。小时候她在父亲寿宴上朗读的那些诗,她讲给同父异母的姐妹们听的那些故事,绘声绘色,声情并茂。如今想来,其实一路都在为她今天扮演的角色做着铺垫。

大概春梅自己也没想到,从那个时候走到现在这一步,中间要走过两场血淋淋的战争。不过,好时光最终还是来了,现在她终于有了一个真正的舞台,一群真正的听众。

春雨轻轻地叹息着,半是钦羡,半是痛楚。五年前她丢了一个姐姐,五年后她找回了一个姐姐,但她却不敢断定:曾经丢失的和失而复得的那个人,究竟是不是同一个人。

她一直在等着春梅问起老家的事。就在那次春梅打破五年的沉默、毫无预兆地打电话到春雨所在的野战医院之后,春雨给春梅写了一封信,信里讲了她如何跟父亲和姐妹们解释她失踪的事。她告诉父亲他们的,自然是连篇的谎言。春雨给春梅写那封信的目的,是指望春梅能和她统一口径,跟家里说起这事时,能顺着她的这个故事版本走。

三周之后,春梅的回信来了,说她现在实在是"千头万绪不得脱身"，要看年底之前能不能抽空去一趟东溪探望五年未见的父亲。但是春梅在信里一句都没提春雨精心编织的那个失踪故事。春雨感觉怪异，但也很快就释然了。春雨心里挂记的事，跟发生在她眼前的那些社会巨变相比，实在是太渺小了，小到了需要借助显微镜的地步。春梅干的是大事，春梅是要在史书上留下自己的指纹的。

那封信之后，她们再也没有涉及那个话题。可是除了东溪老家和她们的童年少年时代，她们还能谈些什么呢？对话渐渐变得干涩了。

2

真有陈同志这么个人吗？他会不会是春梅不着边际的想象力的产物，就如同小时候她为镇住姐妹们而编织出来的那些传奇故事？有天夜里，春雨躺在床上辗转反侧难以入眠，这个不可思议的想法突然闯进她的脑子，吓了她一大跳。

到上海的头几天里，春雨一直没在春梅的家里见到过陈同志。她上床的时候，他还没回家；她早上起床，早饭桌上也没他的人影。她不知道他是什么时候回的家，或者说，他到底回没回家。

"他最近太忙了，开不完的会。北京来的大领导在这儿呢。"

"他到崇明出差了，要见见基层的同志。"

"他要听一门课，讲上海工人运动史的。"

每一次吃晚饭的时候，只要春雨往那个空位置上好奇地扫过一眼，就会无一例外地引来春梅的一番解释。陈同志活在春梅的舌头上。

然而，也会有一些蛛丝马迹，间接地证明着陈同志的存在。有一天早上，春雨在厨房的水池里发现了两个撳灭了的烟头。还有一次，保姆——那是组织上给他们家配备的——洗衣服的时候，春雨看见她的水盆里除了春梅的衣服之外，还混杂着几样男人的东西。

春雨的耳朵里常常听到有关他的动静，眼中也时不时看到他留下的踪迹。她所见所闻的，都是与他相关的消息，却又都不是他本人。

他的全名好像叫陈天胜，抑或是陈天辰？春梅只是轻描淡写地提过一回，春雨没弄清楚是哪几个字，也不敢追着问。在家里他永远是陈同志，可是当春梅或是保姆接电话的时候，他在她们嘴里就变成了陈主任。上海市政府工商局主任。现在春雨终于知道了陈同志的具体职位。听春梅说那是个至关紧要的部门，全城的轮子转不转得开，就全靠他们了。在某种程度上，说他们做的事能影响到整个国计民生，大概也不算太过分，因为要是上海的轮子停了转，全国也就半身不遂了。

"管这么大的一摊子，他懂生意上的事吗，你觉得？"春雨想起陈同志原本是农民出身，后来又多年从军，便忍不住憨憨地问了一句。

春梅睁大眼睛看着她，仿佛被蜂子蜇了一口。

"看来你跟他们也没啥两样。"春梅冷冷地说。

"你说啥？"春雨有点蒙。

"你也不信我们打了天下能治天下。"

春雨立即知道自己说错了话。世上有些事可问，有些事不可问。胜利者的自得，妻子的骄傲，那都是不可置疑的事。春梅已经不全是从前袁家的阿梅了，她现在更贴切的身份，是陈主任的夫人。

若你姐妹两个一人嫁一个党，那是最稳妥不过的。万一将来天下大乱，你俩总有一个是安全的，保得了另一个。

这是母亲给两个女儿的提点。当时无论是说的人还是听的人都不知道，这是母亲留在世上的最后声音。母亲说这话时，不仅是一位母亲，也是一个谙熟（或者自以为谙熟）世间之道的女人。她已经混过了两次婚姻，常年为一个男人的身体和钱包，与另外四个女人虚与委蛇，勾心斗角。母亲的遗愿至少已经通过春梅——她偏爱的那个女儿，得到了部分实现。春梅是两姐妹中长得更好看、脑子也更好使的，她已经选对了她献身的那个党。春梅在陈同志身上找到了一块铁皮屋顶，遮得了风挡得住雨。母亲在世时，同时押上了两头的赌注。假如真有天堂，此刻母亲遥遥在天，看见自己押对的那一半已经得以兑现，而押错的那一半终于得以规避——她剩下的那个女儿没有嫁入另外那个党，她一定会为自己的远见自得，为春梅的眼光欣慰。

母亲是个睿智的赌徒。在人和命运对弈的那盘赌局里，她精心筹划，算了又算，以最保险的手法下了最稳妥的赌注。母亲赌的是姐妹情谊，血浓于水。

血真的浓于水吗？春雨自问。

春雨在上海过起了全新的日子，她每天都在努力消化洪水般涌来的新名词，那都是春梅从外边带回家来教给她的。洪水来得太急太猛，春雨的脑子被冲傻了，一片懵懂。有时候她甚至觉得自己在走一步退三步，终日陷在一个学习新词、死记硬背、过后即忘、再重新捡起的怪圈之中，不得超生。

"家务助理。或者简单点，就叫同志。你该这么称呼她。"春梅一次又一次地纠正着春雨，因为春雨嘴里总是不小心溜出保姆两个字。渐渐地，春梅的语气就严厉了起来。"只有资产阶级人家才会有保姆，她是组织上派来协助陈同志工作的，有那么难懂吗？现在是新社会，人人平等，大家都为一个共同的目标工作，还有比同志更贴切的称呼吗？"

春雨无言以对。从前在学校学的那些词，现在还有几个保持着原先的含义？旧词换了新用途，意义突然含混，一切似是而非。她觉得自己的智力正在慢慢消退，回到了小学生的水平，脑子粉末似的消融在新词语的汪洋大海里，再也无法捏成团。记忆靠不住了，经验也无法指望。过去和现在成了仇敌，所有过去的一切，都值得怀疑，甚至否定。两者之间的边界如同混战时期的版图，一天一变。今天的时新等到明天，就已经是最新的过去。吐故纳新，这个词用在这里倒还合适，只是过程太迫不及待，叫人眼花缭乱，她怎么赶也追不上。

解放、土改、地主、贫下中农、资产阶级、无产阶级、资本家、买办阶层、剥削、压迫者和被压迫者。这些是春梅教给她的新词。春雨认得每一个字，但是把这些字排在一起时，她却看得云里雾里不知所云。从前活过的二十一年，是一场天大的浪费，因为她学过的每一样东西，现在都需要从记忆中剔除。在惶惑不安心情黯淡的时刻，春雨开始怀疑她的脑子是不是出了问题，要不怎么会换了个地方，就丢失了那股猎狗般的敏锐，再也嗅不出周遭的气味？她从前就是靠着狗一样鲜活的直觉活下来的。

"资本家和小业主是怎么划分的？你觉得爸爸该归在哪个阶级？"有一天晚饭之后，春梅难得地坐在沙发上休息，春雨趁机怯怯地问了这个问题。在她们老家东溪那一带，父亲做的是茶叶生意，家产颇丰。东溪离温州不远，间隔大约八十公里。

春梅的眉心蹙成了一个柔软的结子。她想事的时候，大多是这个神情。

"无非就是大钱小钱呗，我猜。"春梅终于回答说，"爸应该比小业主殷实，但也还没到大资本家的级别。不过他绝对是个压迫人的人，他和妈之间的婚姻是买卖婚姻，根本没有爱情可言。"刚开始说话的时候，春梅的语气是缓慢而迟疑的，说着说着，就长出了底气。

春雨默默地听着，不知道该不该全信。谁都看得出母亲过得不快乐，不过她到底是不是被压迫者，春雨还没想透。不管怎么说，父亲还是给她们提供了舒适的生活环境，有时他还会努力表现一下，想博得红颜一笑。这样的时候不多，即使有，也是转瞬即逝。母亲心里到底是怎么想的，她们无从得知，真正的答案已经随着母亲埋葬了。婚姻如同鞋子，好不好，只有脚知道——这是老生常谈。

春雨想回嘴，但最终忍住了，她知道一开口就会后悔。春梅的话不是金科玉律，春雨并不句句当真。但她正在慢慢地修炼心性，把自己变成一个缄默的异议者。直觉并没有走远，还在对她高声耳语：假如你想借春梅的一片屋顶，彼此相安无事地躲雨，你得让春梅说话，让她说个够。她那股子言过其实滔滔不绝的正义感，必须找到一副心甘情愿的耳朵。这副耳朵除了你，还有谁能给？

3

春雨在慢慢地适应着春梅家的日子。现在手头有了大把时间,又不想成为闲人,就时不时地去搭把手帮保姆干活。家务助理的助理,她给自己的新角色起了个连她自己都忍不住要笑出声的名字。

城市还处在过渡期之中,一片混乱。在旧政府残留的满是窟窿和补丁的旧管理体制里,新政府小心翼翼地找着下脚的路。最初的步子是左顾右盼试试探探的,走着走着,就长出了些胆气。路渐渐朝前开拓,人边走边扎下了新的根基。工薪制度还没来得及建立,给公家干活的人不领工资,但所有的需要都是上头供给:食品、住宿、家具、医疗服务、子女教育、结婚、离婚、丧葬。一切每日必需,尤其是灵魂所需,都是免费的分配物。

组织上分配给陈同志的住房,坐落在上海城的西南角,是一栋两层楼带一个后花园的法式别墅。房子从中间隔开,分为大小相同的两半,由陈同志一家和另一家人住,各自分门出入。据说这栋别墅的前主人是两兄弟,拥有一家规模庞大的纺织厂。在南京城被解放军攻陷之后,两兄弟一起逃去了香港。

春雨在野战医院工作时,和另外两个护士助理合住一间比耗子窝大不了多少的宿舍,一住就是五年。在那样的环境里住惯了,乍来到上海,只觉得春梅的房子大得让人晕头转向。一个又一个彼此相连的房间,一扇又一扇式样相似的门。好几天了,她还没有弄清房子的布局,动不动就会在那些迷宫式的走廊中走丢。让一切变得更加复杂迷幻的,是那一面面光怪陆离的玻璃墙和镶在雕花镀金木框中的玻璃镜子。无论她走到哪里,到处都是自己身体的反射物。玻璃面是她的噩梦,她被包围在这样一个万花筒般无可逃脱的地狱之中,几乎透不过气。

"这里是要用来做陈同志的另一个办公室的。"这是春梅为住这么大一栋楼房作出的解释。但说这话时,她眼中闪过一丝局促不安的神情,"将来他要在这里接见贵宾、外国记者、国内和国外的资本家。当然,他们首先要愿意和我们合作。我们住的地方,是上海的脸面,就像商店的橱窗,要让世界看看我们的新国家不是乞丐之邦。从前是,现在不是了。"

可是我从没见过他在家啊。春雨暗想。她内心那个缄默的异议者很固执,又开始无声地反驳。人人平等,可也不是人人都能住法式别墅,哪怕是半栋。

有一天,春雨在家里又走迷了路,误闯进一个和其他房间分隔开来的储藏室,里头除了一张藤条编的婴儿床,空空如也。黯淡的午后阳光映照出隐隐一团粉红,过了一会儿春雨才看清那是铺在婴儿床上的一条法兰绒毯子。毯子闻起来有一股子清香,摸上去毛绒绒的,极是柔软,仿佛在屏着呼吸急切地等候着一个温热的小肉团,用勃勃的生气来填满其间的空虚。

这张床看起来是簇新的。这也是组织上供给的吗?莫不是组织上知道这个家庭即将添丁,事先做好了准备?

突然间,春雨的两腿之间泛上一股温热,那热流一路狂涌到乳房,乳房便鼓胀起来,紧得她觉出了痛楚。恍恍惚惚之间,她觉得自己变成了一头巨大的、涨着奶的乳牛。奶水源源不断地从她的乳房里流出,流成一条溪,一条河,一汪大洋,足够喂饱天下所有的婴孩,还有盈余。那股狂喜让她浑身瘫软,几乎动弹不得,耳中响起一片欢乐的嘤嗡之声——那是从天边某个花园中传来的,那里有千朵万朵急不可耐的蓓蕾,要竞相绽放出一片如云似锦的繁花。她沉浸在自己的想象中,竟全然忘了此时已是深秋。

一个孩子,春梅的孩子。虽然不是她自己的,但也足够连心。

那天晚上,春雨看见春梅一个人在客厅看报纸,就凑过去和她聊天。刚不咸不淡地扯了几句闲话,春梅就困倦地打起了一长串哈欠。春雨被心里那股子怎么也按捺不下的好奇揪扯着，明知前头是雷区，还是不由自主地踩了进去，问起了储藏室里的那样东西。"看见了那张，小床。真的吗，这事？"她小心翼翼地抑制住声音里那丝刀刃般凸起的兴奋。

"你要是太忙，把她交给我，我替你养，我反正也没什么事。"没等春梅回话，她就急急地补了一句。回头一想，倒是好笑，不知为何她在心里选了一个"她"字，而不是"他"。

春雨的话出了口，就静等着春梅大发脾气，长篇大论洋洋洒洒慷慨激昂地给她上一堂大课。和伟大的人类自由解放事业相比，个人的愿望算个什么？尘埃一样渺小，不值一提。云云云云。但是出乎意料，春梅却很久不发一言。

"我和他这些年什么法子没试过？"春梅最终开口了，声调很平，没有任何高低起伏，"最后都想到把他儿子弄过来了。他儿子恨死他了，说什么也不肯和我们一起住。能怨人家吗？一走十几年，没有一封信，一个字。还算是父亲吗？"

"你才二十二，你还可以自己……"

春雨突然顿住了，因为她看见春梅的嘴角泛起隐隐一丝冷笑，那丝笑把春雨想说的宽慰话生生地冻在了喉咙口。

"那事以后，我猜你就没碰过男人吧？"春梅直直地看着春雨，眼神里嘶嘶地冒着寒气，"纪代让我们吃的那些东西，还指望怀上孩子？你这是天真，还是傻啊？"

自上海重聚以来，这是春梅第一次提到那件事。那一处的伤，早已结了痂，痂又结成了针插不进的硬皮。现在，硬皮上终于裂开了一丝缝，春雨看见了裸肉。她百感交集。那百感中有长久的纠结之后的松懈，有宽慰，也有如释重负。各样的情绪敛聚成一股莫名的劲道，推着她不由自主地伸出手臂来，一把将春梅搂住。在那一瞬间,她才真真切切地知道她怀里的那个人,的确是她五年前丢失的姐姐,因为她看见了姐姐身上盖的那枚印章,印章上刻的是"脆弱"二字。从此她们不会再走失。

春梅的下巴抵在春雨的肩膀上,轻轻地抽泣着。"他啥也不知道。"她喃喃地说。

4

转眼就到了星期天。春梅在外头开会,家务助理休假一天,赶去城那头看望母亲,家里只剩了春雨一个人。

屋里安静得有点让人害怕,任何轻微的响动都听得分外真切。衣裳的窸窸窣窣,脚板蹭过实木地板的声响,鼻子轻轻抽动,甚至呼吸,每一丝声音都拖着一条长长的瘆人的回声,追着她从一个房间逃到另一个房间。她在门厅中间慢慢地停了下来,只想甩掉身后那条不怀好意紧追不舍的尾巴。一抬头,却猝然看见墙纸上的花蕊啪地睁开了眼睛,齐齐地瞪着她看,眼神深黑,幽怨,带着一根根冰冷的嘲讽的绒刺,直直地扎入她的心。"冒名顶替的骗子!"眼睛说。她听出了花的谴责和愤怒。

房子也有灵魂。这是房子的灵魂在说话,把一代一代旧主人挥之不去的记忆,塞给新来的人。它已经苦苦地等候了好几天了,就为了等来这一刻,趁着她单独一人,初来乍到,人生地不熟,还没有被上海修理得油头粉面,要面对面地告诉她它的苦涩、哀怨和愤怒。

在她之前住在这里的人,一辈子兢兢业业,用双手挣来住在这里的权利。如今他们身已去,心有不甘,化成了不肯离散的鬼魂。鬼魂也知道谁是最软的柿子，它们挑了她来欺负。她无话可说。她又做过什么，来配得享受这里的光鲜舒适，哪怕仅仅是一个角落？没有。一星一点，一丝一毫，一寸一厘都没有。她能住在这里，仅仅是因为有人俘获了一件战利品。仔细一想，她与登堂入室的劫匪窃贼有何不同？

她再也待不下去了，惊惶失措地逃出了屋子，飞也似的朝后院奔去，浑然不知自己竟然一路赤着脚。

虽然时已深秋，后院的草地却依旧苍翠葳蕤。在这个气候温婉的亚热带地域，落霜时节还要稍候几个星期。她光脚踩在被露水泡软了的草地上，带着凉意的草尖挠得她脚心微微生痒。方才那颗野马般狂奔的心，一下子安宁了下来。

她其实还没有认真看过后院。后院地盘很大，种满了各式各样的植物，第一个闯进她眼中的是向日葵。高大，生机勃勃，帝王般地庄严，那金黄色的、不带一丝杂质的火焰毫无畏惧地向着天空和四周伸展开来。对脚下占据的地盘，它们毫无愧疚之心，也丝毫没想悄无声息地混迹于其他植物中间。它们自己就是一个世界。一个天成的骄傲的世界。在她老家东溪，向日葵很常见。它们无所不在，只要有一角还没被派上用场的薄土，它们就抢着落下根来，像低贱的野草那样野蛮生长。但是它们怎么能和这里的向日葵相比？上海就有这个本事，任是一块普通的石头，只要经过它的手轻轻一碰，就化成了金子；任是什么样的凡夫俗子，经它一口气吹过，就变成了赫赫王公。

春雨把眼光稍稍往远处挪了一挪，就看见了一丛玫瑰。这是一季里的最后一茬花，一看就是病恹恹的没有多少精神头。她并不在意。她本来就不怎么喜欢玫瑰，倒也不是因为那些臭名昭著的刺，而是因为那些长得歪歪扭扭不成形状的枝条。唯一能替它说几句响话的是它的花,除去了花它简直可以归入丑陋一族。

她觉得脑子里有根神经轻轻抽了一抽,便突然意识到院子里有人。再一看,远处草地的边角上果真有一个男人正挥着锄头干活。随着锄头一起一落,他噗嗤噗嗤地大口喘着粗气。男人和锄头显然已经厮混得很熟,配合起来严丝合缝得心应手。春雨几乎看得见男人弯下腰时脊背上浮现的一丝笑意——那是一个人干着自己喜欢的活儿时才会有的得意。那种得意是从心底涌上来的,压都压不住。春雨猜测那人是园丁。和家务助理一样,他大概也是组织上分配过来的。

她该怎么称呼他呢?她在脑子里飞快地扒了一遍这几日春梅灌给她的新词汇,可是没找到适用于这个场合的现成称呼。园丁同志?园地管理员同志?花园助理?她被自己不着边际的编派逗得乐不可支。

当她终于看明白那人干的是什么活的时候,她惊呆了,潮起的欢乐唰的一下彻底干涸。他并不是在除草,而是在铲除草皮。

"住手,你给我!"

她飞奔过去,上气不接下气地朝着那个人嘶吼了一声。但是已经太晚了,该毁的已经毁了。草地的一个角上,已经被挖出了一个床铺大小的坑。一块长方形的裸地上,堆着一摊黑糊糊的湿泥,里头混杂着一簇簇斩断了的草根。那裸地就像是一块丑陋不堪的伤疤,讥诮嘲弄着一园盎然的苍翠。

那人抬头,转过身来,上下打量着眼前这个冲他叫喊的女人。凶猛的阳光刺得他眯起了双眼,稀疏的发际线上有汗珠子在闪烁。他的脸看上去要比他的脊背老上几岁,四四方方的泛着些红光,皱纹随着笑意四下游动着,彼此簇拥。他的衬衫袖子和裤腿高高卷起,裸露的皮肤上鼓起一根根相互交缠的青筋,看上去像一张区域地图上标注的河流。

"你见过这么肥的土吗?你插根筷子,一眨眼的工夫,它能给你长出一棵树。"他把身体挂在锄头把上,乐呵呵地说。

"你在干哪门子的缺德事?"看着已经毁了容的草地,春雨怒不可遏。

男人吃了一大惊。不是被她说的那句话,而是被她说那句话时的语气。他住了手,站在那里半晌没吭声,仿佛春雨的问题太深奥,他一时不知道怎么回答。然后他把锄头放倒在地上,伸进裤兜里摸摸索索地找出一根烟,擦了根火柴点着了,长长地不慌不忙地抽了一口。

"小同志,你觉得我在干什么?这么好的土,在这儿浪费着,尽种些没用的。种点菜不好吗?"在两口烟之间的空隙里,男人慢慢地吐出了几句话。

小。在说谁呢?她离小已经很远了。这是在显摆自己的岁数还是资历?不能太给他脸了。她愤愤地想。

"你是说要把花园铲了来种菜?"血轰的一下涌上了她的脸,她简直不敢相信他的想法。她当时没有意识到她说那个"菜"字时,听上去像是在说一只叮在腐肉上的蝇子,或是蛆虫。

"干吗不能种菜?菜场没菜,半个上海都不知道拿什么来填饭碗。大小姐,你吃的是供给制,你缺什么,都有人送到你手上。你哪儿知道这墙外头的人,过的是什么样的日子?"

他的尖酸刻薄噎得她一怔,过了一会儿,脑子才终于找回了舌头。

"你又不认识我,你知道什么?"她毫不退让地杠上了他的目光,狠狠地顶了回去,"对你不了解的事,最好闭上你的鸟嘴。"

男人并不知道他正正地戳上了她的痛处。

"你做这事，得到陈主任的批准了吗？"她冷冷地问。刚开始时，她只是在打一场半心半意的防御战，到这会儿，局势已经升级到全线进攻了。

"为什么要他批准？"男人诡异地一笑。

一句看似简单的问话，却不知道如何回答。他的问题是诱饵，正引着她往坑里跳。这几天在春梅身边没白混，她已经学会了警惕。他想引着她进入社会地位的话题，那不仅是坑，简直就是泥潭，掉下去就再也别想干净地脱身。

可是她为什么要把陈主任拖进泥潭呢？他又能在她的舌战里扮演个什么样的角儿？就因为他是别墅的主人吗？主人之前是否要加上一个"准"字？还是因为他是一个了不得的部门的了不得的头，而他了不得的部门又正好管着一个了不得的城市？世上不缺词语，可她为什么偏偏要挑上"主任"这个头衔来使？她心里突然涌上一丝羞愧：势利小人。她怎么这么快就学会了狗眼看人？要是不借着别人的手，尤其是一双举足轻重的手，她靠自己就打不赢这一架吗？

"因为他，他住在这里。"她最终期期艾艾地说。

那人嚯嚯嚯嚯地放声大笑了起来："看来我老婆没给你看过我的照片啊。她是不是嫌我太老了，配不上她？"

她一下子醒悟过来眼前的那个人是谁，膝盖一软，人一下子矮了半截。

"对不起，陈主任，我不知道，不是有意……实在是，真对，对不起……"她发觉她的舌头缠上了一团蜘蛛网，磕磕绊绊地怎么也找不到逃路。

那人耐心地看着她结结巴巴地道着歉，并不着急说话，那神情就像是猫在戏弄一只捉到了手的老鼠。终于过了那个劲，他才开口:"去他妈的那个什么'主任',鬼才吃那一套。没旁人在的时候,你就喊我老陈吧,你我都省心。"

说话间,一只手就唰地杵到了春雨跟前,她过了一会儿才明白,那是握手的意思。她骨骼纤细的小手落入他熊掌似的大手里,倏地失去了踪迹。这时她才看清了他指头上焦黄的烟垢和指甲缝里嵌进去的黑泥,不知怎的,人就渐渐地松弛了下来。无论他身居什么样光鲜的要职,从根底里,他就是一个农民。他的出身和门第,是骨血里带来的,是冰冷的、铁硬的、赤裸裸的现实。世上没有什么人,没有什么东西能更改那样的现实。春梅不能,上海也不能。

"我还是觉得把草地和花圃铲了,有点可惜,人家可是花了多少年的心血打造出来的。"她轻声嘀咕着,虽然语气婉转,还是听得出话里那丝抑制不住的不满。她脑子这会儿清醒了,先前挡着道的路障已经清除,该说的话平平顺顺地找到了通往舌头的路。她已经把他彻彻底底地得罪了,在那样明目张胆的大过错之上,再叠加一个无关紧要的小不当,还能坏到哪里去?

老陈没有说话。他脱下一只橡胶底的帆布鞋子,扔到地上,一屁股坐了上去,然后脱下另一只,倒过来唰唰地抖出了里头的泥土和草根。倒完了,再换一只。终于清完鞋子再站起来,春雨发现他的屁股后头有两大块深黑的水迹——那是鞋子没挡全的地方。他毫无知觉,或者说,他压根就没在意。

"小同志,我可以这么叫你吗?往我这样的老头子身边一站,你可不就是个小丫头片子吗?你知道那些个狗娘养的是怎么对付我们的吗?敌对势力,这话文绉绉的,太客气,他们就是一群狗娘养的。这一帮狗头军师凑在一起,掐住菜市场的脖子。昨天你拿着钱还能买回一篮子豌豆,今天只能买半篮子。明天去,就只有一捧。他们藏着那点臭鱼烂虾，急着想清出去，还要卖个金子价。睡蟹。你听说过吗？明明是死蟹，还要起这么个洋花花的名字来糊弄人。"

他越说越气，嗓门也越来越粗。"想把我们的新国家一口一口饿死。我恨不得亲手毙了他们，一个也不放过。还睡蟹呢，我给你来一排睡人。才一个星期，我那个可怜的司务长，头发唰唰地白了。谁会眼红他的工作？篮子里没东西，还想喂饱全城的人？你爱说什么说什么，我打死也不会叫这样一块地闲着，种花养草，还有那个什么玫瑰。你没看见同志们吃不上青菜，个个嘴巴烂得流脓流血？"

春雨心里那个缄默的异议者并没有死，只是声气渐渐弱了。脑子这会儿分成了两半，各浮着一样东西：一边是玫瑰，一边是豌豆苗。玫瑰原本就是怏怏的，此时更褪了几分颜色，而豆苗却越长越壮实，精神气十足。她觉得自己有点危险了，她还不想这么快就被这个半老头子说服。

"你不是老头子，你才三十二岁，春梅告诉我的。"春雨说。这不全是春雨心里想说的话，可春雨也不知道到底该说什么。

"这样吧，小同志，你让我在后院种我的菜，我让你在前院种你的玫瑰和那些个劳什子。我不烦你，你也别再烦我，成不？"

春雨忍不住笑了，这一笑，就笑出了个勉勉强强的同意。

兴许，春梅找了这个人做丈夫，除了顺从母亲的意愿之外，还是另有原因的。兴许春梅还是真心喜欢这个男人的，哪怕只有一点点。

"这活你打算自己一个人干吗？干吗不找个人来帮忙？你手下有的是人。"春雨精神一松，舌头也松了，几乎有了聊天的兴致。

"那当然，想找个人帮忙还不容易？我一招手能来一个军团。

当了那个狗屁主任,这点方便还是有的。可是这活我愿意干,干起来痛快,就当是休息。办公室的那些事真是耗头发。"

"你管这叫休息?"她狐疑地看着他汗湿的脸和衬衫袖子上那一团团干成了片的泥巴,忍不住咯咯地笑了。

"比什么都管用。"他兴高采烈地回答说,"我一见到土,骨头都松快了。那味道,你闻闻,就跟小孩闻到娘的奶,我一辈子也断不了这个奶。"

他重新捡起锄头,她以为他要继续他的土地改建工程,谁知他抬起锄尖,正正地指着她,仿佛他手里捏的是一杆长枪。

"真是搞不懂你们女人家心里是怎么想的,总是把脸皮看得比肚皮紧要。苦日子都没叫你们长记性吗?肚皮空空的,玫瑰能当饭吃?你倒是想想看。"他抬起手肘抹着额头上的汗珠,咕咕囔囔地说。

农民,浑身上下,每一寸皮都是。春雨暗想。

他转身乐颠颠地干起活来,一身的劲道落到锄头上,锄头被使得一起一落,颠颠颤颤的,春雨消失了,世界不复存在。

春雨的脑子里突然闯进一个怪异的念头:刚才他那一通食品短缺的话,会不会只是一个顺口编出来的由头?有了这么个由头,他就有了一个理直气壮的借口,好在自家的后院里,把他没过好的童年和少年再理直气壮地重过一遍?年轻的时候他曾经那么嫌恶种田人的日子,撇下了一切,头也不回地一走了之。他扔下的东西,现在又成了他的宝贝。世上的道理都是这样拧巴的吗?是不是人总是憋不住要惦念他们最恨的事情?

"陈主任,哦不,陈同志,我能求你帮个忙吗?"

老陈突然觉出来有人在扯他的衣袖,一看是春雨,就停了下来:"有话就说。"

"春梅说等我安顿下来，就给我找份事做。我到这儿有一阵了，整天没事儿干，骨头都发霉了。"

春雨看不见自己的夸张神情，陈同志看见了，又是一阵嚯嚯大笑。

"你从前都做过什么工作，说说看？"转眼之间他的脸就收紧了。

这才是他的真脸，每天在办公室里跟人谈正事的时候，他大概都是这副模样。春雨暗想。

"高中差一年毕业，因为打仗，日本人。我在医院工作过一阵子，做……"记忆很重，压住了舌头，她犹豫了一下，"……做些个，零工。"

他的眉毛抖了一抖，一下子提醒了她这事还有另外一种可能，那是她打死都想避开的可能。

"我什么工作都能干，只要有口饭吃。哪里都行，除了，医院。"她说。那话听着突然就成了央求，声音里有一丝轻轻的颤抖。

"医院怎么啦？配不上你大小姐的身份吗？"他反问道，半是疑惑，半是不悦，语气里生出了棱角。

翻手云覆手雨，捉摸不定。春雨默默地警告自己。他那层历经风霜的粗糙表皮之下，藏着一个敏感的孩子。心底轻轻一丝情绪变动，都会立即浮上脸面，一眼看得清楚。微妙，世故，精致，圆融，他的词典里找不到这样的词语。

"你想哪儿去了？"她大声嚷了起来，脸上猝地泛上一股被蜇痛了的潮红，"我见过了太多病人死人，只想换个工作，不那么死气沉沉的。我想多见见，活物。"

他脸上闪过一丝满意的微笑，眉眼仿佛在说"我就知道你不会……"。一秒钟之前的不悦和郁闷，已经一扫而尽。他此时看她的眼神,是嫌弃之后的惊喜,仿佛她是一件无可救药的烂东西,他原本打定主意要扔掉的,却突然间意外地找着了一个尚可补救之处。他闭上眼睛,额头上有一条肌肉在轻轻地挪动。一个想法,或许不止一个,正在慢慢孕育之中。当他睁开眼睛时,他的主意已定,足月临盆。

"眼前就有现成的事。你就在这儿工作,负责这块小菜园。需要什么东西,我给你送过来。我也会过来给你搭手,只要能逃得开身。整天都是开不完的会,有些人就是学不会什么时候该闭上臭嘴。你可以种豌豆、蒜苗、胡萝卜、菠菜、圆白菜、西红柿,一年到头长不完的东西。"

春雨瞠目结舌。在今天,更确切地说是在此刻,之前,她从来没有把这样的一桩差事想成是一份"工作"。

"你还可以养鸡,弄好了还能养猪,只要隔壁那几家公子哥儿没放什么屁。不是要看活物吗?让你看个够。我的司务长要谢你祖宗。"他越说越热火起来,"我把你划到我们部门的花名册里。我们现在是供给制,没法付你薪水。不过你要钱干吗?反正你需要什么,组织上都给你供应,就跟你姐一样。只不过你现在有自己的配额了,不用分你姐的那份。"

配额。春雨的心一动。她现在吃的,是春梅碗里的饭。春梅的碗很大,饿不着她,春梅也没给过她什么脸色看。兴许时日还短,春梅还来不及把脸色养上。可春梅的脸色是一把悬在她头顶的剑,她得时时刻刻小心翼翼地提防着,怕落到自己头上。假若她有了自己的碗,她可以安安心心地吃自己的饭。真惹急了,她说不定也可以耍一耍小性子,给春梅点脸色看。

她点了点头,这事就这么定了下来。

"行啦,就别站着啦,干活吧。"老陈的头朝边上一歪,指了指那堆挖出来的土，吩咐春雨，"把土里的草根挑出去。根没死呢，混在泥里还会活过来。也别扔了，好好晒一晒，干了就是你下一茬的肥。"

春雨心下明白，接下来还有好多事要学。

从眼角的余光里，老陈看见春雨把两只光脚丫子扎进湿泥里，照着他吩咐的开始干活，干得很慢，笨手笨脚的，倒也没什么啰嗦。

"你跟你姐不太一样。"老陈说。

"啥意思？"

"你不怕把手脚弄脏。"老陈哼了一声，淡淡地说，"有些人读了几年书就觉得比谁都高，一身酸气，隔三里地都闻得见。"

她抬头看着他，半是疑惑，半是好奇。"这是在说我姐吗？"

他呵呵地清了下嗓子，没有回话。

5

春雨接手的那份工作，改变了她对时间的认知，日历成了一样挂在厨房墙上的摆设。日月照常流逝，但衡量日月的单位，不再是时钟和挂历，而是构成蔬菜生长季的一个个小环节：播种时节，间苗时节，施肥时节，架藤时节，收获时节，如此等等。

老陈送了一个经验丰富的菜农过来，帮春雨一起收拾菜园子。第二年，这个菜园子成了老陈单位食堂一个小型却可靠的蔬菜禽肉供应渠道。老陈和他的同事们通常都在食堂吃午饭，遇上加班，有时甚至也在单位吃晚饭。

过了些日子，时不时地，就有人来敲家门，通常是街坊邻居,带着抱怨来的。走在路上的时候,这些人心头的火气还很盛。走着走着,那火气被压了又压,等进门的时候,说出口来的话,听上去更像是街坊之间的随意聊天。用词都是小心翼翼地斟酌过的,语气极其客气,带着一丝微微的敬意。话题是关于半夜三更的鸡鸣,还有时不时从他们的窗缝里隐隐钻进来的某种气味。他们总是刻意绕过了"粪肥"这个词。当然,风是主要原因,是风向不对,才会刮来气味。他们说。

流言长着飞毛腿,行走如风。一整条街的人,此时都已经知道了这幢法式别墅里新住户的身份。即使是那些反应迟钝、耳根清净、不搅是非的人,也已经通过别的渠道得出了相似的结论。他们看见时不时有小轿车拐进楼前的车道,车里走下看起来身份显赫的宾客,有一两回甚至是洋人。这个年头的上海滩,洋人几乎是濒临灭绝的物种。

家里应门的人通常是春雨,不用任何人嘱咐,她就知道该怎样小心应付诸如此类的场景。她不像姐姐,从不把事情往高处远处扯,硬要人家在个人的琐碎不便和国家的严峻需求之间挑一头站。她也从不把陈主任的名字扯进对话之中,连轻轻一丝暗示都不曾有过。来客惴惴不安地站在门厅里,不肯落座,多少期待着她作出某些辩解。但是她没有。她压根就没打算替自己找任何借口。她的回应是直截了当的道歉。她的道歉滔滔不绝,绝非敷衍了事,毫无文过饰非之意,砸得来客昏头转向,瞠目结舌,最后反而是他们心怀歉意地打断了她。春雨已经把他们的心揉得软乎乎了,正适宜停战熄火,缔结合约。

认错归认错,她的口却守得很紧,跟在她的道歉后头的,不会有任何改正的承诺,但常常会有一件礼物。有时是几枚外壳上用铅笔标注了日期的新鲜鸡蛋(她用这个方法记录新鲜程度),

有时是几只西红柿一根黄瓜，有时则是一牙南瓜。礼物是依生长时节而定的，蔬菜的外皮上时常还沾着地里的湿泥。不值一提的小东西，一点谢意而已。她说。

这一类的来访通常很快就完结，不会超过十五分钟。等客人走的时候，原本就不甚明了的敌意，此时已经淡化成了一团心平气和。那团宁静之中，甚至隐约地显露出一丝友情的可能。在这个万物稀缺、物价飞涨、每一只口袋都有一个天大的窟窿的世道，若想销蚀怨气，食物远比空话管用。

到了晚饭时节，春梅和老陈坐在饭桌前，听春雨讲着白天里发生的这些事，惊得几乎掉了下巴。

"你要是当个管事的，世界上哪会有这么多仗好打？"老陈说。

"看来你在这儿还是学了几招啊。"春梅说。春梅的意思谁都明白，指的就是春雨刚到上海时那副不知所措的蠢相。时光荏苒，春雨转眼就在这里住了差不多一年了。

春雨在姐姐的目光底下渐渐低矮了下去，低成了尘土。她都忘了，从前的那些烂事。春雨暗暗冷笑。从前春雨使过多少曲里拐弯的心计，一回又一回地把春梅从烂泥淖里捞出来。春梅上了岸，就只想着岸上的事，仿佛世上从来不曾有过泥潭。记忆有选择，专挑合乎口味的记，剩下的，由忘却来收拾残局。春雨现在使的招数，没有一样不是先前就会的——那是她还泡在娘胎的羊水里时，就已经看会了的。这些招数，已经活在她的毛孔里了，即使在沉睡中，也能一呼即出，立即上手。也只有春梅能有这样的脸皮和胆量，敢把老天赏给妹妹的本事，轻描淡写地归为她的调教之功。

自从家里开出了这片小菜园，老陈在家的时候就明显地多了起来。现在他几乎每天都回家吃晚饭。假如单位不加班，每个周日他也都待在家里。每次他一进家门，扔下公文包，就迫不及待地朝后院跑。后院重新修过了篱笆，地面已经按着用途分成了几个小区：需要爬藤的瓜果，贴着地皮的菜蔬，养鸡区，沤肥区，工具房，井井有条。

老陈脱下外套，蹬下鞋子，赤脚蹲在通往后院的石阶上，手里点着一根烟，沉浸在菜园子斑斓的色彩之中。豆子依旧翠绿，西红柿在渐渐变红，南瓜藤上的花，是一朵朵淡淡的黄，每一株苗子都比他早晨上班时又蹿高了一寸。看着看着，他脸上的皱纹就渐渐平服了——那是一个庄稼人看见丰收在即时简单而纯粹的欢喜满足。

"这小小一块地，就能让你乐成这个样子？"有一天，春梅在饭桌上对老陈说。"假若你要的就是这东西，都用不着离开你家那个村子，老天就能成全你。泥里血里走了一万里地，又是何苦呢？"春梅的口气里多少带着些嫉妒。

老陈放下空饭碗，默默地点上了这天晚上的头一根烟，看不出生气，但也懒得回应。在菜园子里的时候，他就是另外一个人，泥土能瞬间叫他的舌头松泛起来。

"陈同志就想在大世界里建一个他自己的小世界。他心志大，一个世界填不满。"春雨扛不过沉默，斗胆插了一句。在春梅跟前，她从来不叫他"老陈"。

话一出口，她就立刻懊悔了。每一次都这样，可她哪一次也没长记性。她算个什么东西，竟敢摆出比姐姐更了解老陈的架势？沉默是有些尴尬，可是她凭什么要把打破沉默的责任揽到自己身上呢？这沉默又不是她制造的，本不归她来打破。她憎恶自己的多事。

很奇怪，春雨在种瓜种菜上的千般耐心，一用到家禽身上，就立刻折损了过半。家禽这个词有点夸张，说白了，家里养的其实只有鸡。她在菜场上买回来四十只刚孵出来的小鸡时，头一阵子还是挺新鲜的，那摇摇晃晃小绒球似的鲜活样子，她看着也是欢喜。过不了多久，它们就长成了半大不小的幼鸡，竹竿似的细长腿，参差不齐的毛羽之下瘦骨嶙峋的身体，一跳一跳地满地乱跑，吱呀吱呀地扯着嗓子，急于表现自己。那一副蠢样子就渐渐浮现出来了，一下子倒了她的胃口。

开始时，她只是不喜欢它们而已。但在几个月之后的某一天，她的不喜欢一下子就升级到了憎恶。那天，在围成鸡栏的那块地上，她看见了一幕恐怖的场景：有一只公鸡，是鸡群里长得最快、身个最强壮的，毫无预兆地对一只母鸡发起了凶悍的攻击。母鸡刚刚长成，瘦小的身子整个消失在公鸡的身下，他的重量几乎把她压成一地齑粉。他伸出两只虎钳似的爪子，死死地抠住她的脖子，尖嘴癫狂地啄着她的后脑勺，一下又一下，像是一把得了失心疯的铁锤，在凶猛地砸着一枚钉子。

母鸡歇斯底里却徒劳无益地扑扇着翅膀，想从他的铁爪之下挣脱。她哪是他的对手？他两只蒲扇似的大翅膀一下子就把她制服了。她的身子瘫软了下来，但却还不肯臣服。四只愤怒的翅膀交缠在一起，扇起一片飞尘和羽毛，如风暴遮天蔽日——那是一场地狱般的恶斗。母鸡凄厉的叫声在春雨的耳膜上戳出一个个洞眼，疼得她的心抽成一团。

突然间，那根系在她神经上的绳子散了，她的身子和脑子断成了两截。她的脑子眼睁睁地看着她的双手抓起跟前的一把铁锹，却不知道她到底要拿它来派什么用场。只听得一声巨响，接着便有些颜色和动静在眼前风车一样地翻转了起来。她却不记得到底发生了什么。

等到她终于清醒过来,她看见地上有一摊冒着泡沫的污血,血里泡着一个砸瘪了的鸡头,周围散着一堆羽毛和碎骨。那砸烂了的鸡头上有一只圆睁着的眼睛,玻璃球似的泛着光,死死地瞪着她看。那眼神冰冷,带着不可置信的愠怒。她吓了一大跳。一股厌恶涌上来,她差点呕吐,赶紧避开了那只眼睛。她像被抽走了筋骨,浑身瘫软无力,胸口紧得透不出气来,只好斜靠在篱笆上,将身子勉强稳住了,肚腹里却逼上来一股尖锐的尿意。

这天吃晚饭时,春梅和老陈惊讶地发现桌子上除了几样家常菜之外,还摆着一盆炖鸡。鸡肉是大稀罕,需要一个充分的理由才能上桌,比如阖家团圆,比如年夜饭,再比如大寿辰,或者家里来了稀客。那个年头没有人会毫无缘由地端上一盆鸡肉。

春梅好奇地问了一声今天家里有啥事啊。春雨的脸倏地绷紧了:"我为那个劳什子菜园做的事还少吗?难不成还不值一口鸡肉?"

春雨很少使性子,谁也没想到这一句话能引出她这样一顿无名火。春雨的怒气立时封住了众人的嘴,再也没人敢把话题往那个方向扯。但春梅和老陈都看到了,这一顿饭吃下来,春雨一筷子都没动过那盆鸡肉。

6

橘子是在旧历年底一个寒冷的日子里来到春雨身边的。这是解放后的第二个春节,在春雨记忆里,也是她有生以来见过的最寒冷的冬天,挂在晾衣绳上的湿衣服,都能结上一层盔甲似的硬邦邦的薄冰。

这个冬天里,春雨常常蜷在床上懒得动弹。若外头出太阳,她就会找个晒得着阳光的地方躺着。最后一茬的蔬菜瓜果都收完了,大部分送去了老陈单位的食堂,剩下的几篮子黄瓜胡萝卜和卷心菜,都已经腌成了咸菜,留着在开春前的几个月里慢慢吃。

这是一年里最闲散的时节。当然,人若真想干活,总还是可以找到活干的,比方篱笆上的窟窿需要修补了,再不补,鸡都要撒着欢儿走到街上了;再有,院子里那间堆放工具杂物的小房间,也需要重新清理一下,好腾出地方装引火柴和木炭。可是春雨只是感觉倦怠,懒得动弹。老陈派给她的菜园子帮手,主动接管了那群鸡,她手头就有了更多无所事事的时间。每日里只有两件事能推着她起床:一件是吃中午饭,另一件是晚饭之前,她得略微拾掇拾掇自己,装模作样地等候着春梅和老陈下班。

一种漫无目的的漂浮感,从头到脚地罩住了春雨。这种感觉对她来说不是第一次,当年在野战医院工作的最后一段日子里,她也曾经历过同样的昏沉懒散状态,只是这次来势更凶猛。她不知道这是一种病,这种病在许多年后才会进入常用词词典,成为一顶均码帽子,覆盖在一切无法解释的病症之上。这种病叫抑郁症。

三个月前父亲去世了。她与老家的联系,原本就细薄如丝,父亲一走,便失去了最后的牵挂。抗战胜利之后,她曾回过一次东溪,几年过去了,她也没有强烈的愿望想再回去一次。她父亲娶了五房夫人,有十五个孩子。世上有哪个男人的爱,能经得住五房妻子和十五个女儿的瓜分?二十分之一,那是每个人的平均值,可是谁会满足平均值呢?纷争由此而生。父亲若有一个儿子,就会分走他天大的一块心思。这一个儿子颠覆了天平,世上再无平均值，兴许还能有些太平，说不定还能聚拢这一大家子的人。可是父亲偏偏命中无子。

在后来的年月里，春雨才慢慢体会到父亲走得正是时候。父亲无子，她们无兄，对袁家来说反而是一桩幸事。正是因为没有男丁，父亲没有法定继承人，他留下的整个家业，就分成了许多份，散落到四房夫人和十三个女儿手中。之所以说十三个女儿，是因为春雨春梅两姐妹躲得远远的，没有参与那个深奥繁琐的数学运算过程。冥冥之中仿佛有一只神秘的隐形之手，事先筹谋了这场家产的瓜分，意想不到地帮着这一家子躲过了后来那场公私合营的风暴——那仅仅是五年之后的事。

感情的亲疏是彼此的，不能单单算在她们这一头上。春梅春雨在上海安下家来，数月之后，春梅写了封信回家，闲闲地提了一句想在过年时安排个时间回家一聚。五年多了，这是袁家真正意义上的阖家团聚。前次是春雨一个人回乡的，那时春梅还不知下落。没想到父亲回信说不必了，口气竟是意外地坚决："新当局不喜欢富人，吾辈绝非其倚靠对象。你与夫婿若想平安无事，远离老家之人方是睿智之举。"春梅对东溪原本就不怎么热切，父亲如此一说，她也就不再提起。倒是春雨看着觉得奇怪：父亲和春梅这样南辕北辙的两个人，在这件事上，倒是想到了一起。从那以后，春雨的负疚之心便淡了些许。

两姐妹和东溪之间的联络，从此就变得更为稀疏了。有一天，春雨意外地收到了一封她同父异母的长姐写来的信，告诉她父亲突然去世了，是在睡眠中走的，事先没有任何征兆。七十二岁。在那个年代，这个年龄是可以录入宗族的长寿册的。

长姐的信里还夹着另外一封信，信口封得很紧，信壳上写着"春雨亲收，旁人不得开启。待吾离世之后付邮"。字是用毛笔写的，字体很大，略略朝一侧倾斜，春雨一眼就认出来那是父亲的手迹。

这封信是两年前写的，父亲到底还是预见到了自己将不久于世：

> ……日本人宣布投降不久，有一自称小虎的青年男子（右手只余二指）前来吾宅造访。你先前曾差他来过一回，替你捎信，告知你母不幸辞世之事。他开口索取钱财，说他手之伤残乃因你所致。他扬言老夫若不与他钱财，他必"传出不雅之言"。吾与他若干银两，然远未达他狮子口之数额。吾告与他知：吾二女自离家之后从未与老父联络，恐早已客死他乡。因而尽请随心所欲，老夫已无牵挂。此人从此并未再来，老父此话似乎起了作用，但天知道能管多久。
>
> 你二人万万不可回来，以免他听见风声。那人仿佛只知你们的日本名字，依此寻人应非易事。倘若他真心作难，你二人之去向亦并非不可泄露之天机，总有踪迹可寻。春梅的夫婿我尚未谋面，听说在新政府中身居要职。你母若在天有灵，也必深得安慰。你务必小心行事，以防他耳中刮到任何污言秽语……

天。父亲其实是知道的，他一直都知道，他的两个女儿失踪的实情。那年她回东溪，父亲听着她那些精心编织、自圆其说的谎言，脸色却是如此安宁冷静，没有绽开一丝裂缝。此刻父亲的手迹突然变得模糊不清，过了一会儿她才意识到那是她的泪水洇湿了信笺。她先前从来不知道父亲心里存着这份细致和关切，现在她知道了，却已经太晚。他拒绝见她们的原因，竟然完全不是她所猜测的样子。父亲向来无趣自私精于算计，一生里竟然也有无私和慷慨的时刻。那些时刻纵然罕见，却也是真切存在的，在暗处闪着光亮。只是她的心太窄了，眼睛蒙了灰，看不见，也不愿看见。

但是父亲的信里却没提那几房的人是不是也知道了那件事。袁家女儿们之间的关系从来是变幻多端的，没有固定的边界线。今天还是同盟，明天就可能是仇敌，为获取父亲的青睐和钟爱，她们永不厌倦地彼此交战。当然，最终的目的还是他的皮夹子。她的秘密要是落在那几房姐妹的耳中，指望她们守口，还不如指望散沙聚团。父亲一死，春雨更加死了心，彻底切断了和东溪的任何牵连。

自从收到父亲的信后，她变得杯弓蛇影。家里任何一记叩门声，街上走动的任何一个陌生人，都能让她一惊一乍。她的秘密已经不再安全。

她没给春梅看父亲的信。她知根知底地知道她的姐姐：眼前站着多少听众都不会让春梅发怵，她能把人群拿捏在股掌之中。可身后只要有一个不露脸的影子，就能把她吓成一摊稀屎。老天给她俩一人派了一个角色：春梅是那个举旗子吹号角的人，头脸光鲜地引领着浩浩荡荡的人群；而春雨则是一个清洁工，在阴暗污秽尔虞我诈的下三滥世界里，给人收拾烂摊子。世上的烂摊子太多，有多少个春雨都不够使；而镁光灯却只有一盏，只能照一个春梅。她们各自要演好自己的角色，不能乱了本分。

有一天，春梅和老陈上班之后，春雨没吃早饭也没吃午饭，在床上一气赖到差不多晚饭时节才起身。迷迷糊糊地坐起来，从窗帘的缝隙中望出去，她看到街对过的裁缝铺子上已经挂出了一对红纱灯笼。那柔和温暖喜气洋洋的光亮，却叫她心中生出一阵寒意：又是一年的年尾了。对无家可归的人来说，过年是老天爷想出来的最残忍的事。无家可归。没错，父亲一走，她就是无家的人了，尽管先前她并不知道父亲在她心里还占着一块地盘。

很奇怪，她从来没把她现在住的地方想成是家。她甚至都不敢确定这栋洋楼是不是春梅的家。春梅比自己也好不到哪里去，她们都是漂泊者，从一处漂到另一处。一座没有孩子的房子，绝对不是家。

前几天她听见春梅让老陈给她找一个家。"国家都有长远计划，她不能老这样。"春梅说惯了办公室的话，都不会说家里的话了。明明是一个男人可以解决的事，却偏偏要动用国家。老陈听了，含含糊糊地嗯了一声，春雨猜着算是个应承的意思了。一想到要去见一个完全陌生的男人，她身上就噌地浮起了一层鸡皮疙瘩。是害怕，又不全是害怕。"用不着告诉他们的。"看出她忧心忡忡的样子，春梅贴着她的耳根轻声说。

她怎么能揣着这么大的一个秘密，走进别人的家门，跟别人一起过日子，夜里还依旧睡得安生？一个影子，一个不明就里的眼神，一阵私语，或者仅仅是一阵风飘过，都能让她心惊肉跳。守着这么个秘密过日子，那日子就是地狱；而丢了这个秘密，那就是生不如死。

就在她心情最低落的时候，她遇到了橘子。换个角度，你也可以说是橘子遇到了她。上天看到她们急切地需要彼此，就把她们顺手推到了一起。

春雨起了床，无精打采地朝后院走去。家务助理和菜园帮工都回家过年去了，家里只剩了她一个人。早上菜园帮工走之前，已经把鸡放出笼来也喂过了，此刻鸡正在收完了蔬菜的空地上叽叽呱呱地走来走去，把食着留在土里的残根和种子，到处屙下一团团绿屎——那是明年的好肥。

天实在是冷。这天应该是这一年里最冷的一个月里最冷的一天。太阳低矮下去了，苍白，遥远，疲软无力。江南的冬季虽然短，却带着一层湿气，紧紧地黏在人的骨头上，扒也扒不下去，能把一身的血都冻成了冰。春雨的手脚长满了冻疮，又痒又疼，肿得穿不进鞋子。

她去了鸡笼，蹲下来查看有没有白天下的蛋。一个也没有。鸡笼里铺的稻草，是菜园子的帮工回家前刚换过的，现在闻起来，有这一季的新潮气，也有上一季的旧阳光，气味杂陈。春雨正想起身，突然听见一丝嘶嘶的声响，她停住了，往里一看，就看见了两粒小灯泡似的亮光。过了一会儿她才明白是一双眼睛，圆圆的，灰绿色的，熠熠闪动，满眼都是狐疑和惊恐。

原来是一只躲在鸡笼深处的猫。在微薄的暮色里，它的皮毛闪动着一层金黄的接近橙色的光泽，有些褐色的条纹交织其间。待春雨的眼睛习惯了鸡笼里的光线，她发觉她看见了一只微型老虎——一只受了惊吓、每一根神经都绷得很紧的老虎。她朝它伸出手来，它惊跳起来，背高高地拱起，毛发奓成一根根针。

"可怜见的，你这个可怜的，可怜的小东西。冻坏了吧？亏得我没把篱笆补好，要不你咋办？"她轻轻地说，被自己声音里那股子陌生的温存吃了一惊，"你没看见那些鸡啊？这是它们的家，你占了它们的窝，它们可不待见你。还是跟我来吧，我不会害你的，你放心，好不？我给你找个好地方睡觉，可怜见的。别怕，跟我来。"

她叨叨絮絮地说了许多话，猫一路往后退，就退到了鸡笼的尽头，再无可退之处。它直直地警觉地打量着她，身子微微颤动着。不知是她身上的什么东西,也许是声音,也许是姿势,也许是气味,让它逐渐平静下来,卸下了盔甲。好像过了一个世纪的样子,它的毛发才全部平复下来。它慢慢地蹭过来,怯怯地试试探探地闻了闻她的手指头。

橘子。

就在那一刻,她想好了要给它起的名字。凭直觉,她认定那是只母猫。

当时她还不知道:除了寒冷的天气之外,流浪猫橘子走进她的后院,还另有原因。

7

春雨用木柴和稻草,在工具房的一个角落里给橘子搭了个小窝。这已经是室外最暖和的地方了——她再不忍心橘子,也不能把它带进屋里,把春梅的家变成一个动物园。然后她又急急地跑进厨房,胡乱搜寻了些剩饭菜,和着水装在两只碗里,放在了橘子的窝边。这就是流浪猫橘子的避风港了。春雨把工具房的门轻轻留了条缝,预备着橘子万一夜里要出去。

晚些时候,她又去看了一次橘子,发现水低矮了些下去,食物却没有动过,连个齿痕都没留下。

"你这个挑嘴的货,不吃我的东西?你要饿死啊?"她把橘子抱起来,怀里沉甸甸的,便暗自惊讶一只街猫身上竟然也长了这么些肉。橘子没有反抗,而是蜷缩在她的臂弯里,打起了响亮的呼噜,一副熟门熟路的样子,仿佛她已经养了它一辈子。橘子柔软的身子暖暖地贴着春雨,突然让她生出了睡意。"你要是敢逃跑，看我怎么收拾你！这么个鬼天气，连老鼠都不会出洞。"她半真半假地警告橘子。

她正想放下橘子回屋去，突然觉得手腕上有一丝重量，原来是橘子的爪子在拉扯着她的手。橘子定定地看着她，眼睛亮亮的，像两汪澄澈的积攒了月色的水，水里满溢着哀伤、恐惧和无助——它在乞求她留下来。春雨的心抽了一抽。"傻丫头，我不能一直陪你啊，你总不能看着我冻成冰棍吧，是不是？"

夜里她隐隐听见了几声猫叫，但又很快睡了回去。橘子的叫声反倒让她放下了心：它没有逃走，还待在它的小窝里，一切太平。

第二天，她赶在春梅和老陈醒来之前，就早早起了床。她已经很久没有这么早起床了。裹上外套，抓上一只手电筒，她蹑手蹑脚地下了楼，拉开门闩，悄无声响地潜入了后院。冬日夜长，这个时候外边还是暗蒙蒙的，天边刚刚绽开了几丝细细的晨光。收完了蔬菜的地看上去赤裸，开阔，平展。夜里下过小雨，地面上结着薄薄一层冰，在黯淡的曙色中微微闪亮。她急急地走到工具房，打开门，把手电对准了橘子的小窝。

橘子还在老地方。突兀的光亮吓了它一跳，两眼眯成了细缝，不速之客的侵扰让它茫然不安。春雨把手电筒从橘子脸上移到身上，发觉一夜之间，橘子长肥了许多。再仔细看了一眼，便惊得几乎摔了个跟斗——橘子粉红肿胀的肚皮上，蜷曲着三只老鼠似的小肉团。那三个肉团皮毛稀疏，湿乎乎的身子轻轻抽搐着，在吱吱嗫嗫地吸吮着什么。

是猫崽。

春雨突然醒悟过来：橘子之所以来到她家后院，是因为它知道自己要临产了。昨天晚上，橘子央求她留下来陪它过夜，可是，她没有听懂它的话。一条街上多少座房子，橘子偏偏挑了这一家来生下它的崽；一天路上能走过多少人，橘子却单单挑了自己，来托付它的性命。那是一位母亲致命的恐惧，一只畜生本能的信任。它把自己整个交给她了，可是在它最急切无助的时候，她却把它丢下了，让它独自挨过这样的难关。

"对不住啊，对不住，可怜见的。"她喃喃自语，心里充满了愧疚。橘子意想不到地唤醒了她心里沉睡多年的渴望：她希望活着，也被人需要。至少，橘子是需要她的。

橘子还是没怎么吃东西。春雨把指头伸进食盆，蘸了些食物想喂给橘子。橘子敷衍了事地舔了一口，就扭回头去，继续用舌头给它的幼崽洗刷身子。现在春雨看清楚了它们的样子，一只长着白毛，上面散落着几个灰黑色的圆斑；其他两只样子更像它们的母亲，都是姜黄色的，有一只下巴是白色的，另外一只颜色稍深，有几道更明显的棕色条纹。斑斑，小黄，豹子。她很快想好了它们的名字。

橘子的舌头温存而耐心，不知疲倦地来回行走着，不肯错过任何一个角落：猫崽的耳朵——现在还只是两个尚未长出尖角的小圆洞；粉红色的肚皮，尚未脱落的脐带像风干的枝蔓那样蜷曲着；小小的爪子，上面的指甲现在还不会自行收缩；被尚未成型的尾巴草草地覆盖着的小肛门……橘子的舌头从一只猫崽转到另外一只，从一个地方移到另一个地方。猫崽彼此推搡着爬来爬去，时不时发出轻软的心满意足的吱吱声。

一股无可名状的感觉潮水般地涌过春雨的肚腹。她知道那是她子宫所在之处，她感觉天下的虚空皆由此而来。突然间，她就呜呜咽咽地哭了。

虚空。她生命中存在着一个巨大的虚空。除非她有了一个她自己的斑斑、小黄或者豹子，没有任何东西能填得满那样的虚空。她的斑斑，她的小黄，她的豹子，那是梦里才可能发生的事。她需要一个不着边际荒诞无稽的梦。

她需要一个奇迹。

照顾橘子一家子成了春雨的新目标，她的生活又回归到了正常轨道，猫咪的喂食和起居时间，现在成了她安排每日活动的中轴线。

冷入骨髓的日子统共也没有几天，天气很快回暖，各种迹象都表明今年会是个早春。过完春节，菜园帮工回来上班，他和春雨就开始培土，准备春季的播种育苗。猫崽在他们眼前疯长起来了。它们的小眼睛张开了，瞳仁有了颜色，是六汪澄澈的、能把人的心都化了的蓝。耳廓也渐渐挺立起来了，最先只是两个丑陋的小茬子，很快就变成了尖尖的抖来抖去的小喇叭，时刻警惕着周遭的风吹草动。皮毛变得厚实了，毛茸茸的闪着一层油光。爪子也长硬实了，可以收缩自如。尾巴，天爷，那是一丛灌木。

可是身体长得再快，也长不过好奇心——好奇心是以火箭的速度增长的。工具房再也关不住它们了，猫崽撒野的场地已经扩展到了后院的每一个角落，一天比一天更远。它们对母亲的舌头那无所不能的清洗神力深信不疑，毫无顾忌欢天喜地地在泥潭里打着滚，全然不把四处乱窜的鸡放在眼里。

和猫崽相比，鸡是巨人。猫崽贴着地皮行走时，只能看见公鸡的肚腹。猫崽本该是怕鸡的，可偏偏是鸡，反倒被这三个相貌怪异、浑身长毛、天不怕地不怕、跑起来比魔鬼还快的小东西给搅得惊惶失措。没多久，鸡就垂头丧气地明白了：跟这群混世魔王争抢地盘是毫无意义的,因为在猫崽的脑壳里,压根就没有"地盘"这两个字。猫崽此时的心里,装的只有四样东西,按顺序排列是:娘、吃奶、玩耍、睡觉。这个年纪的猫,想到什么就是什么,想去哪里就去哪里,对哪样东西哪个地方都没有长性,只求经过,没想驻留。鸡马上学会了新的相处之道:每当猫崽走近来,它们就心照不宣地远远避开。

橘子的眼睛,一刻也不放松地紧盯着它的儿女。它总是守着一个不远不近的距离看着它们玩耍,若是遇见紧急状况,它能马上冲过去营救,但它又不想靠得太近,搅扰了它们的自由。慵懒地警醒着,甚至有点慈祥,这就是橘子现在的样子。有时候它看起来不像是妈,倒更像是外婆。

"别长大啊,别那么快。"春雨喃喃自语。看着小黄在风和日丽的午后轻轻啃咬着豹子的耳朵,斑斑转着圈追着自己那蓬幽灵般活泛的大尾巴,她心中泅溢着一股心满意足的懒散的快乐。外边的世界仿佛被某种魔力催眠,定格在完全静止的状态。这一刻春雨觉得自己也和橘子一样成为了外婆。

可是她的耳边却有一个魔鬼的声音在轻轻地警告她:有祸事要发生了。一切都是假象,什么都别信。那个声音贴着她的耳根叨叨絮絮地说着话,听得她头皮发紧:世上好事长不了,福后就有祸。太平日子长不了,要打仗了;猫也长不了,后面跟着阎王;爱情也长不了,你必遭辜负……

她每日提心吊胆地等着祸事来临,可是日复一日,日日太平无事。她不禁开始嘲笑起自己的荒唐和愚蠢。只有上了岁数的人,才会如此杞人忧天地活着。她才二十三岁。有的二十三岁是孩子,有的二十三岁是老人,她可能是这个世界上所有二十三岁的老人中最老迈的那一个。猫崽会壮壮实实地长成大猫,到时候小黄——三只猫崽中唯一的一只母猫——会生下它自己的猫崽，然后像它的母亲那样，用舌头不知疲倦地给它的幼崽舔净身子；到时候它的幼崽也会长大，再生下它们的幼崽。子子孙孙，无穷无尽，直至永恒。

就在她慢慢放松下来时，祸事就毫无预兆地来了。那是四月下旬平平常常的一天。假如非得较真的话，你甚至可以说那天比大多数平常的日子都还要平常。母鸡没有生出蛋，鸡群里也没有出现三脚鸡公，黄瓜秧不快不慢地长得正好，春梅——她最近也爱上了猫——也在正常的钟点下班回家，竟然没有发单位的牢骚；而三只猫崽中最壮实也最调皮的斑斑，也像往常那样探索着它的新世界。只是这一次，它的脚有了新的目标——它要征服一个新的高度。

院子里有张小板凳。斑斑把板凳当成跳板，跳上了一个树桩。又把树桩作为新的跳板，跳上一条低矮的树枝，而后又上了一条高树枝。经过三番五次如此这般的试探和验证，它终于站到了墙头，这堵墙是陈同志家后院和邻居家后院之间的分界线。这个新高度给它带来了一片全新的视野，那是一个它未曾见过的世界。那一刻它感觉自己正站在九霄云上，少年的虚荣烧得它满脑子昏昏涨涨，只觉得世上万物都如侏儒般低矮不堪，唯剩下它一个顶天立地的巨人。

那个自封的王子和征服者，正沉浸在不可一世的狂妄和狂喜之中，丝毫没有意识到它马上就要犯下它一生中第一个也是唯一一个错误。这一个错误剥夺了它第二次、第三次以及今后无数次犯错的机会，将它定格为猫类中鲜有劣迹的完美典范。假如有先见之明，它一定更愿自己劣迹斑斑，遭天下嫌恶，却活到天年。可这就是斑斑的命，谁也不能指望一只三个月大的猫懂得谦卑和审慎。

　　此时橘子的注意力正在小黄身上。小黄在和豹子捉迷藏，把身子钻进地面上一个由两根凸暴的树根交缠而成的小洞穴里。当橘子留意到斑斑不见了时，一切都已为时过晚。在旁若无人的探险途中，那个被好奇心支使的不知天高地厚的王子和征服者，并没有留意到脚下的墙上缺了一块砖头。它脚一滑，一眨眼之间，就坠落到了一面夹心墙之中。

　　听到斑斑从墙里发出撕心裂肺的叫喊，那只休眠在橘子体内的母豹，猛然醒了。它一跃而起，顺着它年少鲁莽的儿子几分钟前开辟出来的那条路，轻如羽毛地跳上了墙头，来到了斑斑坠落的地方。它在墙头焦急地踱来踱去，岌岌可危地踩在墙的边缘处，从这头到那头，一轮又一轮，无休无止。它尖利凄惨地嚎叫着，歇斯底里地想在迷宫一样层层叠叠的砖缝里找到它丢失的孩子。

　　看着橘子像得了失心疯的样子，春雨心急如焚手足无措，只觉得眼睛被什么东西蜇得很疼。那是橘子的目光，如匕首般尖利冰凉，仿佛在指控她的不中用和麻木不仁。除了说大话，你还会干什么？她听出了橘子的嘶吼声中毫无掩饰的轻蔑。

　　那天老陈出差不在家，家里所有的人——春雨、春梅、菜园帮工和家务助理——聚在一起，乱糟糟地想着紧急营救的法子。众人匆匆拿来各样工具：梯子，竹竿，一条打了好几个结子的长绳，一根铁钩，一只竹篮，甚至还有一个捞金鱼的小网。哪个招数都试过了，哪样工具都不管用。

　　日头将尽，暮色渐起。时间一分一秒地过去，希望随着天色渐渐变弱，最终彻底消散。众人终于明白了：一意孤行的少年探险家斑斑，已经永久地败给了一个最意想不到的仇敌——一堵简单的夹心墙。

斑斑令人毛骨悚然的叫声和橘子凄厉的哭嚎,响了整整一夜。春雨实在承受不了了,只好打开春梅家里备用的急救包,翻找出几个棉球塞住了耳朵。可是不管用。一位母亲伤心欲绝的呼求,一个儿子对绝处逢生的殊死渴求,总是能在最厚实的棉花里找到一条缝的。上帝充耳不闻。春雨一夜未曾闭眼。

第二天凌晨,天未曙,春雨就起床跑去了后院。橘子匍匐在墙上,已经虚弱得站不住了。斑斑的叫声渐渐低弱,成了隐隐约约的呜咽。到晌午的时候,一切都静止了下来。春雨爬上梯子,想把橘子抱下来。橘子已经完全变了个样子,干瘪憔悴,眼睛成了两口幽黑干涸的深井,身子是一堆被哀伤燃尽了的灰。

就在这时橘子做了一件让春雨瞠目结舌的事。它生猛地、凶恶地、竭尽全力地、毫不留情地咬了她一口。春雨从未看见过哪个人的眼睛里装着这么多的嫌恶和憎恨,更别说是猫。

橘子一动不动地在墙上待了整整两天,谁也没法靠近。它不吃不喝,拒绝任何安慰,对另外两个猫崽完全不管不顾。第三天早上,春雨起床去看它,发现它已经带着小黄和豹子走了。它们走得无声无息,没有留下任何踪迹,仿佛它们先前从未存在过,所有关于它们的记忆,不过是某个疯狂的脑子胡诌出来的幻象而已。春雨知道这是橘子对她发出的最响亮的无声抗议,最极致的无言讨伐:她撕毁了它交托给她的信任,背叛了她承诺给它的爱和呵护。

她无话可说。

橘子走了,春雨真正的无边无际的孤独和忧郁,才刚刚开始。

8

橘子后来就成了春雨说话时经常引用的重要参照点。橘子来的那一年,橘子走后的第二个月,橘子生崽的第三天……春雨的叙事常常是这样开头的。在橘子出现的那一年,世上发生了几件重大的事情,这些事情搅和在一起,把春雨的命运推到了一个转折点。

第一桩大事,是发生在北方边境线上如火如荼的抗美援朝战争。这是短短的十年之内的第三场大战。陈主任是第一批报名参战的人。保家卫国是他写在纸上的理由,还有一个理由他私藏在心底,没告诉任何人:他想念步枪和手榴弹捏在手心的那种感觉。只是可惜,他对戎马生涯的怀念,到头来是剃头担子一头热,因为兵器也和女人一样,都喜欢更年轻敏捷的手。他在第一轮体检中就被刷了下来。三十三岁,按行伍的标准,他已经接近化石年龄段了。

那阵子全国都在轰轰烈烈地捐飞机大炮,春梅毫不含糊地捐出了她的赤金镏子。母亲留在世上的东西,此时早已四散,派了不同的用途。这个金镏子是唯一一件念心儿了,金镏子一走,春梅和春雨就成了彻头彻尾的孤儿。

第二桩变故发生在家里:后院苦心经营的菜园子,突然就关了张。跟第一桩事情相比,这桩变故实在算不得什么事。事情的起因是市长办公桌上出现了一封神秘匿名检举信,连秘书都不知道是通过什么渠道进来的。信上说:"新政府答应过要保护老城的传统特色,可是你们自己的人却带头违反政策。"

老陈的野心是想在上海滩的法式别墅后院复制出山东老家

村落,这事终因遭致街坊众怒而被腰斩。上级给了他一顿严厉的批评,很是让他丢了些颜面。菜园的帮工给打发回家了,上头派了两个从前在租界洋人家里干过活的老式园丁过来,重新铺上草皮,修复花圃,一切回归从前。这只不过是个引子。在往后的几十年里,这样的拆拆建建,建建拆拆,还会一次又一次地重复,成为周而复始的循环。

菜园的帮工走后没多久,老陈在饭桌上跟春梅商量事儿,声音压得很低,为的是避开正在厨房里忙碌的家务助理。"又打仗了,国家负担很重,前面的日子怕是更难。上头在商量要精简花名册上吃饷的人。不如让她去有小孩的同志家里,能帮上更大的忙。"

春梅不知该怎么接这个话头。他说这话,果真是因为他心心念念惦记着国家的事吗?怎么听起来像是心操得过了头?国家虽有难处,也不至于养不起一个家务助理。或许他仅仅是找了个借口,借题发挥说出了他本来说不出口的懊恼,因为他家里没有孩子?他挑的这个老婆,外头看起来样样光鲜,里头却是一块花多少力气也耕不出庄稼的荒地?或许他两样心思都有,混在一句话里说,让人分不出孰轻孰重?

"要是叫她走了,那春雨呢?春雨不是也在你的花名册里吗?"过了半晌,春梅才说。春雨听出来了,姐姐给姐夫出了一道绵里藏针的难题。而她,就是春梅的针。

这会儿轮到老陈不说话了。桌子上一片静默,饭菜在嘴里嚼动的声响,听起来在磨着人的神经。一阵惊天动地的咀嚼和吞咽之后,老陈终于含含混混地开了口,眼睛却没看她们俩:"春雨想待多久就待多久,但不能待在那个花名册上。我们的份额匀给她点。"他的口气淡淡的,没有高低起伏,却藏着一股不可更改的决断。

一阵羞辱涌上来,春雨的脸涨得绯红。他们当着她的面谈论她,仿佛她是空气。她怒不可遏。

想待多久就待多久。怎么个待法?以什么身份?非正式的家务助理?像个非婚生的野种,尽儿子的一切义务,却没有儿子的名分和报酬?

可是除此之外她还有什么选择?难不成再回到那个小医院,做回护士助理,每天再去和病的、死的、伤的打交道?现在又在轰轰烈烈地打仗,谁能断定仗会打多久、还会有多少人受伤?医院虽然已经改为民用,但兴许还会接收伤员。鲜血,呻吟声,耗子窝一样的宿舍,一眼就看到头的县城街景,她已经回不去了。在上海待过了这一阵,她已经习惯了四墙之内的居家生活,人群让她头晕。

一周以后,公家派的家务助理走了,春雨自如地天衣无缝地填上了那人留下的空隙。没有人对此抬一下眉毛,提出任何疑问。她接过了她的班,不是意外,一切皆在期待之中。不需开口,每个人都懂。

有一天,老陈在单位加班,春梅比平常略早了几分钟到家。屋里很安静,空气中弥漫着一股诡异的气息。春雨不在客厅,厨房里也没有传出锅碗瓢盆的动静——这个时候春雨通常在厨房准备晚餐。春梅往过道走去,只觉得脚下的感觉有些怪异,拖鞋踩在地板上吱吱作响,带着点湿黏黏的重量。她低头朝脚下一看,头皮呼的一下炸了。

是血。新鲜的、潮润的、散发着隐隐一丝金属味的血,从厕所的门下蜿蜒地蠕爬出来,在地板的低洼之处汇集成小小一汪猩红。

春梅马上想到是有人趁春雨一人在家，闯进屋里行凶。可是屋里的一切看上去都是那么秩序井然：家具没有被碰撞挪动过，地板干净得发亮，抽屉严严实实地关着，没有任何迹象表明有人强行闯入行窃或抢劫。

她屏住呼吸，推开了厕所的门，朝里看了一眼，只觉得房间恍如一只大转盘似的，在她眼前模模糊糊地旋转起来。

春雨像一只受了伤的奄奄一息的巨鸟，手脚四下摊开，躺在花岗岩地板上，面如死灰，昏迷不醒。

"宫外孕。"几个小时之后，在医院手术室外的等候室里，医生对春梅说。"受精卵落错了地方，在输卵管着床。胚胎长得太大了，输卵管装不下，就爆裂了。这是大出血的原因。"医生耐心地给春梅科普了一番。

"我需要和她丈夫谈谈。"医生说。

"她没，还没结婚。"春梅期期艾艾地回答道。

"那未婚夫？男朋友？总得有个人吧？"医生紧追不放。

医生面对的是一阵没有裂缝的沉默。

医生终于不再往下追问了。从他闪烁的眼神中，春梅看出了他对病床上这位年轻女子心怀怜悯。不过那怜悯也不单纯是怜悯，里头还掺杂着隐隐一丝轻蔑。春梅一下子醒悟过来：医生是把春雨想成那种女人了。最近全城都在以旋风式的速度——关闭妓院，政府的大扫帚一扫，就从那些地方扫出一堆怀了身孕的女人。那些身孕自然是无人认领、不受欢迎的，最终都被推进医院的妇产科病房做了了结。春梅知道医生是怎么想的，但她没有心绪跟他澄清。他不是她们的什么人，出了医院的门，他和她们再无瓜葛，永不相逢。他不值得她耗费心神。

"要不是我下班回来得早,你这会儿恐怕都已经去见阿妈了。"

这是那天半夜,春雨终于清醒过来时,春梅对她说的第一句话。麻药在她身上还留了个尾巴,春雨的脑子时而清楚时而迷糊。春梅说的每个字她都听见了,可是她费了好大的劲,才捋清了那条埋在声音之中、叫声音长出意义的线索。她一动不动地躺着,头深深地陷在枕头之中,脸颊上泛着一丝若隐若现的潮红——她在发着低烧。她的嘴角轻轻一扯,扯出一丝平静的茫然的微笑。

在这样一桩翻江倒海的大事跟前,居然还能这般波澜不惊。春雨的无动于衷不仅让姐姐也同时让自己吃惊。脸皮比砧板还厚。母亲在世时,每次私下里说起另外一房比她年轻也比她得宠的夫人时,都会使用这样的比喻。嫉妒给了舌头想象力,能想得出来的难听话,母亲几乎都说尽了,没想到这些话如今用在她自己女儿身上,也正合适。一个人还能低到哪里去呢?春雨冷漠地问自己,心中既无哀伤,也无懊悔。

此刻横亘在姐妹两人之间的,是一道深渊般的沉默,可是春雨没有任何急切的愿望去填补那道鸿沟。她在安静地等待着春梅开口,问出那石破天惊的第一句话。可是春梅此刻的想法和她一样,两人都在等待把对方的耐心磨穿。最后她俩在同一时刻打破了沉默,她们嘴里吐出来的话在半空相遇,撞击出咣啷的声响。

"他们说没说我还能怀……?"春雨昏昏沉沉地问。

春梅的问题是:"他逼你了吗?"

她们都没有回答彼此的问题。确切地说,春梅一直没有回答春雨的问题,而春雨的回答,却是延误了很久、在春梅就要起身离开的时候才来的。春雨的话有些文不对题,几乎算不上是回答:"我只是,想要一个孩子。"

春雨在医院里休养了三个星期,每天都会沿着医院后边的一块绿地散一圈步。有一天,她在张贴着新报纸的报栏跟前停住了脚步。这段时间报纸的标题大都是关于战事的,她怕这个话题,通常都避开报栏,可是这天鬼使神差地,她竟然没有。她偶一抬头,被一张照片勾住了眼睛。那是一篇特写,说的是一名年轻士兵在朝鲜战场的英雄事迹。

她一眼就认出了照片上的那个人是王二娃。

见四下无人,春雨飞快地把报纸从报栏上揭下来,叠成一个小方块,塞进病员服的口袋里。她并没有意识到:在她揭下报纸的那一刻,她就已经迈出了第一脚。这一脚走出去,她就偏离了日常生活轨道,越走越远,永无回头之日。

9

当春雨提着一个装了几件换洗衣服和一把牙刷的小网兜,登上去温州城的轮船时,她并不知道她到底要干什么。头部受重伤。报纸上是这么说的。她不敢确定二娃还能不能认出她来。从上一回分别到现在,已经过去了很多年。准确地说,是七年,中间经历了两场战争。

她走进医院的病房时,依旧不知道她要干什么。她看见他站在病房的正中间,四周围着一大群人。众星捧月,这就是他所处的位置,他并不自知,却已经习以为常,感觉自如。他见她进来,眼里倏地闪过一丝亮光。怎么是你?!这是他没说出口的话。她没有错过,她准确无误地接收到了他的惊讶。她瞬间就知道了报纸上说的不全是实情，他的脑子并没有全废，还剩着些东西依旧在喘气，在爬动。

屋子里那些人看见春雨手里捏着的那张剪报，自然而然地把她归入到那些每天拥进医院大门的仰慕者之列。那些人来，只为握一下他的手，听他说句话，或者要一个他的亲笔签名，签在哪里都行，笔记本上、围巾上，甚至手背上。哪怕仅仅摸一下他的军功章也好，只要沾一点他的气息，他的荣光。

护士们每天都要花很多时间筛选来客，控制探视时间，以免他过于劳乏。这是她们工作职责之外的事，但她们并不在意。分内的事太单一，太日常，太按部就班，就像是一日三餐里的米饭，而分外的事才是那米饭之上的猪油和辣酱。除了想给英雄找个好女人的古道热肠，她们也想给自己找一点小小的乐子和消遣。

可是护士台的接待员居然没有看好门，让眼前的这个女人突破防守，绕过了她们孔眼细密的筛子，直接潜入了他那间对外封闭的病房。房间里的每个人，包括那位木知木觉到极点的值班医生，都一下子注意到了王二娃看见那个女人时嘴角轻轻一扬。他对每一位来宾都是客客气气的。客气的意思是指他待人有礼貌，举止不粗鲁。可是微笑，那就完全是另外一码事了。微笑对他来说是一件珍稀的礼物，他从来不会轻易送出。可是他居然对她笑了。

这个女人看样子已经走了很长的路，头发上沾着尘土，身上的衣裳脏脏的，起着皱褶。别的女人看到他，要么羞怯拘谨，惶然不知所措，要么急切直接，顾不得任何矜持委婉，而她和她们不同。她不卑不亢，镇静自如，丝毫不为周遭的气氛所动。她身上有股子说不上来的东西，引火柴似的点起了他的一丝暖意。他喜欢她，这是瞎子都能看清的事。屋里的人一下子都明白了，这两个人有话要说,不需要旁人在场。

其实春雨暗暗希望他们能在屋里再待一会儿。她和他还有足够的时间,私话还可以等。但她需要揣摩透他的心思,才能回答他的问题——假如他有问题问她的话。"怎么来的"很好回答,"为什么来了"就有点麻烦。想来看一看你怎么样了。这是她在路上就想好了的场面话。大体上是实话,但并不是百分之百。到底哪里不实,连她自己都说不上。

人散开了,屋里安静了下来。最初见面时的喜出望外已经渐渐淡薄下去,平常日子里压在心上的忧郁再次冒头,他出乎意外地崩溃了。"我没法,实在没法,这样过下去了。"他喃喃地说,突然低声呜呜咽咽地哭了,像个碎了一地的破瓷瓶。

她不是头一次看见他这个样子。上一次他这样崩溃,是七年前,在另一家医院的另一张病床上。那回他伤的是腿,正在等待一次将要进行的截肢手术。而这一回,他伤的是脑子。不管他走到哪里,战争总能找得到他。可怜的人。

"上一回,你的腿给救回来了,记得不?这一回,你的脑子也能治好,相信我。"她说。她的语气温存却坚决,但心底里,她明白她的话缺了根骨头,站不住脚。她不再是七年前那个十六岁的女孩子,能赴汤蹈火去营救一条腿和一个男人的尊严。那个时候,凭着一腔少年人的鲁莽,她敢相信天下真有奇迹。

他停止了哭泣,有点为自己的软弱感到羞耻,但是眼中的恐惧依旧还在,渐渐变成了一片阴影。"刚开始,我的脑子整个打坏了,过了一阵子又回来了。现在我心里是清楚的,可是我还,还没有告诉他们,因为……"他一把抓住她的手,抓得那么紧,她都能听见关节碎裂的声音,"因为我怕被送回去……太可怕了,那边……"

她低沉地咳嗽了一声,制止住了他。她甩开他的手,退后几步,看了看门窗是否关严实了,这才回到他跟前。

"你还跟谁说过这事?"她用比耳语还低的声音,轻轻地问。

他摇了摇头。

她如释重负,感觉浑身轻得几乎要飞。为什么要来看他?一路上她都是糊涂的,而在这一刻,她突然明白了,目的一下子变得明确清晰。

"你脑子受了重伤。这是医生说的。你要待在这里接受治疗和照顾,哪儿也不去。听明白了吗?"她的口气异常坚定,几近专横,仿佛那是一道军令,后边跟的是句号而不是问号或者逗号,必须坚决执行,没有任何商量的余地。

电闪雷鸣之间,他突然醒了。他听懂了。

七年的别离并没有冲淡他对她的信任。七年可以发生多少事,七年可以改变多少人。他们重聚的第一面,来不及寒暄问候,他就对她说了他的秘密。那是天一样大的、生死攸关的秘密,他想都没想、连个磕巴都没打,就交付给了她。他信她,简单地、孩童似的、绝对地、毫无保留地、完完全全地信她。

她心里一动。

"二娃,咱们结婚吧。"话出口的时候有些突兀,但并不冒失。那语气里带着一股沉静和镇定,仿佛这是深思熟虑之后的决定,仿佛在他们别后的整整七年里,她每天都在想这件事。

上次分别之后,他为什么不再给她写信了?他为什么没有如约来看她?她没有问,一次也没有。不仅在当时,后来也没有。只要信任还在,为什么要冒险去蹚感情的浑水?他手里捏着她的一个秘密,而她手里也捏着他的秘密,同样巨大,同样幽暗。她的秘密是关于她的过去的,而他的秘密却是关于他的现在的。他们守着进入彼此秘密的钥匙，还有比这更安全牢靠的吗？他们之间的事，算不上是什么惊天动地的爱情故事，既不超乎寻常、勾人魂魄，也不会让人辗转难眠。然而，他们的事也是故事，一个与信任相关的老套故事。信任站在爱情之上，冷眼看着爱情被情绪支使着狗苟蝇营跌跌撞撞。信任永远冷静，所以信任活得最长。

"结了婚咱们就生孩子。"她补充道，"现在你出去告诉他们吧。"

第五章

纪代，
小虎，
以及一场遮天蔽日的灾难

菲妮丝发给乔治的电邮，
2011 年 11 月 11 日，北京时间 16:35。

乔治：

  这会儿我刚从梅姨那里回来，筋疲力尽，一动都不想动。她终于兑现了她的承诺，跟我说了那件"能把所有的疑点串起来"的事。现在一切都有了答案，每一块拼图都落到了应该在的位置。她在讲的时候，好几次我都得打断她，让她休息一下。其实我也需要喘一口气。这样的故事，谁能一气讲得下去？谁又能一气听得下去？我无法在电话或电邮上三言两语地讲给你听，我必须要把它仔细记录下来。只有这样，我才能相对平和地转述这件事。等我把这章初稿写完，你会是第一个读者。不过在那之前，请你不要追问。

  今晚恐怕会一夜无眠。

妮丝

乔治发给菲妮丝的电邮，
2011 年 11 月 19 日，美东时间 08:07。

亲爱的妮丝：

  这几天你那里太安静了，什么消息也没有，但我还是信守承诺不去打探。每一次你关闭自己的时候，我都开始担心。也许你只是在埋头写你的稿子而已——但愿如此。每一个人都需要一个出口，否则在某一刻我们都会被炸得粉身碎骨。我希望写作就是你的出口。

  你走了有一个月了，这是我们分开最长的一次。我在一天天地倒数着去上海和你团聚的日子。

  突然想到一件事：你曾经提到过梅姨和她同父异母的长姐还保持着一些联系。你们有计划回东溪老家一趟，散一散心吗？

  晚饭之后会给你打电话。

爱你的乔治

菲妮丝发给乔治的电邮，
2011 年 11 月 20 日，北京时间 02:18。

乔治：

  今天我收到一封我班上学生发来的电邮（我把它转给你了），看得我湿了眼睛。可能是老了，我现在心软得像纸浆。我们大多数时间里只是为了面包去工作，而我的面包还只是薄薄的一片。可是偶尔也会在这个过程里得到一两件意料之外的奖励，比如这封信。从现在起，我争取不要老抱怨薪酬太低。

让你担心我一下倒也不是什么坏事，这样会叫你稍稍紧张一点，不至于对我太放心。不过不要担心过头，我们袁家的女人不光长着一张好看的面孔，必要时我们也会吠叫、撕咬、活下去。我正在夜以继日地写我妈妈和姨妈在战争中经历的事，等你看了，就会明白我在说什么。目前进展很顺，希望能在你来上海之前完成第一稿。这个计划应该是现实可行的。

我姨父陈伯伯走后，梅姨的确恢复了和她长姐的联系，不过一直很稀疏。但不知何故，她一直也下不了决心去看她。她们十五个姐妹，目前还有几个活在世上，包括那位刚刚过了九十九岁生日的长姐。我试试看能不能说服梅姨跟我一起去一趟东溪。她们太久不见面了，人一旦形成习惯，就很难改变。

多吃青菜，少抽点烟。

妮丝

菲妮丝转发学生来信：

亲爱的袁－怀勒太太：

这个学期你请了假，我们不知道是什么原因。今天维托里奥在学校的办公室，听闻了你母亲的事，我们都很难过。你为什么不告诉我们呢？上星期汗太太（我们的代课老师）让我们谈谈母亲。我们班里有五个人没有母亲（战争、生病），十一个人不能见到母亲（离婚、住在海外）。我们理解没有母亲的日子有多难。请你保重，心情好一点。

班级里每一个人都叫我写一封信给你，盼望你快点回来。汗太太口音很多，很难听懂（请不要告诉办公室，我们不想丢她工作）。你是最好的老师，你尽心尽力帮助我们。我们很多很多想念你。希望我信里的错别字和烂语法没有生气你。

安舒雅代表全班

菲妮丝发给乔治的电邮，
2011 年 12 月 21 日，北京时间 13:46。

乔治：

　　我前头的两封电邮你都没回，情急之下我只好打了你的手机，但是一拨通就直接进入了留言模式。顿时所有可怕的想法以光的速度在我心中一一闪过，从腹泻，到中风，到有人入室抢劫，到失火，到另外一个女人。我甚至登录天气预报网查询了多伦多有没有龙卷风经过，后来才明白现在根本不是龙卷风季节——这都是看了太多好莱坞电影的缘故。你那边现在是半夜，这个鬼时辰你到底去了哪里？请你迅速立即马上联系我，赶在我心脏病发作之前。

得了失心疯的　妮丝

乔治发给菲妮丝的电邮，
2011 年 12 月 21 日，美东时间 1:09。

亲爱的妮丝：

　　本想给你一个惊喜，没想到你坏了我的计划。你给我打电话的时候，我正在机场过安检。现在我在候机厅里，等候半夜的接驳航班去温哥华，然后转机去上海。我设法把假期往前提了四天，具体细节就不浪费你的时间了。我一天也等不下去了。我本想到了你旅馆门口时再告诉你，现在考虑到万一你要真是急疯了，我可担待不起，所以还是决定剧透我的计划吧。

用不了一天，我们就会见面了。

乔治

菲妮丝发给乔治的电邮，
2011年12月21日，北京时间14:25。

乔治：

你这个老东西差点让我心脏病发作。当时我满脑子都是疯狂的想法，比如我还能不能用同一把钥匙打开我自己的家门，或者我回家时，会不会在我的床上发现一件不属于我的睡衣。

很高兴你能早来。告诉你一个好消息：我刚刚完成了我妈和梅姨战争故事的初稿（见附件），这一章暂名为《一场遮天蔽日的灾难》。这是最艰难的一章，但我却用了最短的时间完成。在这一章里，我还是引用了梅姨的视角以及由她转述的我妈和她的聊天内容。但是梅姨不再是我唯一依赖的信息来源。在这个故事里，有一些谁也无法涉及的盲点，我试着用我自己的眼睛来填补这些空白之处。这一章里的母亲是在我出生之前的，如以前说的，是"史前"的、我不曾见过的母亲。但我却非常肯定我"知道"她，从灵魂最深之处认识她，这样的认知来自我一生和她在一起度过的时光。

希望在飞机起飞之前你能收到这封信，这样你就能在飞机上读到部分内容——假如你不太困倦的话。

你来了,我就去换个好点的旅馆。我待在这家旅馆主要是为了方便,当然还为了能享用一个很低的优惠价,因为旅馆的老板是陈伯伯战友的儿子。

妮丝

电邮附件:
菲妮丝的文稿《灾难》。

1

春雨感觉眼皮很沉,睁开眼睛,才发现是从窗口爬进来的阳光。说窗口有点夸张,其实就是墙上的一个小窟窿而已。天空被框在这个小窟窿之中,却依旧湛蓝,光亮,冷酷。

一阵恍惚之后,她才渐渐明白过来她此时身在何处。

每天夜里合眼睡觉,其实都是小死了一回。每天早上睁眼醒来,又都是小活了一回。母亲曾经这样对她说。但是昨天夜里的死不是小死,昨天的死是一个人三生里所有的小死都加在一起,也抵不上一个小角的大死。然而,无论昨晚的死有多沉多大,她今天早上睁开眼睛,还是又小活了一回。

她居然还活着。世上难道就没有一种死,能杀得了她,或者说,救得了她?想至此,她惊出一身冷汗。

除了靠窗口的那一小块地方,屋里哪儿都照不着阳光,黑洞洞的。她有一只猎狗一样灵敏的鼻子,即使看不清,她也能嗅得出周遭的环境。这是一个破旧的、长满绿霉的、阴沉沉的耗子洞,没有一丝生气,从里到外地烂透了。

春梅躺在草席的另一头,还在睡,却睡得很不踏实。她的腿脚不时地抽搐着,双手高举过头顶,松松地握着拳,手心捏着一个噩梦。

这是1944年9月。

抗战已经进入到第七个年头。战争咬起人来,依旧还是疼,却已经不是当初第一口时那么尖锐的疼了。东溪街上偶尔走过从北方逃难来的人,看着依旧还是难受,却不像第一次看见时那样搅动着人的血了。时间是把钝锉刀,靠的就是耐心,孜孜不倦日复一日地磨着神经的尖角,叫颜色淡去,记忆模糊,尖叫变为叹息。春梅时不时还说要离家出走,一会儿说去延安,一会儿说去重庆。她的那些同学个个神通广大,每条道上都有熟人。只是春梅的计划长了很多张嘴,却没长腿,说了一两年了,却还没能带她走出东溪的地界。

七年是官方的诠释版本,为的是说服民众:局势还没有坏到完全不可收拾的地步。满洲的陷落,已经是十三年前的事了,却被合乎时宜地排除在了战争的时间表之外。算上满洲,数字就不一样了,这场战争几乎已经到了老态龙钟的地步。多少个城市多少片天都已经塌陷过了,每塌一片,就给袁家添了一层新的害怕——怕祸事会临到东溪。除了害怕,还有一丝不敢说出口的、几乎带着罪恶感的如释重负:至少他们头顶的那片小小的天,还是完好的。

直至昨天。

她不能想象她的天,那片在她头顶已经撑了整整十六年的天,竟然会在短短一天之内轰然倒坍,碎成齑粉。更不可思议的是，那碎了的天，会在第二天早晨，又重新连成一片，毫无瑕疵裂缝地出现在她的头顶，就像一只从第八次死亡中醒过来的猫那样，仿佛什么也不曾发生过。天对昨天的伤痛毫无记忆。

狗杂种。

她恨不得朝那轮没心没肺的太阳狠狠啐上一口，可是她实在没有力气，只能虚弱地挤出一句脏话。

她想坐起来，身子一动，扯得她疼得发抖。便知道耻辱是真的，她不是在做梦。

记忆一点一点地回来了。

2

前一天是周日，在县城中学读书的春雨和春梅都回家来，和母亲一起过周末。用人正在摆桌子准备吃午饭的时候，空袭警报又响了起来。这是早上的第三回了，前两回都是一场虚惊。狼又来了。母亲哼了一声。母亲一点儿也不着急，根本就没想离家。

"我也不是榆木疙瘩老古董，我知道现在世道变了，读过书的女孩子不兴媒妁之言了。你俩要是在学校里碰到个好人，别在外头给我随着性子胡来，把他领回家来给我看看。我只给你们立一条规矩：你们不能学我，打死也不可答应给人做小。这个规矩是铁板钉钉，没的商量，听见没？"母亲一早就在说女儿的婚事，先前被空袭警报打断了，这会儿又接上了茬，"这仗要是打完了，还说不好下一轮是谁坐天下。这个党，那个党，这个皇帝，那个皇帝，对我们都一样，哪个坐天下，百姓都一样过日子。若想过太平日脚，你两姐妹一人嫁一个党，那是最稳妥不过的。万一将来天下大乱,你俩总有一个是安全的,能保得了另一个。你爸那副样子,明摆着是靠不住的。"

当时谁也不知道,这些话会成为母亲的遗言。

她们正说着话,就听见有人咚咚敲门,是保长来喊她们赶紧跑去防空壕躲飞机。仗打了七年,东溪只被炸过一回,那次轰炸也只在水田里留下了几个小坑,田里当时没人。所以建一个大型防空洞的想法,就一直是一纸筹划书,摆在镇政府办公桌上攒着灰尘。

她们跑到半路,母亲突然拉着用人转身往回跑——她忘了把首饰盒带出来。

没这个盒子我活不了。母亲说。从前遇见紧急状况,母亲也曾这么说过。母亲只是没想到,这话是一枚硬币,翻到另一面,就是另一种解释:有这个盒子她可能死。

春雨和春梅没有在防空壕里等到母亲。

一个小时以后,空袭警报终于解除,她们被放回家来。远远地,她们就看见了天边的青烟。走近了,才看清她们住的那一条街没了,只剩下一堆瓦砾。在防空壕里的时候,她们听见了轰炸声,就已经想到了最坏的可能,但是眼前的景象比她们能想到的还凄惨万分。街坊邻居和救援队挖了整整两个小时,才把母亲和用人从瓦砾之下挖了出来。母亲挖出来的时候是蜷成一团的,怀里紧紧地抱着那个首饰盒子,仿佛在呵护一个遭遇突袭的婴儿。

终于轮到东溪了。东溪苦苦撑了七年的天,今天塌了。

她们就在这一天里同时失去了母亲和家。春雨完全可以诅咒日本人,诅咒那几架身上印着一轮肮脏的太阳的轰炸机。就是那轮肮脏的太阳生下的黑蛋,夺了母亲的性命。她也完全可以诅咒那片没心没肺、从来不记得疼痛的天空。可是它们都离她太远了，她够不着也抓不住。她唯一能够抓得住的，只能是住在镇那头的父亲。她只想把所有的怨恨和歹毒，都啐到父亲身上。要是父亲能按时送来每月的家用，母亲压根就不用为那个鬼首饰盒搭上了性命——那盒子里装的是她两个女儿飘摇未卜的前程。

父亲是商人，做的是茶叶生意，家底很是殷实。他的茶叶能一路远销至满洲里、香港、星洲、锡兰。仗打得再狠，人还得喝茶，茶把纷乱的人心抚平了，让人想起太平日子里的舒适。父亲夜夜睡不安生，与其说是在愁烦生意上的不测风云，倒不如说是担心他的家产将来不知会落入何人之手。他娶母亲的那一年，已经四十八岁，按当地人的标准，几乎就是老人家了，可是他依旧膝下无子。也就是说，没有人可以继承他的家产，延续他的姓氏。

父亲是一匹不知疲倦的种马，在五房太太身上片刻不停地播种，生出长长一串后裔。除了第四房之外，其余的每一房都比前面一房年轻许多。这五个女人持续不懈地生下了十五个收藏品级别的无可挑剔的女儿。只是可惜，那是一个花拳绣腿的军团，打不了任何仗，却只会在他的家业上咬下一个个凶猛的齿痕——时辰一到，她们都需要嫁妆。

十五个女儿年纪从五岁到三十二岁不等，除了四个已经出嫁，其余的都跟自己的亲娘单住，每年只和其他房所出的姐妹会两次面，一次在年夜饭桌上，还有一次是在父亲的寿辰。每年的年夜饭上，父亲都会毫无例外地给未嫁的女儿一人发一个装着压岁钱的红包。一模一样的红信封，一模一样的钱数，这就避免了彼此混淆的可能。父亲平时常常会记错她们的名字，搞混了她们是哪一房的孩子。

春雨的母亲是第四房太太。父亲娶了她，在当时是一桩不可思议的事，几乎到了骇人听闻的地步，因为她不仅比前头的那一房大了五岁，而且还曾经嫁过人。母亲的第一个丈夫是教书先生，后来得伤寒症死了，留下了一个四岁的儿子，由奶奶抚养。

那一阵子父亲成了整个镇上的笑柄，因为他给母亲的娘家送上了和其他几房等额的聘礼。镇上的人眼界小，不懂父亲的心思。其他几房的女人是付了钱才验的货，发现货不对路时，为时已晚。轮到母亲时，父亲长了见识，知道应该验过货才付钱。母亲不像其他几房的女人，她走进父亲家门时，已经在别的男人手里经过考验，生下了男丁。跟这样关键的优势相比，是不是处女则是一个无关紧要、几乎可以忽略不计的细节。父亲是生意人，父亲的精明无人能与之匹敌。

母亲过了门，让父亲存了一个看起来并非虚妄的指望。到头来，这指望没有兑现，却变成了烧心的失望。不止一次，而是两次——母亲连着生了两个女儿，中间只隔了十八个月。父亲在成为成功的茶叶商之前，曾经是一个庄稼地上的好把式，可是他竟然不懂最基本的农家常识。当田里没长出好庄稼时，他只会埋怨土地，而从来没想到也许是种子不对头。

这些年里，父亲到母亲这边来的次数越来越少，每月送过来的家用也时有延误。春雨是两个女儿中的老小，脸皮比姐姐厚，胆子也大些，天生就不怵讨价还价，于是就时不时被母亲派去父亲那里，请他（而非求他）把钱包的口子略微松一松。

那天在瓦砾底下找到母亲之后，春雨和春梅就赶紧往父亲那头跑，去通报噩耗，可是她俩却一直没有抵达目的地。

春雨已经记不清楚到底是在哪个路口被人拦住的，猝然的家变使所有的感官迟钝失常。一整天她和春梅都如行尸走肉般恍恍惚惚，麻木却又麻利地忙乱着。那麻利与脑子无关，纯粹是肌肉在管事。为赶时间，她们抄了一条偏僻的近路。当她们觉察到身后有脚步声时,那伙人其实已经咬上了她们的脚后跟。七个,或许是八个,穿着褴褛的黄绿色军装的人。他们的肩上有一样东西在夕阳中熠熠闪光。春雨知道那是什么,可是她的脑子唰的一片空白,突然就想不起来那个名称了。

一阵狂扫而过的飓风。这是她被扑倒在地时脑子里闪过的第一个印象。她的肩胛骨被紧紧地按在泥地上,疼痛给她发出了第一通警报。脑子和所有的感官瞬间惊醒过来,意识到了危险。

刺刀。她猛然想起了刚才想不起来的那个词。

春梅呢?她暗问。

她也应该想到母亲才是。母亲死了好几个小时了,刚出土,身上只盖着一张草席,露天躺在一小块从瓦砾中清理出来的泥地上,孤孤单单,又冷又饿,等待着五分之一个丈夫赶来。应该给她好好做一场超度道场,可是蛆虫可能会赶在和尚之前先到。但那一刻她竟然没有想到母亲。她身上所有多余的感受都已经被剔除,剩下的只是一副无血无肉无情绪的骨架子。无论何时何地,活人的需求永远高于死人。春梅比母亲紧要,母亲可以等。

压在她身上的男人沉得像一根湿木头,从他嘴里呼出的馊臭气味搅动着她的肠胃,几乎让她呕出声来。她想转过头去,可是他用他的爪子牢牢抠住了她的下巴,逼着她看着他。他把自己的脸近近地推在她眼前,她就看见了他眼中布满红丝,毛孔里塞着路上的泥尘,脖子上布满了暗褐色的斑点,有的已经长出了脓头,那都是蚊子咬下的疤。他的鼻翼大大地张开,鼻尖涨成猪肝色,似乎马上要爆炸。左颊上有一块黑色的胎记,那形状隐隐像一只蝴蝶。

他直直地瞪着她看,眼神阴冷。就在他们对视的那一刻里,她发现他眼里闪过一丝犹豫。那丝犹豫停留的时间很短,短得只能以微秒来计算,便瞬间黯淡消逝了。他的身体开始扭动起来,变得滚烫而坚硬,接着猛烈地一捅,一把匕首扎进了她的两腿之间,在她身体最深处搅动着,把她的五脏六腑撕铰成碎片。

她刚喊出声,却立刻住了嘴,因为她听见不远处传来一声比她自己的声音更为凄厉的尖叫。那个声音听着让人毛骨悚然,血唰地结成了冰。

是春梅。她也落在他们手里了。

就在此时,春雨觉出身上的那个男人瘫软了下来。一股黏稠的污水,渗入了她的身体。她闭上了眼睛,却依旧看得见污水所至之处,她的五脏六腑正一寸一寸地变成阴沟。世上没有什么水能洗得清这样的污秽,河不行,海不行,大洋也不行。除非她能换一个新的身子,这辈子,她永远也洗不干净了。

紧接着,又有一把匕首刺进了她的身子,这次,是另外一个男人。再接着,又是另一个。每一个男人带来的,都是不一样的疼痛。尖刀割肉的疼,钝剪子铰肠的疼,石磙碾压过的疼,炭火贴在皮上的疼……

然而,最不可思议的疼痛并不来自她的身体,而是她的眼睛。傍晚的阳光,把天黑前最后一缕亮光,尖锥般地刺入她的眼睛——它在蹙着眉头嘲讽审判着她的耻辱。她无法承受这样锥心刺骨的光亮。狗娘养的太阳。她闭上了眼睛。

春梅还在号叫,那尖厉的声音刀刀似的刮着春雨的耳膜,刮下一丝丝肉屑。她一身的力气已成灰。一阵愤怒突然扫过全身,把残余的灰烬汇集起来,聚成了一团火球。"别喊了,春梅!"她嚷了起来。那声狂喊很快就变成一声低沉的叹息,因为她意识到了一切都是徒劳。春梅是听不见的,菩萨或许能听见,可是他不在乎。很久以前,自从满洲陷落之后,菩萨就已经把他的莲花手指一根一根地洗过了，再也不沾人世间的罪恶。他有成千上万根手指，完全可以轻而易举地从中间挑出小小的一根来，叫一切正在发生的事情停止。母亲曾经告诉过她，有一位菩萨长着一千只手。

她周遭的一切渐渐变得模糊黯淡，把她裹挟进一片无边无沿无缝的黑暗之中。

她昏迷了过去。

3

门被一只胳膊肘推开了，一个女人手里端着一只放了两碗米粥的托盘，小步地倒退着迈进了门槛。她进了屋，停下步子，等着眼睛慢慢地适应里面的昏暗。一堵长满了青苔、见识过无数次死亡的石头墙，把所有落上去的光亮都吮了进去，白天和黑夜之间的界限就变得模糊不清了。

女人把托盘放到地上，在围裙的口袋里摸索着找到火柴，点亮了一根蜡烛。火苗扑腾跳跃了几下，终于稳住了，那点小光亮把她的面容拽进了春雨的眼睛：说不出年纪的脸，双颊带着劳作的潮红，皱纹深刻，饱经风霜，但还算不上苍老。

"他娘的，整个一个冰窟窿。"她从齿缝间嘶嘶地挤出一句咒骂，找了个挡风的角落把蜡烛搁下来。春雨听出来她说话时带着明显的东北口音。

"还睡啊？"她扬了扬下巴指着春梅的方向说，"也好，攒着精神头，一会儿他们就要回来了。"

"谁？"春雨噌地坐了起来，厉声问道。疼痛差点把她拽回到地铺上去，但是她忍下了。

一丝怪异的微笑浮上女人的脸，她的眼睛眯缝了起来。"你是装糊涂啊？算你走运，被他们干过的女人，多半是活不下来的，他们怕宪兵来问东问西的，留了活口总是麻烦。他们看上你俩了，把你们带到这儿来接茬儿服侍。爹妈没白给这张脸，什么时候都一样，漂亮脸蛋能活。"

刚才模模糊糊地猜测过的事情，这会儿终于得到了证实。最恐惧的噩梦，此时已成现实。春雨的心狠狠地往下一坠，与其说是害怕，倒不如说是绝望。还有什么好怕的呢？死该是一件多么贴心的礼物。

"想都不要想逃走。这儿是山上最高点，有三道岗哨，二十四小时全天守候。不管你走哪条路，他们都能看见你，一清二楚。"

一阵抽泣窸窸窣窣地蠕爬进她们的耳朵。像是有声，又像是无声，但是空气被搅动了，泛起一股被压抑了的歇斯底里的气息。春梅蜷曲在草席边上，半睡半醒，脑子缠在一团模糊惶惑的云雾之中，急于想挣脱出来。她哭了一夜，泪水把她的面孔泡得惺忪浮肿，眉眼间挂着一丝茫然的惊恐的微笑。

"你想彻底了断也行。"那个女人对春梅那头的动静视而不见，只是紧紧地盯着春雨看，仿佛读懂了她的心思，"一个人铁了心要死，谁还能拦得住呢？这儿有床单，有墙，有房梁，都管用，你知道该怎么办。再不成，来个活活饿死也行。我可没有工夫整天守着你。没了你，他们下山再抓一个就是了，随手的事。兴许没你好看，可还不是一样管用？"

春梅那头的呜咽还在继续，像是一根细弱的蛛丝，仿佛随时随刻要断，却总也不断，隐隐约约地、挥之不去地缠绕在春雨的神经上。

春梅是母亲在家庭聚会时拿出来给那几房看的光鲜摆设。春梅是母亲的门脸。春梅会在父亲的寿辰上当场赋诗一首,用上灵巧的韵脚和机智的比喻;她能用龙飞凤舞的毛笔字,给父亲写上一副春联;她能从读过的奇书里挑出一两个闻所未闻的探险故事,讲给那几房的姐妹们听,把她们听得一愣一愣的。其实母亲也是可以把春雨的嗓音拿出来显摆的,用一两首小曲儿解开父亲的眉头。不过春雨没春梅那么好支使。春雨平日里虽然爱唱歌,却只肯唱给自己听,旁人若听见了,那只能是捎上的。春雨固执,脑子一根筋,她的听众只能是她自己,娱乐他人在她看来,就有了不地道的嫌疑。

父亲是只老狐狸,一眼就能看穿母亲的小把戏,但在场面上,他还能好脾气地容忍着她的心机。其实他心里很明白,送女孩子上学堂念书实在是一件劳而无功的事。母亲就是一个绝好的例子。母亲是五房太太中唯一读过书的人,却厘不清生活中最基本的道理:一百个再有才情的女儿,也顶不上一个最平庸的儿子。

母亲看着春梅风头正盛,心底免不得涌上一股自得。"你看看,你看看。"母亲啧啧地赞叹着,脸上泗润着溺爱之情,"你们十四个女孩子把脑子都搁在一块,也比不上她这一个。"其实母亲夸一句就够了,那一句话至多伤了一个人。可母亲偏偏刹不住车,一杆子打了一船的人。幸好那十三个谁也没把母亲的话放在心上,只有春雨的一腔自尊,被碾成了齑粉。

春梅的花开得好看,可惜只开在风和日丽的天候里。春雨现在终于明白了,为什么母亲要生两个女儿,一个是为好天预备的,另一个要拿来挡风防雨。

"安静会儿,行不?"春雨扭过身子央求春梅。

"要是你真想走那条路,我就走开,成全你的意思。"那个女人点了一根烟，用那根烟在脖子上划了一个想象中的绳套，劣质的烟草味在沉腻的空气中钻开了一条窄路。

"你要走的话，烦你积个德，把这碗粥留下，这年头谁的日子都不好过。"女人在两口烟之间的空隙里说。女人的话是单对春雨说的，仿佛春梅压根就不存在。女人在世面上混久了，阅人无数，一眼就看出来谁是主事的。

女人已经把路明明白白地摆在她们面前了。活着，必定是在慢刑之下受煎熬；死了，或许倒是痛痛快快得解脱。但是谁能说得准死后的事呢？死后的世界里就没有慢刑煎熬？假若还有，她难道还能再死一回吗？对未知的恐惧，让天平沉向了一头。十六岁真是个不大不小的尴尬岁数，既不能像大人那样为清誉而死，又不能像孩子那样带着耻辱而活。世上哪里都有耻辱，可是这一桩耻辱跟哪一桩也不相同。这一桩耻辱一丝不挂，无处可藏，是永远不灭的地狱之火，万死莫赎。这一桩耻辱的每一个毛孔都流脓。

熬过。

春雨突然想起了母亲的话。

熬过是母亲遇到任何堵心的事情时随意挂在嘴边的词。熬过战乱，熬过婚姻，熬过迟迟不到的月份钱，熬过另一房女人的脸色，熬过一顿难吃的饭食，熬过一场头疼，熬过一个下着雨的冷天……母亲到头来也没熬过那枚炸弹。可是那枚炸弹也没熬过母亲，他们在一阵灿烂辉煌的爆炸中同归于尽。

春雨从托盘里静静地取过一碗粥，递给春梅，然后又取了另一碗给自己，连筷子都没用，就直接喝了起来。第一口下肚时，肠胃惊天动地地叫唤了起来，肆无忌惮地发泄着积攒了很久的盛怒。上一顿饭是多久以前的事了？上一顿饭时她还是一个人，这一顿时她已经沦为一只老鼠，而且是所有老鼠中最低贱的那一只。

她稀里呼噜几口就把碗里的粥喝完了。

"再来一碗。"她伸手把空碗递过去给那个女人。

"小虎,你倒是过来啊。一早上到现在还没见着你个鬼影。"女人冲着门外大声喊道。

一个男孩应声走了过来。他剃着光头,穿了一件洗得太小了的褂子,两只手长长地裸露在袖子外头,摇摇晃晃的像两只鸡爪。他没说话,只是默默地站在门边,偷偷地瞟着春雨和春梅,怯意中带着一丝鲁莽。

"快去添一碗粥过来,放点咸菜。"女人吩咐说。

男孩点了点头,从春雨手里拿过空碗,就风也似的跑了,两个肩胛骨在布褂子底下棍子似的戳来戳去。说十二岁有点大,说十四岁又有点小。春雨暗暗寻思着。

"我知道你能熬过这一关。你得信我,我啥都经过,一看就知道。"女人咧开两排被烟草熏黄的牙齿,嘎嘎地笑了起来。"我还长着一只眼睛,就在这儿。"女人屈起指头,用关节嘣嘣地敲着额头正中,"我能看见你看不着的东西。这个房间里有人,关在这里出不去,找不着回家的路。"

春雨身上噌地爬上了一层鸡皮疙瘩。扭过脸去,她看见春梅手里的那只粥碗在微微颤动。

"他们都不敢近你的身。你的头顶有一团火,只有命数强的人才会有这样的火,豁亮豁亮的,鬼见了你都怕。你能熬得过去。"

"那我呢?"春梅怯怯地问。

女人转过身去,第一次正眼打量着春梅,眼中带着一丝冷冷的怜悯。

"没有她,你过不去这个坎。"女人顿了一顿,才指着春雨说。

烟快烧到头了,女人一扬手把它扔到屋子那头,看着那烟蒂在空中划了一条弧线,最终落到了墙角,奄奄一息地喘着气。

"来一根?这玩意儿比大烟管用,真能止疼。"女人从围裙口袋里摸出另一根烟,点着了,递给春雨。

春雨犹犹豫豫试试探探地吸了第一口。烟先是轻轻地挠了挠她的喉咙,微微有些痒。后来便像锉刀似的刮了起来,顺着她的身子往下走,一路刮出一片裸肉。她剧烈地咳嗽了起来,扣扣扣扣,仿佛把两片肺叶扯到了喉咙口,太阳穴上暴起一根青筋。

"没事,慢慢就会了,文枝。"女人短促地沙哑地笑了起来。

"她不叫文枝。"春梅弱弱地插了一句。

"我不管你从前叫阿猫阿狗,在这里,每个人都要有个日本名字。她叫文枝,你叫幸枝。"女人说到名字的时候语速很慢,每个音节之间带着一个拖腔,"不就是一个名字吗?换个名你又不会少只胳膊掉条腿。有个日本名字,叫他们想起家里的女人,事情就容易摆平了。"

春梅转向春雨,想探探她的意思,却没找到春雨的眼神。

"那你呢?你叫什么?"春雨终于摆脱了烟草的凶猛攻击,停住了咳嗽。

"你叫我妈妈桑就行了,没必要知道我的名字,名字是我妈的事。"女人冷冷一笑,带着讥讽的口吻说,"这里的事儿都归我管,但记住了我不是你们的用人。小虎,刚才那个小男孩,他是跑腿的,会给你们送饭。没有山珍海味,但管饱。"

男孩一会儿工夫就回来了,端来满满一碗还温乎的稀粥。他站在房门的阴影里,悄悄地听着她们说话。好奇心放歪了地方,前一眼看上去还是个大孩子,这一眼看上去已经是个小大人。

一定是那根烟,她一生中抽的第一根烟,让她看人的眼光变了。春雨暗想。她当时还不知道,这根烟只是一个开头,身后还会跟着许许多多根烟。抽过这根烟之后,一切都不是原先的样子了:门里站着的那个男孩,外头天上的那轮太阳,她的肺,还有她的心,都显得老旧了,皱皱巴巴的。似乎只有春梅没变。她此刻正在全神贯注地分着小虎带来的那碗粥,她一半,春雨一半,不多不少,正正好好的两份。其实春梅也变了。不,应该说是幸枝也变了,只不过她变成了孩子。

"他们要在这附近盖一个仓库,还会有更多的人要来。二十个?三十个?说不准。现在有六个女人伺候他们。你自己心里算个数。得想法子让他们分心,玩几把纸牌,唱个小曲什么的,省得他们总来烦你。要是真来了,就得想办法让他们赶紧完事。有些本事你是可以学的。"

妈妈桑发觉小虎还一直待在房里没走,勃然大怒:"你怎么还在?这是你一个小屁孩该听的事儿吗?滚,找你妈吃奶去!"她大声吼道。

小男孩给轰了出去,夹着尾巴跑了。

春雨发觉自己竟然在抿着嘴儿偷笑。这种时候还笑,没心没肺。可是脸都没了,要心要肺做什么?她就是忍不住要笑。就不怕下地狱吗?还怕什么呢?她已经身在地狱。

"这个给你们。"粥很快又喝完了,托盘上放着两只空碗。女人往托盘上咚地扔了两枚硬币。

春梅迷惑地看着女人,不解何意。

"把这玩意儿夹在你屁股蛋中间,夹紧一点,再紧一点。每天练,练到它不会掉下来了。对付那些个畜生,你得有力气。"女人面无表情地解释道。

一阵死一样的沉寂。

"我受不了啊。"春梅喃喃地说,又眼泪婆婆地哭了起来。

妈妈桑的脸紧了，挤出一团丑陋的轻蔑。

"受不了也得受。"她丢下这句话，转身走了。

4

"文枝，你的水！"小虎的声音在门外响起。

妈妈桑告诉过她，从她们住的地方走十分钟的路，就有一眼水井。她们可以到水井那里揩身子洗衣裳。要是哪一天实在太累了，小虎也可以挑水给她们送过来。这一家子，一人一天限一桶水的量，小虎一个人只能挑这么多。妈妈桑管她手下的那帮人马叫"一家子"。

"放那儿吧。"春雨有气无力地回了一句。她一身的疲乏懒散，一点儿都不想动弹，更别说起身开门。

她知道小虎没走，还在门外站着。她想象着他踮着脚尖，细竹竿似的身子趴在门上，屏着呼吸往里偷看的样子。每个影子都有重量，小虎的影子很轻，却黏糊糊的，像摊在地上还没被风吹干的鼻涕。就是这股子黏糊糊的感觉一下把她惹毛了，一股气上来，她突然就有了劲，从席子上噌地跳起来，朝着门口冲过去。

"你到底要干什么？"她唰的一下甩开了门，大声咆哮着。

小虎没防备，几乎摔进了她的怀里。在她刀子似的目光之下，他的身子一点点地缩小，想说话，却期期艾艾的不知说什么好。

她看见他的额头上有一道伤，上边的血还没有全干。

"怎么啦？"她问。

他终于把气喘匀了，矮下身子，把两桶水提过了门槛，放到春雨和春梅睡觉的席子边上。

"挑水，滑了一下。没事。"他的嘴角扯了一扯，算是个笑的意思。

她现在落到老鼠洞里了，老鼠的世界自有老鼠的规矩。即使低贱如鼠，老鼠从娘胎里出来，也知道找比自己弱的那只欺负。她感到了一丝羞愧。

她取出自己的手绢，捏了一个角放进水里浸湿了，来帮他清洗伤口。

"这座房子是做什么用的？我是说从前，你知道吗？"她随口问道。

"从前是大牢，乾隆爷手里就是了。你瞧瞧这个窗，这个墙，人进去了，是逃不出来的。"

"你是怎么到这儿的？"她半心半意地接着问。

"我们村子离这里才三里地，日本人来抓人做苦工。我家有两个哥哥，运气好，都逃过了壮丁，没给抓着。杨阿叔，就是我们村长，就跟我爸说：'你家儿子都没去打日本人，这回轮到你家出一个丁，替村子顶个名额。要是这个儿子死在日本人手里了，你还剩下那两个。'"

她默不作声地听着。按理说她该说句什么话来安慰他，可是她没有。她心里再也没有什么怜悯可以给出去，无论是给人，还是给老鼠。她已经从里到外地干涸。

"那个妈妈桑，是个什么人？"她很快换了话题。

"她叫纪代，是个杂种，一半中国人，一半日本人。她在满洲是开窑子的，开了好多家，赚了好多钱。后来她家男人打仗死了，他们就把她带到南方来，接着开窑子。"

窑子。话听着扎心，却是实情。是的，就是窑子。这个地方像煤坑，撒多少层石灰也盖不住底下的那个黑。你可以管它叫一家子——纪代就是这么叫的,可这个一家子不是一家子三姑六婆的亲戚,而是一窝婊子。

"你怎么什么都知道?"春雨好奇地问。父亲传给她的那份精明,在她的血液里沉睡了十六年,这一刻突然就醒了过来,倏地打开了她的另一只眼睛——现在她才知道纪代说的三只眼睛是什么意思。就在这堵固若金汤密不透风的石头墙上,她突然看见了一条隐隐约约的缝。而能带领她穿过这条缝隙逃出这个"逃不出去"的老鼠洞的,很可能是一条没有上锁的松泛的舌头。

小虎没想到春雨竟会把他的话当回事,一时乐得头重脚轻,生怕她一会儿兴致凉了,便禁不住把他知道的事,全都热巴巴地倒出来讲给她听。

"我从小耳朵比狗还尖,我阿爸说的。"他的声音兴奋得哆嗦起来,"什么也逃不过我的耳朵,就是老鼠嘀嘀咕咕说话我也听得清。我每天给小林送水,一天送好几趟。他爱干净,最费水了。别人都无所谓,个个脏得像猪。他跟纪代说话,有时候不想让别人听见,就说中国话。我都听见了,可我从来都不出声。"

"小林是谁?"

"他们的头儿,就是那个脸上有块胎记的人。"

春雨的心脏停跳了一拍。畜生。毛孔里蒙着尘土,眼中布满血丝,半边脸上歇着一只邪恶的蝴蝶,嘴里呼出馊臭。就是这只畜生在她还没完全长成的身体里捅下了痛入骨髓的第一刀。记忆给予生命。她曾经在哪本书上读过这句话。她不想给那个畜生生命,但是她也杀不死她的记忆。谁也无法主宰记忆。记忆有它自己的行事规矩,它想让谁活就让谁活。

"他们让你出去吗,从这儿?"她突然问。

"有时候他们让我出去买东西。"

"那你有机会往东溪那个方向走吗?"她说到"东溪"的时候咝了一声,仿佛那个地名溜出口的时候硌疼了牙齿。

"他们想吃鱼的时候,我就会去东溪,那里的鱼市,卖的鱼最新鲜。"

春雨深深地吸了一口气,再一丝一丝地往外吐,使劲稳住自己的声音。

"最近,你会去那儿吗?"她能管住自己的声音,却管不住自己的嘴唇,嘴唇在嘚嘚地抖。

"厨师有时候问我讨主意到底煮什么好,我可以告诉他吃鱼。"话在从脑袋瓜子往外走的路上,他觉出了自己的重要。他心里猜着她八成和那几个女人一样,是求他从外头的店铺给她买些这里没有的东西,一盒香烟啊,一包皂角什么的。

这条裂缝,或者说这条路,来得有点太容易了,她有点信不过。不仅信不过他,也信不过自己。

"下回你去东溪买鱼,能拐到昌盛街25号,给我爸捎个信吗?"她试试探探地问。

他的脸唰的一下白了。女人在他身上激起的兴奋,对他来说还是陌生的。他不懂什么是肾上腺,但他懂什么是害怕。害怕是从祖宗那里传下来的老面孔,他一眼就认得出来。

"我不知道那地方离鱼市有多远,我一定要四点之前赶回来,不能耽误煮饭的。"他避开她的眼睛,舌头突然就不那么利索了,"他们要,要砍头的,要是发现了。"

没错。什么事都不值得丢了性命。人惜命,老鼠也是。

可是总得试一试。

她撸下耳环,把它们放到小虎的手中。那是她过十五岁生日的时候,母亲送给她的礼物。十五岁不过是一年以前的事,却恍然已如隔世。

"拿去给你妈戴,金子的。"她疲惫地说。

他战战兢兢地捧着耳环,仿佛手心歇着一只随时要蜇他的蝎子。过了一会儿,他等着手慢慢地稳了,才把耳环捧到窗口,对着光线仔仔细细地端详着。那耳环在日光之下射出一道他从未曾见识过的光,黄灿灿的,赤热,又冰冷。突然间他把一只耳环塞进嘴里,嘎地咬了一口。她被他吓了一跳。只见他的脸裂了,露出两排黄褐色的大虎牙,一汪大大的欢喜,鼻涕似的流了一脸。

"是真金。杨阿叔说过,金子是软的,一咬就有牙印。"

他突然收住了话头。她知道他在想事儿。她几乎能听见各样的想法在他的脑壳里走过,一个挨着一个,犹豫不决地说着悄悄话。

她默默不语地等待着。她有的是耐心,她的耐心可以像水一样慢悠悠地滴穿岩石。她在等着他脑子里那些想法排着队一一走完。小孩的天真好奇后头,跟着一个少年人的轻狂,再往后就是一个大人越长越肥的贪心,而走在最后的,就是一个老头散发着馊味的恐惧。这就是他脑子里装的东西。几分钟的时间里,他的想法已经走完了一生的路途。她的目光已经变得这么犀利。才两天啊。不过两天是别人的日历,在她自己的日历里,已经过去了两生两世。

"这个我拿了没用,我妈死了,我家也没有女娃。"他犹犹豫豫地想了半天,最后还是把耳环还给了她。

他的话说完了,却又像没说完,她在空气中闻出了一丝还没讲出口的念头。

她琢磨着他没说出来的心思到底是什么。是贪心?还是害怕?什么都有可能,什么也无法确定,于是她决定赌一把,把赌注押在了贪心上。她已经丢失了一切,她还有什么可以丢失的呢?

"说不定我以后再来问你要。"他说。这一刻他的模样有点像淌着口水的狗,也有点像仰望月亮的蛤蟆。

她松了一口气。她的直觉没错,她押对了赌注。

春梅还在睡,蜷曲着身子用体温给自己取暖。在夜晚的恐怖降临之前,还有一个长长的磨人的白天。睡觉是春梅打发这段时间的唯一途径。老鼠的一天就是这样开始的。

春雨长长地看了小虎一眼,走过去,掩上了门。

屋里更暗了,空气中充满了各样悬而未决的可能性。她开始解衣服上的扣子。在昏暗的光线里,她赤裸的身子闪着微光。两团冰冷的、危险的、灰白的肉,包围在几条柔和的曲线之中。

他身子往后猛地一缩,呼吸急促得乱了套。他们中间只隔了半步路,这半步路却像是一堵薄膜似的墙,他的呼吸搅得墙躁动不安。墙终于被捅破了,是他动的手。一只温热的黏糊糊的手掌捂上了她的胸脯。那只哆哆嗦嗦的手急切地想告诉她他什么都懂,可是他到底还是没见识过女人,无知是遮掩不住的,他深感羞辱。他的嘴唇分开了,一串声音从那个漏口里溜了出来,含含混混的,没人听得懂。

"你带个口信给我爸:他老婆,第四房的,死了。叫他给她风风光光地办个丧事,请人来好好做个道场。"

她不知道他在没在听,或者听了进没进心,所以她就又说了一遍。说完了,又补了一句:"不要告诉他我和我姐,我们在这儿的事。"

过了很久,他才回了一句话。

"他们都说她好看,"他怯怯地指了指睡在草席上的春梅,"要我说你比她好看。"

5

夜拖着沉重的步子来了。走道里传来各种嘈杂的声音：呼喊声，诅咒声，香烟扔过来传过去的响动，脱靴子解皮带和卸下枪支时发出的咣当撞击声。

这是一座石墙围起来的监狱，前朝留下的，老旧了，也丑。一条公用走道的两侧，各是一排幽黑肮脏的房间。一侧的房间稍大些，住的都是日本人，官衔高的住一头，官衔低的住另一头。对过那一侧都是小房间，里边住着中国人，有抓来当差的苦力，有厨房的帮手和洗衣娘，还有那几个女人。这一座房子里的人，做的都是不同的事，一拨人下班了，另一拨人才开始忙碌。

穿插在所有的嘈杂之间的，是纪代平静而掌控一切的声音。只有见识过世界轰然倒地又拍拍屁股站起来的人，才会拥有这样的声音。外头那些人说的话急促生硬，每一句后头都翘着一条突兀的高高吊起的尾巴，听起来云里雾里的。那是陌生的东洋话。春雨猜想这会儿走道上的人在谈价码，消息和钞票正在换手。

跟屋外的喧哗相比，屋里是死一般的沉寂。春梅一直没说话。她的沉默是孙猴子的金箍棒，她用这根棒在四周画了一个刀枪不入的圆圈，她躲在里边，谁也不看，谁也不听。春雨和春梅之间，挂着一块皱巴巴的、当帘子使的被单，这会儿整个扯上了。这是给门外那些男人预备的，他们随时都会闯进来，在帘子两边各行己事。这块破布帘就像是太阳，把她们一天的时辰分割成日和夜。帘子扯上的时候，她们就要被分隔开来，各自应对夜晚的苦役；帘子打开的时候，她们会重新见面，开始她们可以歇息的白天——假如老鼠也有歇息的时候。

纪代事先交代过春雨和春梅：那些男人来的时候，不要喊叫也不要反抗。"没有用的，你抗不过他们。"她面无表情地说，仿佛她在谈论的，是一只叮咬人的蚊子，或者饭碗里的一颗小石子。"一个月？两个月？仓库一完工，他们立马走人。天下管它是什么仗，也有打完的一天。他们拔腿走了，你们也拔腿走。不过是沾了一身泥，好好洗个热水澡，就干净了。将来改个名字，搬个家，找个老实巴交不爱刨根问底的男人嫁了，一切从头来过，不就得了？"

在这之前，纪代到底"从头来过"了多少回？

透过帘子布料的孔隙，春雨可以闻得出春梅的动静。春梅在流汗，一会儿是冷汗，一会儿是热汗，她的身子在冷热交替中一会儿硬，一会儿软。

"姐？"春雨试探着叫了一声。

春梅没回应，也没翻身。

"至少，妈可以入土……"春雨的喉咙里涌上一团东西，堵住了她的声音，就说不下去了。她是想说入土为安的，可是母亲是有眼睛的，死了也还睁着，她能心安吗？现在不能，将来也不能。

外头的脚步声越来越近，终于在她们门前停了下来。门只不过是件摆设，一句谎言，因为挂锁和插销都已经被卸除。谁想进来都可以随时进来，一队蚂蚁，一群蟑螂，一丝风，一条蛇，一根阴茎，或者一个鬼魂。哦不，鬼魂是不需要门的。鬼魂自己就是门，从这个世界通往另外一个世界的门。

这时她听见有人在门外提到了自己的名字，那个奇怪的、不属于她却贴在她身上的东洋名字。

"文枝和幸枝两姐妹，长得最好看的，我专门留下的，小林桑。"纪代的声音压得低低的，接近于耳语，语气是恭谦的，却带了点小小的戏谑，"叫你手下的别那么生猛，她们年纪还小，有点伤着了，那天。"

春雨的心猛然扯了一下，因为她突然明白过来纪代在和谁说话。是那个脸颊上长着一只黑蝴蝶的男人。

"新的，这副耳环？是赤金的吧？又挣了一笔？"小林半带嘲弄地说，口气并不严厉。他的汉语说得还算流利，有一点小小的口音。

"别人送的，好不好看，你说啊？"纪代回答道。一阵轻轻的小女孩般的哧哧笑声交织在她的话语中，那语气几乎要走到调情的边缘上了，却又戛然而止。在兽欲太多而身体不够的时候，这个让别人喊她妈妈桑的女人，会不会打开她的大腿救一下急？春雨暗问。

春雨闭上眼睛，对屋里的那个影子轻轻许了一个愿。在清醒和沉睡中间那无数个朦朦胧胧的意识夹层里，她看见过这个幽黑的、说不出形状的影子，像一缕轻烟那样，从一面墙飘浮到另一面墙。在它飘进她眼帘的那一刻里，她立刻就意识到了它是鬼魂。这座房子里囚禁着许多个不情不愿、永远咽不下气的鬼魂，一朝又一朝，一代又一代。它是它们中的一个。其实，它不是一个，而是一群。它是它们的合体。

刚开始的时候，它警觉地保持着距离，踌躇游移试试探探的，但看得出来它有话要说。她能感觉现在它就在她身后，它的气息在她的后脖颈上留下一丝阴森森的刺痒。我害怕。它对她说。她很惊讶她竟然听懂了死人的话。在她心底某个幽暗的角落里，妈妈桑的话语突然跳了出来：你的头顶有一团火，鬼见了你都怕。她猝然猛醒它为什么不敢近身，因为它和她中间隔着一股威慑的力量——那是她的生命之火。

她心中突然跳出了一个闪念，那闪念见风就长，长成了一个想法。想法太怪诞了，连她自己都觉得荒唐，但她还是忍不住想把这个想法传给那个依旧在屋角徘徊的影子。鬼魂是怎样说话的？她只能靠直觉揣测。她把呼吸压得悠长，沉静，缓慢，她在用这种方式安抚它，让它感觉安全。它似乎听懂了她的意思，渐渐地就不再满屋乱窜，安静了下来，但是它还是不敢趋近。

他们各踞房间的一角，展开了一场静默无声的对话。空气绷得有些紧，两下都心怀狐疑，各揣鬼胎。渐渐地，他们明白了彼此本无恶意，便都放松了下来。就在这个老鼠窝里，他们谈成了一桩交易。这桩交易能否真正兑现，还得等稍后揭晓，真正的考验尚未来到。这间屋子里发生过多少惊骇之事？跟那些事相比，这桩交易应该算是一件最简单无害、最仁慈的小事。

门被撞开了，冲进来两个男人。他们的身后，还排着一队男人，在急不可耐地等着轮到自己。两个男人进门后迫不及待地分开，各挑了帘子的一边。

"私の名前はサチエです"（我叫幸枝）。

春梅的声音从帘子那边轻轻地飘了过来。她只会说这一句日本话，是纪代教给她的。这个晚上，她会用梦呓一样迷惘迟缓的声音，一遍又一遍地重复这句话，仿佛这话是镇静药，过几分钟就得再服一剂，来麻痹神经。

一个男人朝着春雨这边沉沉地走了过来，手里擎着一支蜡烛。其实天花板上已经有了一盏灯笼，在屋里洒下一片泛泛的昏黄色的光。这里不需要明晃晃的灯光，灯光碍眼而多余，牲畜做这种事不挑时间也不挑地点，光天化日之下，沉沉暗夜之中，对它们本无区别。可这个男人挑剔，非得要有自己的灯。他走到席子边上，低下身，稻草不安地呻吟起来。春雨的眼睛被他颧上跳跃着的那只黑蝴蝶蜇了一下，辣辣地疼。小林。这个名字能让夏天下起雪来，把鲜花变成蜘蛛，叫世上所有的蝴蝶从此成为噩梦。

跟两天前在路边拦住她、爬到她身上的那个人相比，他看起来有些不一样。刚刚洗过澡，身上有一股还没有被水冲干净的肥皂味。那是小虎一桶一桶从井里挑过来送到他门里的水。今天晚上他看上去依旧龌龊，却是干净的龌龊。

从那天到现在，他似乎长了点病态的耐心。他慢慢地脱下她的衣裳，把她的两腿分开。他把蜡烛挪近来，开始专注地仔仔细细地查看她的身体，仿佛那是一幅至关紧要的作战地图，必须在某次战役之前精确详尽地考察熟知，而这次战役能决定一场战争的胜负。

突然间，她发觉自己丢失了重量，身子如羽毛般地浮到了天花板上，从一个角落飘到另一个角落。她冷漠茫然地往下一看，只见地上的草席上躺着一个全身赤裸的女孩，一个男人正趴在她身上，一寸一寸地嗅着她的肌肤，如同狗在闻一只陌生的猎物。

一股欣慰涌了上来，她如释重负。屋子里的那个影子，那个所有冤魂的化身，已经兑现了他们之间达成的那桩交易——他们如约互换了位置。现在她进入了它的角色，一个没有躯体的灵魂，而它也进入了她的，成为了一具没有灵魂的躯体。她千疮百孔的灵魂失去了躯体的羁绊，浮游在天花板上，看着地上那只人兽时，已经没有元气燃起愤恨和厌恶。残存的唯一一两力气，只够她对眼前的场景挤出一丝有气无力的嘲笑。天花板上这个犹如前世化石般苍老的灵魂，怎么可能会居住在一个十六岁的花样胴体之中？

荒谬啊荒谬，一切都是如此荒谬。

小林的蜡烛斜了，灼热的烛泪一滴一滴地落到她的肌肤上。哦不，那不是真的她，那不过是她丢弃在地上的一堆肉和骨头，是她蜕下的一副皮囊。每一丝疼痛都是真的，但不是她的疼痛，因为她不在那个躯体之中。

小林还在细细考察那具躯体。他完全还可以没完没了地继续他的研究，可是他的欲望失去了耐心，他的身体开始挣脱脑子的游戏。两腿之间的那只野兽肿胀起来，流出浑浊的泪水。他剧烈凶猛近乎滑稽地抽搐着，进入了她那具空壳般的躯体。

他的野兽终于满足了胃口，安静了下来，但他并不着急离开。在这座监狱城堡中，他是啄食顺序中地位最高的那只鸟，他只按自己的行程表行事，没有人可以左右他的时间。等在门外的那群猴急的人，布帘那头传来的频繁动静，他完全不为所动。隔着那块破布，春梅在一次又一次地跟不同的人介绍着她的东洋名字："私の名前はサチエです"。每重复一次，她的声音就又低弱了几分。

他慢条斯理地站起来，系上马裤上的纽扣，他们的目光意外地相撞。春雨觉出了身体的沉重羁绊，瞬间明白她和鬼魂之间那桩异想天开的交易时限已到，她的灵魂重新回到了那具她曾心甘情愿欣喜若狂地摒弃了的躯体。现在她只有自己了，她再也没有可以指望的同盟。

她没有避闪他的目光。她久久地，深深地，锥子一样地盯着他看，追讨着一个她永远也不可能得到的回答。在她的注视之下，他公牛一样的眼睛突然裂开了一条极细的缝隙，从里渗出一丝难以捉摸的情绪。或许是良心——假如他也有良心，或许是愠怒，或许是两者的混合体，她无法分辨剥离。那丝裂缝让春雨心中一震，她明白此刻任何一丝差池，都有可能引发一场爆炸。

在这满世的丧心病狂之中，还有什么东西能靠自己的根基站稳，不被所有的杀戮和毁坏所撼动？她只要一样东西，一样就够。她要赶在他的良心还没被愠怒完全销蚀之前的那个小瞬间里，找到这样她自己也说不清楚的东西。

或许，愠怒只是亏损的良心发出的悲切之声。她的脑子里突然闪过一丝灵感。她决定立即采取行动。

"你母亲，还好吗，小林桑？"她听见自己颤声问道。她的声音虽然柔弱，却是镇静的，心底里她知道她已经迈出了惊险的一步。

他一动不动地怔住了，面颊上的蝴蝶一下子安静了下来。从满洲到江南，他的马靴已经踩过了几千公里的战区。他不是菜鸟新兵，他深知烧杀奸掠都是战争的组成部分，但他从没料到对话居然也是。这些年里，一路上他制服了多少女人，年轻的，年老的，俊俏的，丑陋的。大多极度害怕，不敢吱一声；有的哭哭啼啼乞求留下一条性命；也有的号叫，踢蹬，撕咬，抵死想从他手下逃脱。但是从来没有一个女人敢冒险和他进入一场谈话，无论是关于他母亲的，还是关于别的任何话题。

他茫然地看着她，满心狐疑，竟一时不知如何应对。

6

春雨走进春梅的房间时，发现春梅还在睡觉。

之所以说"春梅的房间"，是因为春雨不再住在这里。在小林的要求下，更准确地说，是在小林的命令之下，春雨最近搬进了小林的房间。"在什么山说什么话，现在你去他那里，也就是最好的指望了。"纪代带着发自内心的欢喜,向春雨道贺,仿佛春雨就要嫁入王侯之家,或者刚刚一脚踢到了一桶金子。妈妈桑说话,从来都有一套,倒也说不上红口白牙地撒谎,她只是把事实稍稍修缮一下,在粗皮糙肉的真相表层,这儿补一小块白,那儿涂一层蜡。

世上万事,一旦发生必有道理。打仗有打仗的道理,停战有停战的道理,妈妈桑挣个盆满钵满,自然也有她的道理。但是无论妈妈桑怎么说,春雨都清醒地知道自己的处境。摆在她眼前最简单的现实就是:从前她被扔进了丛林面对百兽,如今她面对的,是一只野兽。

现在她在小林的房间里过夜,早上等小林一出门去工地,她就回到春梅的房间。她回来当然是想看看春梅,但最重要的是,她想踏踏实实地睡上一觉。在小林那里,她每一夜都把心提在嗓子眼里。小林的床畔时时刻刻摆放着手枪和刺刀。躺在这样的人身边,谁能安安稳稳地合眼?

昨天夜里,睡梦中她突然感到一阵刺热,猛然惊醒过来,发现小林提着一盏煤油灯,在照着她的脸。灯罩几乎贴上了她的脸颊,她甚至听得见她的头发在滋滋作响。她吓得魂飞魄散。小林对她的身体有一种病态的兴趣——是外科医生面对解剖台上的尸体时所持有的那种兴趣。每一个匪夷所思的角落和折叠之处,都让他无比兴奋。兴许有一天,她睡着的时候,他会把她的肚腹剖开,带着一股置身事外的镇静,用显微镜般的细致入微,来一丝不苟地研究她的内脏,就像他对待她的皮囊一样。想至此,她不禁打了个寒战。

除了起床吃饭,别的时间里春梅几乎都在睡觉。白天是平淡无奇的,时间缓慢地拖曳着,长得无处打发,就如同是一个缺乏标点符号的句子，一页又一页地延续下去，无休无止。最安全省心的消磨方法，就是一睡百了。遇到天气晴好的时候，这里的女人们都会走出房间，靠在外边的石头墙上，晒晒太阳，扯着些无关紧要的鸡毛蒜皮——那是她们在囚禁中所能想象得到的唯一自由。即使在这样的时刻里，春梅也几乎足不出户。

被日本人抓来做苦力的人中，有一个在村里原本是做木匠的，妈妈桑叫他给姐妹俩各钉了一张小木床。春梅躺在床上睡觉时，总是四肢摊开，两条腿大张着，两只胳膊举过头顶，松松地捏着个拳头，好像身上依旧压着个男人，男人还没走，她就睡着了似的。春梅以这样的姿势入睡，天天如此，一成不变。每天看上去，似乎又比前一天消瘦了些。她一日一日地羸弱下去，颧骨在脸颊上投下一片黑黢黢的阴影，眼角轻轻地垂挂下来。她才十七岁，正往十八岁的路上走，地球引力就已经和她交上了手。

春梅甚至都懒得揩洗身子，或者换洗身下的床单。春雨一推开门，外头新鲜清冽的晨风在屋里闷腐的空气中拉开一道口子，呼地冒出一股混杂着汗水、口水、鼻涕和男人欲望残渣的复杂气味。春梅丝毫没有在意。她没有心思也没有气力从床上起身，她只是懒得动弹。

谁的日子都苦，但春梅似乎比别人熬得更苦，因为她的心不肯放过她。她的心在片刻不停地监察着她的一举一动一言一行，在嘲讽她，审判她，苛责她，甚至在睡梦里也紧追着她。在乱世里，没心没肺是老天赐给人的慈悲礼物，但是菩萨在发放礼物的时候绕过了春梅，春梅没有拿到她的那一份。

你能了结她的苦楚。

突然间，春雨听见屋里传来一个轻微的声音。与其说声音，倒不如说是空气中一丝微微的颤动。转过身来，她发现了它，那个无形无状的黑色影子，躲在屋中一个阳光无法探及的死角里。它从来都在，潜伏在某个角落，有时候隐身，有时候向她显现，但都是隔着一两步的距离，从来不会靠近她。

她的手抑制不住地抽搐了一下，但不是因为害怕。害怕是熟客，她早已习以为常，而是因为一丝先前没有过的兴奋。路走到绝处，就遇上了鬼，鬼在她的脑子里开了一扇人意想不到的新门。

没错，她能。她是世上唯一一个能结束春梅劫难的人。

春梅从前真是好看啊。"她就是生错了时候。"母亲常常感叹，声气里带着懊悔，仿佛那都是她的过错。"假若天下还是皇上的天下，真说不准她就会给选进紫禁城，往皇上身边一站，享一世荣华富贵。"有一回母亲曾这么半真半假地调侃。

和三千妃嫔为伍。春雨是想这么顶嘴的，最终还是忍住了。她是别人肋骨上永远的刺，她得学会收敛。

回头看来，一切都如明镜般清楚，她和春梅实在是不一样的人。她能忍得下文枝，能拼了死劲在文枝的皮囊底下透一口自己的气，而春梅不能。春梅得杀了身上的那个春梅，才能给幸枝腾出地盘。对春梅来说，世上万事从来就是非此即彼。在春梅的词典里，没有彼此，也没有一起。灭了春梅留下幸枝，是一个缓慢的凌迟过程；可是灭了幸枝，却也留不下春梅，两个只能同归于尽。春梅没有这份胆气，既挨不过慢刑，也下不去狠手。

可是我有。春雨对自己说。

春梅的颈子纤细颀长，像天鹅，有几根青筋在苍白透亮的肌肤之下隐隐显现。她已经瘦成了一把裹了层薄皮的骨头。可怜。可怕。春雨的心沉了下去。她的手可以在春梅细细的颈脖上围成一个完美的圆圈。一分钟？三分钟？春梅可能都不用醒过来目睹幸枝的屠戮过程。那是一朵花的死法，干净，利落，美丽优雅。

春雨正要伸出手去,春梅突然睁开眼睛,倏地坐了起来,沉沉地喘着粗气,脸上浮起一层茫然麻木的迷雾。

"我看见妈了。"她紧紧地拽住春雨的手,喃喃地说。那声音几乎算得上和善,甚至还隐隐含着一丝信任。

自从那天妈妈桑来她们的房间,转达小林要春雨搬过去住的意思之后,春梅还是第一次主动开口和春雨说话。

春梅不是唯一一个疏远春雨的人。妈妈桑手下的"大家子"里,无论是厨子、洗衣娘还是干活的差役,每个人都躲她远远的,甚至连小虎也是如此。当他们在昏暗的过道上迎面走过时,当小虎把井水挑到小林门前时,他那双从她身上第一次参悟了女人胴体奥秘的眼睛,居然躲闪着不肯正视她。

扔到丛林里喂给群狼的,是罹难者,值得同情和怜悯。而单单扔给一只狼的,却是遭人唾弃的婊子。他们在她的周围筑起了一道轻蔑之墙,把她孤单地围在中间,而她一奶同胞的姐姐,也成了砌墙用的一块砖头。但是春雨佯装啥也没看见。再乱的世道,人也想活下去,她用不着为这个道歉,就像人用不着为了吃饭或呼吸道歉一样。春雨只能用水滴石穿的恒久耐心,等待着这道墙上出现第一条裂缝。

她没想到这条裂缝那么快就出现了。她也没想到这条裂缝会是她的姐姐。

"妈跟你,说什么了?"春雨小心翼翼地咽下了堵在喉咙口的那团哽咽。

"糊里糊涂的,听不明白,好像是说冷。"春梅隐隐记起来母亲的一句话。

"我要把你弄出去,给妈扫墓。"春雨脱口而出。那话似乎没经过她的脑子,出了口倒把她自己吓了一跟斗。

"怎么弄？"春梅怔怔地看着春雨，一脸疑惑，仿佛还在睡梦之中。但一忽儿工夫，她就清醒了过来。"当然是靠他。"她一点儿都没想掩饰她的轻蔑。

春雨无话可回。这个想法是突兀地冒出来的，太新太嫩了，还需要大把时间慢慢打磨成型。或许她能在小林的情绪中找到一个缺口，再次把母亲的概念抬出来，贩给小林。先给他兜售一个笼统的抽象的母亲概念，再慢慢地把话题缩小到一位具体的母亲——她的母亲——身上。母亲是世上最稳妥的货物，兜售的过程中多半可以唤起怜悯。这个话题最能揪住人心，几乎没有冒犯的风险。一个母亲的利用价值，可以一路延伸到她的身后。

"你起来洗洗吧，就现在。你要是身上有味儿，他们能像扔块抹布一样，随手把你处置了。"春雨紧了脸，若有所思地警告春梅。

春雨伸出脚，把一个半满的水盆钩到春梅的床前，又从裤兜里摸出一个瓶子。瓶子是纪代给她的，里头装的是高锰酸钾粉末。纪代吩咐她每天，或者说，每夜，完事时洗一洗，"冲掉那些男人"。春雨随时随刻都把这个瓶子带在身边，她每天使用药粉的频率，远远超过纪代交代她的次数。

天爷，多么精致绝伦的玩意儿。纪代把瓶子交给她的时候，第一眼看上去，她就被它异乎寻常的形状和设计给迷住了。瓶子的质地是半透明的玻璃，底色是一层沉稳的赭石，有一丝隐隐的橙黄穿透其间，让瓶身变得轻盈澄澈。细长的瓶颈一路延伸开来，沿着一条曲线渐渐过渡到一个丰腴饱满的肚腹——那是一个完美的赤裸的女人侧影，能挑起无限遐想，却又干干净净的，并无一丝猥亵之意。最亮眼的还是瓶面商标上的图像：一片清朗无云的碧空，衬托着一枝清新的、带着露珠的、恣意盛开着的樱花。这样的红粉。这样的湛蓝。那瓶子美得让她几乎不敢透气，都让她忘了里头装的是什么劳什子。一个人能如此憎恶肉身，却痴爱那层裹着肉身的皮囊吗？不可思议。

她拧开瓶子，用瓶盖量出一小杯药粉，撒到水盆中。水里现出了一朵深粉色的花蕾，花蕾慢悠悠地无精打采地开出了一朵大花。花瓣松散开来，在水面上漂浮游走着，最终化为一片无形无状的淡粉。春雨心不在焉地看着这片淡粉被水渐渐吞噬溶化。

"洗吧。"她招呼春梅来到水盆边上，给她递过去一条干净的毛巾。她并没有意识到这一刻她的神态举止和母亲有多么相似。在这短短几个天塌地陷大灾大祸的日子里，她已经不知不觉地成为了母亲，尽管还要过很多年，她的肚腹里才会怀上一个真正属于她的女儿。

逃脱苦海的朦胧希望，一下子让春梅长出了力气。她从床上下来，褪下裤子，蹲在水盆上清洗着下身。春雨没有转过脸去。她们已经无遮无挡地见过了彼此所有的不堪，她们之间再无秘密可言，再也不需回避。

"要是你真能从这里出去，就直接去找刘家姆妈。不等她开口，就说你要把盒子里的珠宝分她一半。这事你不能心疼。你一小气，就给了她由头，说她压根就没见过那个盒子。当时旁边也没证人，你说一套，她说一套，永远说不清楚。"刘家姆妈是她们家的紧邻，那天她们急着要去父亲那里报丧，情急之中，就把母亲留下的珠宝盒托付给她保管。

"剩下的首饰，变卖了还够你的盘缠，想去哪儿就去哪儿。赶紧找个有头有脸的老头子嫁了，将来你就再也不会落到我们现在这个地步。"春雨说。这话不是新话，母亲死前说过，她只是在不经意间重复了母亲说过的话。春梅蹲在一旁听着，丝毫没想到春雨嘴里头头是道的逃亡计划,其实只是临时涌上心头,还没想好就已出口的夹生想法。

"那你呢?"春梅哭出了声。

春雨大大地松了一口气。从前的春梅,那个哭哭啼啼、惊惶失措、柔弱无助的瞿难小姐,终于又回来了。不过这一次,春梅的眼泪不是为自己流的。这一次她是害怕失去她的妹妹,她在这世上剩下的唯一一件参照物。现在把春梅和春雨捆绑在一起的是两条绳子,一条是骨血,另一条是耻辱。耻辱把人拴在一起的力量,远大于爱。

"不是我杀了他,就是他杀了我,要不然就是同归于尽,就看谁出手更快。"春雨随意地、几乎有些满不在乎地答道。

春梅大声号哭了起来,身子剧烈地抽动着。

"行了行了,你就是哭出一缸子眼泪,也救不了谁。我会活下来的,一定会的。"春雨压低了嗓门,耳朵像野地里的兔子那样,异常警觉地支楞了起来,聆听着四下的动静,"小虎告诉我日本人的库房工地在五孩村,离这儿只有一里地,夜里只有两个哨兵站岗。这消息要是传到有些人的耳朵里,你知道会有什么事。"

过了好一会儿,春梅才领悟了春雨话里头的意思,脸色唰地白了。她抬起头来,惊魂未定地看着春雨,水盆上的那半截身体,扭成了一个僵硬的几乎有点滑稽的弧形。

春雨对一切视而不见,置若罔闻,她的心思正飘浮在千里之外。各种各样的想法带着初生的急切,没等长成,便纷纷乱乱地飞过她的脑子,她一时头晕目眩。但是她最终压下一切飞尘,不露声色地对春梅说了一句:"快洗吧,我要睡会儿觉。"

春梅身下的水盆里,那一汪澄明洁净的粉红,已经变成了污浊的泥水。

7

这几天，小林一直工作到很晚，他们正在赶工期。

他们手里正在修建的，是长江以南最大的一座军需库房。冬季即将到来，他们急需一个稳妥的地方储存补给。五孩村坐落在一小块盆地之中，身后倚傍着连绵的山川，与外界隔绝，是个易守难攻的安全之地，所以被日本人看上，做了库房的地点。只是他们没有料到：在这个通常干爽的时节里，竟会淅淅沥沥没完没了地下雨。意外的雨天带来了一系列的施工延误；由于过度劳累，几天中死了三个苦力和几条骡子；上海总部又发来一封言辞犀利的苛责电报。几件糟心事加在一起，就把小林推到了耐心的极限。

在往驻地走的路上，文枝的脸蛋莫名其妙地浮现了出来。她是他触手可及的一条逃路，顺着她的身体进去，他虽然不见得能进入快乐，但至少可以立即进入忘却。一想起他可以随心所欲地对她做的那些事，蜘蛛网一样缠绕着他的郁闷和沮丧就裂开了一条缝，他心里涌上一股怪异的躁动不安。

走到房门口，他发现门半开着，有一丝细细的柔和的声音从门缝里溜出来，拴住了他的步子——那是文枝在哼着曲儿。她的嗓门压得低低的，声音模糊不清。

　　　　小小……蜘蛛……织网，
　　　　……一团又一团，
　　　　……又一团，
　　　　……

文枝正坐在饭桌边上，缝补着她的破布衫。这几个女人被带进这里时，除了身上穿的那一套衣裳，什么也没有，所以她们大多只能挑个晴朗有风的日子，轮班换洗衣裳。几个女人脱了衣裳，赤裸裸地躺在被窝里，让另外几个女人替她们把脏衣物洗了晒干。妈妈桑把自己的一件旧布袄借给了文枝穿，文枝这才能缝补自己的衣裳。屋里灯光很暗，她得把脸贴在煤油灯紧跟前，才能看得清针脚。灯蕊轻轻摇曳，火苗在她脸颊上投下一片橙黄色的光，这时候她看起来像是一幅年代久远的油画上的人物。小林不禁怔了一怔——这是一个陌生的、他不曾见过的文枝。

他听不太清文枝曲子里的词儿，调子似乎是轻快的，可扛着那调子的声音里，却藏着一缕哀伤。那调子在她的声音里走过，就粘上了一股说不出来的温柔。他心里怪异地扯了一扯，便有些不安，因为他觉出来里头有样东西被碰了一下，似乎稍不留神就要碎裂。

"什么鬼东西？"他吼了一声，嗓门震得房间嘤嗡作响。

一片死一般的寂静。所有的声音都结成了冰。

他很少跟她说话。他可以随时随地、随心所欲地进入她的身体，有的时候她还在睡觉，有时候他刚刚醒来，有时候晚饭正吃到一半。她一言不发地隐忍着，她身体上的每一个毛孔都捂上了盖子，没有冒出一丝一缕的情绪。她就像一团发了酵的面粉一样，麻木地顺从着他的蛮力。他们都知道沉默的力量，他们都懂得沉默是可以用来搅扰安宁的，他们也都懂得用沉默来拒绝被别人搅扰。

沉默是一堵墙，只要她被放置在那堵墙外，他的良心就安然无恙。一旦沉默被打破，她开口说话，走进了他的思绪，他就在不经意间准许她拥有了自己的感受和意志，她也就成为了与他在某种意义上平等的人。她与他是平等的。天，假如他允许这样的想法——哪怕只是一丝一毫——进入他的脑子，那他就等于在那一瞬间承认了自己是畜生。他那位在北海道种田的父亲有一次曾用过来人的口吻告诫他：屠夫在宰牛的时候，是绝对不能看着牛的眼睛的。

她被他的声音吓了一跳，抬起头来看着他，手里的针落到了桌面上。从她呆滞的眼睛里，他看见了自己阴森威严的影子。

"是我妈唱给我们听的，儿歌。"她颤颤地回答道，"是给我和姐姐，催眠的，在我们很小的时候。"

他的心裹着铁甲钢盔，刀枪不入。但是有一次，她曾经从那副盔甲上找到了一个小孔。从那个小孔里，她惊鸿一瞥地窥见了他的情绪。她发现世上竟然也有一样事情，能让他心软。

那就是他的母亲。

他随身带着一张他母亲的照片。有一次他把照片放在枕边，她铺床的时候碰巧看见了。那是一个四十出头的农家妇人，面孔红扑扑的，皱纹深刻，身子半欠着，站在一片水稻田中，疲乏得已经没有力气对着照相机作出笑颜。她身边站着两个少年人，其中一个看起来像是年少时的小林——但她从未问过他。

他站在房门投下的那片阴影之中，从头到脚被雨水湿透，神情木愣，仿佛她的话里有样东西，压得他动弹不得。

"你妈，是做什么事的？"他嘶哑地问。他听见自己的声音时，有一种梦幻般的不真实。他竟然有和她说话的欲望，这是一种从未有过的陌生感觉。

"死了，就在那天，我被……我来到这儿的时候。我不知道她是啥时下葬的，我也不知道她葬在哪儿。"

整个白天里,她已经把这几句话在心里走过了一遍又一遍,所以当她真的对着他大声说出这话的时候,她是平静镇定,面无表情的。那个她已经等候多日的时辰,终于到了。时机转瞬即逝、可遇不可求,她绝对不能让它从她的指缝里溜走,但同时,她也知道不能因为鲁莽而有任何闪失。

没有回音。

她知道他听见了,因为他颊上的蝴蝶动了一动。他步履沉重地朝她走过来,屋里的空气阴沉沉的,险象丛生。毫无防备之间,她被他一把揪起,抛到了床上。他几乎连裤子都没脱,就直接地蛮横地进入了她的身体。他向来如此,这一次并未比平日更凶猛。她以为她已经习惯了他不可预测喜怒无常的情绪爆发,却没想到每一场惊恐都带着与先前不同的新痛楚。从第一次到现在,唯一的区别是:在面对突兀的痛楚时,现在的她已经长出了更厚的茧皮。

很快就完了事,但烧灼般的疼痛却在记忆中萦绕,久久不肯离去。她背对着他,身子蜷曲成一团,身下的席子已经被雨水和汗水湿透。她的头微微地转过来,竖起耳朵,不露痕迹地聆听揣摩着他的动静。他就在她身后,四肢摊开地躺着,身子纹丝不动,气喘得很粗,像只盛夏里中暑的狗,筋疲力尽,却又无比警醒。

熬过。

在无边无沿的黑暗深处,母亲的脸突然浮现了出来。母亲深深地望着她,目光炯炯,眼中充盈着牵肠挂肚的哀伤。母亲并不经常出现,但每一次出现的时候,总是带着这两个字,仿佛她来到这个杂乱无章、充满偶然因素的宇宙之中的唯一使命,就是给她的女儿传递这句话:熬过。熬过这场能在肌肤上钻下洞眼的雨,熬过那把在她的睡梦中嘶嘶作响的刺刀,熬过那些遍布蚊子臭虫和男人阴茎的长夜,熬过那个愚笨残忍的十六岁。

假如她没法熬过,春梅一定得熬过。春梅熬过了,她就能在春梅身上继续活着,因为她们血管里流淌着的,都是一样的血。假如她能有选择,她倒宁愿是春梅在她身上活着。在今天之前,她不知道自己有多想活。哪怕天塌了,地陷成一个无底的坑,东溪烧成灰,哪怕她的亲姐姐得死,她还是想活。这么想是遭天谴的,愧疚也许会咬上她的脚后跟,不过那都是以后的事。在良心还没找上她之前,愧疚会一直沉睡。这是在打仗,谁能经过了一场战争,还能连身子带灵魂毫发无损?

然而在此刻,她用不着为自己的自私负疚。那只不过是一个闪念而已,完全没有可能成为现实。不存在什么非此即彼的艰难选择,也不存在什么保全他人的高尚牺牲。事实远比任何设想简单:靠春梅的那点胆气,绝无可能完成春雨精心筹谋的逃亡计划。春雨是两人中的强者,想要拯救世界,自然是轮到她去死。

"小林桑,你能发个善心,让我姐姐幸枝回一趟家,找一找我妈葬在哪里,给她烧炷香吗?"她怯怯地说,说完了,便屏住呼吸等候着悬在头顶的那把剑落下来。可是剑一直没落。而他,也一直没有吭声。

他们从床上起身,小虎给他们送来了晚饭,两人在沉默中三下两下地吃完了。饭后她就跟往常一样,给他预备洗澡水和毛巾,然后擦干净了席子。这一整个夜晚,他们就再也没有说话。

第二天一大早她醒来时,看见他正在穿靴子,准备出发到工地去。

"三天。她必须在三天之内回来,你姐姐。"他下达这道指令的时候,眼睛并没有看她。

春梅当天早晨就走了。

"他没有真指望你还会回来。"在大门口分手的时候，春雨对姐姐说。她撒了谎，这个谎听起来很真。她说这话的时候，脸上每一根肌肉都老老实实地待在该待的位置。春梅知道她在撒谎吗？也许知道，也许不知道，也许根本就没想要知道。对于即将远行的人来说，为什么还非要背负行囊呢？

风渐起，呜呜咽咽地带着秋日的凉气，刮得她们的头发如野草般纷纷扬扬。她们道了别，其实更像是永别，因为两人心底里都不知道这一别之后，她们还能不能在近期再见。或许，她们永远不能再见了。

春雨拿自己的性命做赌注，跟小林立下担保：春梅一定会准时回来。这事听起来鲁莽，倒也不完全是愚蠢，因为她已经用父亲身上那种生意人审时度势的精明，设想过了各种可能的风险。在和小林斗智斗勇的过程里，他俩谁也无法稳操胜券。输了在意想之中，赢了也只是侥幸。她已经走对了一步棋，给春梅打开了逃离之门，接下来的事，就只能看老天的心情了。老天喜怒无常，她只能静静地等候该来的一切，并不期待奇迹。

8

夜晚湿漉漉的，空气中布满了阴云，把小林的心情压得更加抑郁，眉头蹙得几乎能拧出水来。他向来阴沉寡言，可是今天晚上，他的心境比往常更加恶劣，春雨可以闻得出空气中的魔疠之气。

他们在沉默中吃完了晚饭。日本人的伙食是分开做的，大体上有鸡肉、鸡蛋，时不时也有猪肉，偶尔也能吃上牛肉，再搭配些当地种植的瓜果菜蔬。附近几里路之内的村庄里，家禽基本都已经被搜集到了这里。这个范围很快就需要扩充了，因为厨房的供给已经捉襟见肘。不过这都是些不足挂齿的小事，轻而易举就能解决。只要是皇军想要的，比如食物，比如苦力，再比如女人，那都是指头轻轻一弹，就能立即到手的。

春雨的晚饭只是糙米和水煮白菜，除了盐，便是清汤寡水。从她被带到这个地方那天起，她就再也没尝过肉的滋味。

小林坐在板凳上，用满满一盆清水和一条毛巾，开始了他每个夜晚都要重复一遍的清洗仪式，那是介乎于沐浴和冲凉之间的一套繁琐过程。白天他在工地的时候，小虎就已经给他挑来一桶桶新鲜的井水，存放在水缸里，等着他晚上回来时用。他一瓢一瓢大手大脚地往身上浇着水，满屋都是唰啦唰啦的溅水声，泥地上积起一个个小水洼。

"觉得不够好吗？"他扬起下颌，指了指桌上他留下的那只饭碗，咕哝着问了一句。碗差不多空了，但还没全空，碗底上铺着一张煮老了的黄快快的菠菜叶子，叶子上躺着一只炖鸡翅。那是小林吃剩下的东西。直到这一刻，她才猛然醒悟：有些人的剩饭，是给另一些人的赏赐。

"吃。"他从嘴里哼出一个字。一纸诏书，一道法令，带着至高无上不可违逆的权柄。

她默默地捡起那只鸡翅。一股久违了的油腥味勾得她的肠胃发出一阵恬不知耻的欢呼，但是她的喉咙却挡着路：那只鸡翅上长着她咽不下去的骨头。他注视着她的目光越来越沉，每眨一次眼睛，都像是敲下一记重锤，把鸡骨头铁钉似的砸下她的喉咙。她疼得抽搐起来。恐惧是家常便饭，日子挨到这一程，恐惧已经磨去了它最初的毛边和威力。可是今晚的恐惧长着一口新牙，咬起人来有一股新的威风。她不是毫无准备,但时辰来到时,她依旧不知道该怎样应付。

原先和小林说好,春梅最迟也该是今天中午回来的,可是她没有回来。小林的每一口呼吸里,似乎都充盈着关于春梅下落的疑问。春雨保持着沉默,尽可能地缩小着体积,避开小林的雷达屏幕。她身上的每一根神经都扯得紧如琴弦。琴弦随时可能绷断,但是她不想成为那只扯断琴弦的手。

小林洗完了澡,就用洗剩的水来擦洗军靴。靴子已经走了太多的路,拇指顶出一个圆包,鞋身完全变了形,到处沾满了湿泥、锯末和骡子的屎。盆里的水一下子变成了一汪臭烘烘的泥,他看着几乎要呕。

"再挑点水来,快!"他冲着门外嚷道,楼道里震荡着长长的回声。

"立马就来!"楼道的那一头,嘤嘤嗡嗡地传来小虎的回话。

外头黑得伸手不见五指,天边正酝酿着一场大风雨。从住地走到井边,平日里大致需要十分钟,可是在今天这样的夜晚,十分钟可以轻而易举地变成十五分钟、二十分钟。春雨在心里悄悄盘算了一下,小虎嘴里的"立马",应该至少是半个小时。

她拿出一副纸牌,洗了一轮,又洗了一轮——这是她向他发出的无言邀请。有些夜晚,他会有兴致和她玩几把名为"谁是将军"的纸牌游戏。两人各出一张牌,大的吃了小的,直到对方手里再也没牌剩下。这个玩法很简单,简直就是小孩子家的玩意儿,不用记什么规矩,也不用想着怎么出牌。更重要的是:两个对家之间基本不需要对话。小林挑了这种最不烧心的玩法,就是为了放松,好忘掉白天那些烂糟糟的事。春雨也有意无意地挑着他的兴致,因为在工地劳乏了一天的小林,往往玩上三五局,就会打起哈欠。今夜她比哪个夜晚都更迫切地需要分他的心，因为她知道她命悬一线，而这条线，就是他的情绪。

这会儿春梅该和她的同学接上头了。那是一帮头脑发热的人，自发组成了一支抗战小队。此刻她应该和他们在一起，走在前往重庆或是延安的路途中。战争涂抹在她身上的污泥，她只能用血来清洗。水不行，水太温文。春梅是无法独自面对鲜血和耻辱的，春梅需要人群。

小林朝着饭桌走过来，身上飘散着一股子肥皂和烟草的气味。他用鹰一样的眼睛，定定地看着春雨洗牌分牌，脸上带着捉摸不定的沉思。

"文枝，你想没想过哪天把我杀了？"他冷不丁问她。

煤油灯的火苗颤了一颤，满屋跳动着阴森怪异、彼此追逐啃咬的黑影。空气变得浓稠僵硬，呼吸突然成了一桩苦役。

春雨坐在散乱地堆着纸牌的桌子边上，所有的感官刹那间吱的一声紧急刹停。时间在不知所措间飞驰而去，她猝然猛醒，脑子重新启动，像一台马力巨大的机器一样飞快地运转起来，把纷至沓来的想法一一整出了头绪。小林问她的话，无论往左往右，怎么答都是错，没有什么稳妥的中间道路。否认是过于愚蠢的低级谎言，是对小林智力的侮辱，只能激起他更狂烈的愤怒；而承认则等同于降罪于自身，她无法预知真相的代价有多昂贵，是不是会贵到致命。

一样是死，就死得好看一点。江南人常常爱评论人的吃相，其实死相也是紧要的。满天飞尘终于渐渐落地，她心里清朗了起来。

"你说得没错，我是这么想过的，有时候。"她的声音从桌子那头传过来，是一种听天由命的平静。

他愣住了。有些真相，本来就像日光一样通透澄明，然而亲耳听见，还是扎心。

这次是他陷入了沉默。顿了一顿之后，他才开口："那你为什么没有，杀了我？"

"可能是，我想活下去吧……"她轻轻地、略微有些犹豫不决地回答道。她的脸上闪过一丝怯怯的、似乎带着歉意的笑容。就在她咧嘴一笑那一瞬间，她看起来几乎就像是一个小女孩子，在为一句刚刚出口的话而惴惴不安，觉得这话有些鲁莽不合时宜，但心底里却又明白，这话她不得不说。

她的话无法不让他震惊，她那些简单平实的、孩童般的真话。她不是不懂得怎样撒谎，她只是心下明白：编得再巧的假话，带给她的害处还是大于一句粗糙的实话，就比如今晚。在她无声的貌似顺从的外表之下，藏着一副永不入睡的机警的眼睛。她知道他的心思意念，胜过他知道他自己。

她在他心里激起了种种复杂的情绪，其中有一种是嫉妒。他不敢相信他竟然会嫉妒她。她比他小了这么多，在体力上完全不是他的对手，可是她身上竟然储存着这样一股宁静而持久的耐力。她一直在用这样的耐心抗衡着他。她让他想起水。他可以在暴怒中掰弯钢管，砸碎岩石，但他却无法拧动水。他们在进行着一场殊死的角力，他使的是力气，她使的是诚实。诚实是天下最残酷的兵器。他不知道她的诚实带给他更多的是盛怒，还是震撼。

"你知道我接下来会问你什么吧？"他从牙缝里挤出这几个字，口气是克制的，却带着一股阴森森的寒气。

该问的那个问题，终归躲不过去，还是来了。

"知道。"她缓慢地答道。

"那么，你有什么话说？"

天边传来一阵滚雷，那声响越逼越近，近到跟前，窗棂格瑟瑟地抖了起来。一道耀眼的闪电之后，暴雨轰然而至。雨被狂风刮成一条条鞭子，抽得房子和路面发出疼痛的呻吟。

这个时节不是雷雨的时节，雷雨来得有些蹊跷。世界末日。春雨暗想。她一动不动地坐着，突然间心灰意冷。命已经在老天爷的手里了，她再无力气和老天抗争。该做的已经做下了，该说的也已经说出了口，再也没有回头的路，覆水难收。即使她可以从头来过，也不见得能有什么起色。春梅此刻大概正在外头的某个地方，平安地活着。假如春雨非死不可，那也是她的一死换得春梅的一活。小林没赢，她也没输。两军对垒，他没打下什么可以夸口的胜战，她也没有吃下什么奇耻大辱的败战，他们打了一个正正好好的平手。

"我不知道我姐姐到底怎么了。"她低声回答说。

这时房门突然被撞开了，一个人影从门外跌跌撞撞地冲了进来，双膝一软，瘫在地上。是小虎。他浑身湿透，牙齿冻得格格相撞，鼻孔里淌着血。他挑水回来的路上摔了一大跤，一只桶里的水洒得七七八八，另一只桶的竹箍松了，水漏得只剩了个底。

小虎从地上爬起来，拎起水桶，跟跟跄跄地走到屋角，把桶里剩下的水倒进了水缸，那点儿水还不够打湿一条干毛巾。

"去，再挑一担回来。"小林板着脸说。他的下颌扯得很紧，紧得歪到一侧，颊上的那只蝴蝶涨成了黑紫色。

小虎朝春雨看了一眼，她知道他在央求她说句话，可是她避开了他的目光。今夜地狱之门大开，没有人能够平息老天的怒气和困兽的疯狂。今夜所有的命都悬于一线。今夜没有道理可讲。

"我明天一早就去挑，小林桑，一大早，行吗？外头打闪，那个雨，实在太大。"

小林脸上的蝴蝶翅膀开始扑扇。小虎虽然是田间长大的，却没有觉出屋里有风。

"要不，我去接点雨水，拿明矾过一过，一样的……"

小虎突然咽下了没说完的半截话，因为他看见小林在朝墙壁走去。墙上挂着他脱下的军装，还有他的枪。

枪声并没有响起，但整座房子却被一声尖叫劈成了两半。那声刺耳的、地狱厉鬼般的嚎叫，一下子把沉睡的村庄搅醒了，孩子的哭声、狗的狂吠声汇集成一阵惊天动地歇斯底里的嘈乱。

春雨转过身来，发现地上有几根东西在抽搐蠕动着，像是被鲁莽的锄头不小心砍断了的蚯蚓。过了一会儿她才醒悟过来，那是刺刀剁下的指头。她只觉得喉咙一紧，有东西涌了上来。还没来得及挤出一个字，便天旋地转地吐了。鸡翼、菠菜叶子、米饭，所有的一切。

"八嘎，你们都当我是傻子，是不是？"小林倚靠在墙上，脚前淌着一条渐渐浓腻起来的血水。他的声音听起来筋疲力尽，孤独而绝望，仿佛来自一穴千年古墓。

9

一整夜春雨都睡得很不安宁。意识之间的隔层似乎被撕开了，纷繁芜杂的画面、场景和想法，如一缕缕青烟，穿越睡和醒中间的层层朦胧地界，一路飘浮弥漫，不肯消散。

凌晨时分，她做了一个怪异的梦，梦里她似乎看见了一场地震和一场风暴交织在一起的场景。惊天动地的巨响，天空像一块巨大的玻璃似的掉落下来，摔成一地碎碴儿。飓风和火焰。炽热和严寒。拖着黑影的男人和女人在惶乱地逃窜，彼此踩踏着，发出惊恐的尖叫……那一切仿佛是从万花筒里看出去的地狱景象。她猝然惊醒，发现自己一身被冷汗湿透，心卡在喉咙里，跳得如同野马奔腾。

小林已经起来了，衣服穿了一半，正站在窗前，焦躁不安地朝外察看。天空被窗框裁成小小的一方，颜色看起来有些奇怪，是水波一样颤动着的黄色，中间夹杂着一道道灰与黑。远方隐隐传来一阵沉闷的噼啪声。

"八嘎，库房！"小林暴怒地喊了一声。

春雨突然明白过来，那是爆炸之后的火焰。她刚才的梦境是一面哈哈镜，照出来的场景虽然扭曲变形，但追根寻源，底板终究还是真事。

过道上传来一阵骚动和嘈杂，半睡半醒、迷迷瞪瞪的说话声，沉重的脚步声，门被急促地打开关拢的声音。一个卫兵冲进了小林的房间，用断断续续的日本话焦急地向小林报告着什么事。小林一边听，一边飞快地穿完了军装，长短武器全部准备就绪。两人简短地说了几句话，卫兵就飞奔而去。紧接着，过道上响起几声尖锐刺耳的哨子，至此整座房子都已经透透彻彻地醒了。

小林紧跟在卫兵身后跑出了房间，一边跑，一边大声喝道："快跑，你！"

过了几秒钟，春雨才明白过来小林是在对她说话。

她拿脚钩过布鞋，套进去，惶乱地跑出了房间。过道很窄也很暗，此刻已经站满了士兵。他们刚从床上爬起来，有的穿好了军服，有的衣衫不整，都还来不及刷牙，空气中弥漫着浓烈的口臭。他们把她推搡到一边，拥挤着朝前挪动着。她远远地看见过道尽头的妈妈桑和两个女人。她朝她们摇了摇手，但她们似乎没看见她。一转眼的工夫,她们就不见了,消失在那股急切地朝大门拥去的人流之中。

凌晨清冽的空气猛地抽了她一巴掌,她一下子被掴醒了,原来她已经走到了监狱外头。几乎一个月了,她的脚从未踏出过这扇铁门,外边的世界对她来说已经生疏了。那些树木,那条路,那片昏暗的、被灰烟熏黑了的天空,还有那些匍匐在朦胧的曙色之下的连绵起伏的山岭。她茫然地梦幻般地跟着人流往前走着,很快就发现她跟不上了,越来越远地落在了队伍之后。

"文枝!"

突然间,春雨听见前头的人群里有人在喊她的日本名字。是小林。他站在离她大约二十多步远的地方,转身朝着她,举起了手里的来复枪。

"是幸枝干的,对吗?"他声嘶力竭地吼叫着,每一个音节都充满了被愚弄之后的愤怒。没有人告诉过他,他是刚才走在路上时,才把所有的疑点连成了一条线的。

春雨全身僵硬,脑子变成了石头。腿是第一个从恍惚中惊醒过来的,蛮横凶猛地扯着她的身子,朝边上一条小径狂奔。小径是附近的采药人开出来的,很窄很长,弯曲绵延地通到林子深处。她好久没晒过太阳,没得过油星子的滋润,也没能好好睡过几觉,如今腿脚瘦弱得像两根竹竿。腿不是从前的腿了,她的身体却是懂事的,没有悖逆反抗,而是顺服了竹竿的引领。她不知道这条小径会通往哪里,可是她已经没有时间去想,现在管事的是腿。腿把身上的每一两力气都聚在一起,不顾一切地逃生。远离那些人,远离那阵怒气,远离那根黑森森的枪管。

没用的,肉做的身体永远也跑不赢铁做的枪弹。她听见常识在她的耳边嘀咕。可是,常识不是唯一的声音。还有另外一个声音在厉声斥责着她，喝令她不要理会常识，只管朝前奔命。总是会有一线生机，一个小小的奇迹的。兴许菩萨此刻正醒着，睁着眼睛看守着她。这声音是从她灵魂至深之处发出来的，用纪代的话来说，就是头顶的那团火在说话，而且声气越来越强壮。

她不知道自己跑了多久，因为时间已经失去了尺度和权威。然后她就听见身后传来一声响。那响声有点像她和春梅在家门口那条街上听到的新年爆竹，但比爆竹沉闷。她觉得被什么东西推搡了一下，有些刺痒和酥麻，但不是疼——疼是后来的事。当她看到身上的布袄上渗出一团黑褐色的湿斑时，她才觉出了疼。

过了一会儿她才意识到那是血。她被枪子打中了，在肩上。

她又踉踉跄跄地往前走了几步，就面朝下扑通一声栽倒在地上。狗在吠叫，公鸡在打鸣，麻雀在叽叽喳喳地呱噪着。渐渐地，周遭的一切都静了下来，静到她都能听见自己的呼吸在噗嗤噗嗤地搅动着尘土。路上空无一人，小林的人马已经消失得无影无踪，仿佛从来就不曾存在过似的。她躺在那条天晓得会通往哪里去的采药小径上，独自一人，身上流着血。

然而，她自由了。

这是真的吗？她会不会又陷入了另一个梦境？梦境千层糕似的，一层又一层，她不知道自己是爬到了表面，还是依旧缠绕在中间的某一层。

小林错失了他的目标。小林是世上最精准的狙击手，这样的失误对他来说简直不可思议。记得有一回他站在窗口，远远地射中了院子里跑过的一只野兔。后来卫兵把死兔子拿进屋来，却找不到弹孔，因为子弹是从一只眼睛里穿进来，又从另一只眼睛里飞出去的。

老天有眼。菩萨果真在什么地方遥遥地看着他们，让小林的手发颤。

或许，发颤的还不只是小林的手，还有小林的心。

10

她这一辈子都没有和土地这么亲近过。土地被雨水浸润得油黑，散发着腐叶和鸟粪气味，布满了家禽留下的泥爪。土地沉默无语却又无所不知，收纳了落在上面的一切，消化着旧年的死亡，孕育着来年的新生。

她神志是清醒的，只是由于失血，感觉有一点儿疲乏。兴许还不止是一点儿。身下这张湿泥铺成的床，正在诱劝她放下心里的那点斗志，全然放松地进入一场甜蜜的再也没有时间边界的睡眠。在监狱那个耗子窝一样的房间里，她睡着的时候也是醒着的，身上的每一根神经都像猎犬的鬃毛一样竖立着，时时刻刻警醒留意着周遭的动静。刺刀，手枪，煤油灯，男人的手和阴茎，每一样东西都有可能毫无预兆地跳起来，朝她发起进攻。现在身下的这张床把所有压在睡眠上的重量带走了，躺在上面她都能听见身上的神经融化成了一摊软酱。

由它去吧，你把心放下来。那张床用轻柔的、让她无比安心的声音，在她的耳畔絮絮低语。

就在她要沉沉睡去的时候，她脑子里飞过一个可怕的闪念。那闪念带着一股彻入骨髓的寒意，把她一下子激醒了。

这一回她若沉睡过去，就和从前哪一回的睡眠都不同。这一回的睡眠是罂粟花，妩媚妖艳，却带着一个有毒的种子荚，能引着她走入一条不归路。这一回的睡眠没有醒来的时候。她不能连抗都不抗一下，就把第一个重获自由的早晨，顺从地交给那场永恒的睡眠。她想强逼着自己坐起来，但实在是太疲乏了，动弹不得。心还恋战，身子却已缴械。

就在那时，她感觉耳膜上有一丝酥痒，一阵轻微的模糊的震颤。兴许是地底下的树根在翻动身子，兴许是树上的叶子在打哈欠。渐渐地，那丝震颤有了形状，变成了声音，越来越近，越来越响。那是人跑动的脚步声。一阵新的恐惧揪住了她的心，她失血的静脉里突然涌上一股肾上腺素。她竭尽全力想用膝盖顶着身子站起来，却没能站稳，摇晃了几下，就在站和坐中间的那个姿势上停住了，半蹲半跪在地上。天空在旋转，树木也是，清晨的第一缕天光扎进眼里尖利如碎玻璃碴。

小径深处出现了一队人马，穿着褴褛的沾满了湿泥的军装，身上背着五花八门不成套的枪支。即使是春雨那样的外行人也能一眼看出：这群人的装备实在很破烂。她隐隐听见他们断断续续的说话声，便略微安下些心来，因为她听懂了他们的话——他们不是日本人。

这群人不约而同地注意到几步之外有一个年轻女子。说女子实在有点夸张，其实就是个小女孩。她跪在地上，半边身子血迹斑斑，一只胳膊朝上举着，仿佛在向一个看不见的神明乞讨着什么。他们的步子慢了下来，最终谨慎地停住了。双方都在相互审视，女人眼中带着一丝如释重负之后的希望，而男人们的眼中，却是重重的疑云。

"你是谁？"一个稍长几岁、看起来是这群人的头儿的男人，朝着她走了过来。

他走到她紧跟前时，她才看清这个男人只有一只耳朵。另一边原该是耳朵的地方，现在只剩下一个蚕豆大小的洞眼，周围是一圈暗褐色的、高低不平的疤痕。

"带我走吧,你们。"她央求道。可是她只找到了一半声音,另外一半太虚弱了,没能走出舌头就已死在路上。

"你怎么啦?"有一个战士问她。这个战士是这群人里个子最高的,看上去也是岁数最小的。他做了个含混的弯腰动作,神情犹犹豫豫的,似乎是要查看她伤势。

她怔住了。让她不知如何作答的,与其说是那句问话,倒不如说是他问话时的语气。那份意外的温存和关切,突然就松开了系着她神经的那根绳子。她瘫软下来,从头到脚簌簌地颤抖。她得先把心锻成铁,才能讲得了她所经历的灾祸。她无法跟一个未曾去过地狱的人,三言两语说清地狱的模样。她的舌头不是生来讲这样的事的,他的耳朵也不是生来听这样的话的。

她已身心俱疲,不想再作解释。

"说来话长。"她叹了一口气。

"二娃,走了。日本人要追上来了。"单耳男人对那个高个子的小士兵说。

二娃。他叫二娃。春雨暗自记住了这个名字。

电闪雷鸣间,春雨一下子明白了这些人是谁。

"刚刚炸了五孩村的,是你们吧?"她问道。这个突然的醒悟让她又有了些精神头。

还没容春雨回过神来,单耳男人已经风也似的从腰间拔出一支短枪,对准了她。

"你是怎么知道的?"他从牙缝里挤出一句话,眉心紧蹙,满脸狐疑。

她又给逼到了前一天晚上的困境。无论她开不开口,无论她回的是什么话,都同样是错。不开口是藐视,开口只能在真话和假话中挑一头。真话通往不为人知的耻辱，假话导致不可预测的盛怒。她是落在蜘蛛网里的一条虫子，无论怎样挣扎，都只会越陷越深。假若她身边有黄历，今天一定是个凶日中的凶日。天还这么早，日头都还未出齐全，她就已经犯在了两路人马的道上。这两路人马虽然彼此为死敌，对付起她来，却出乎意外地一致——他们都想叫她死。

敌人的敌人，未必就是朋友。

她坠入了深深的绝望。

"我挨了，日本人的枪子。"她有气无力地说，只觉得方才新添的那股子气力，又渐渐散尽了。

"长官，她看上去不像是奸细。"她听见那个叫二娃的高个子小兵在怯怯地、毕恭毕敬地对他的长官说。

"日本人为啥要杀你？"单耳男人把枪收回来，接着追问她。

"我姐……"春雨突然顿住，她已经踩到了陷阱的边缘。她是和春梅拴在同一根绳子上的，只要她把春梅挑出来扔在众人面前，她就不可能不暴露那根绳子，还有拴在绳子那头的自己。她们是谁，就再也藏掖不住了。

"真得走了……再不走，就晚了……"春雨看得出来，焦急正如传染病似的在这群人中蔓延开来。单耳男人也染上了，但他还是比他们沉得住气。

"村里一会儿就有人走动了，会有人帮你的。"单耳男人把手枪掖回到皮带里，就要带着他的人马，沿着他们先前就筹划好的路径逃离。

"我姐姐，是她把日本人库房的消息，送给你们的。"春雨再也顾不得了，脱口说出了姐姐。到底是谁送出的消息？其实她和小林同样不知底里，他们只是猜测，但都不是瞎猜，他们猜得大致靠谱。

那个不能见天日的秘密，终究还是尽人皆知了。这会儿她在他们面前，是赤身裸体的。他们中的每一个人都明白了，她是那种女人。

"带我走吧，求你。"眼泪猝不及防地从她的脸颊上滚落下来，在地上砸下一个个小小的坑。她没想哭，眼泪自作主张地来了，仿佛是从别人心中生出，仅仅只是为了方便之故而借用了她的脸而已。

"你这个样子，咋走路啊？我们是要跑的，要快跑。"二娃瞅了她一眼，又瞅了瞅他的长官，显然不知如何是好。

单耳长官的眉毛扯了一扯，疑虑渐渐消散，让路给了不耐烦。

"要是带上她，大家全得死。"他焦急地对二娃说。

众人一下子静了下来，是那种可怕的焦虑不安的沉默。他们都知道手上没多少时间了。

她已无生路，只能是豁出去了。她跪着往前挪了一步，不顾一切地拽住了二娃的袖子，用眼神无声地恳求着他。沉默积攒了力量，但那力量正在消散，她必须抓住最后一丝时机。"救我。"她的嘴唇无声地翕动着。

她已经在心里数过了他们的人数，共是九个人。在这九个男人中，只有这个被他们叫作二娃的年轻士兵，是唯一一个她能说得上话的人。从他的脸相上看得出来，兴许她还能指望得上他。他有一张被日头晒得黧黑、简单淳朴的种田娃的脸，除了田里的劳作，他还没见识过外头的世界，还没有来得及被世间的炎凉和油滑熏染。

"长官，我们不能把她留在这儿等死啊，她姐姐帮了我们。"二娃说。他还想最后试一把，看能不能说服他的长官。

"怎么个救法？"单耳男人不为所动，只是他的脸绷得不那么紧了。

"我背她。我九岁的时候，就帮着我爸扛番薯口袋，还有宰了的牛。我有力气。"二娃说。

"你要带上她，那就是你自己的事了。要是跟不上了，没人救得了你的小命。到时候别说我没告诉你。"单耳长官挥了挥手，把这个话题决绝地斩断。

"快点，你！"二娃将身子一矮，让春雨爬上来。那口气与其说是商量，倒不如说是命令。

春雨一愣，一时不知所措。从她记事起，这一辈子她从来没被哪个男人背过，哪怕是她自己的亲生父亲。她是想活下去，每一根汗毛都想，但不是这种活法。她若让他背着，她就把自己的性命压在他的身上了。而她手里，也就捏上了他的性命。十有八九，他的性命会送在她手里。

可是，还有别的办法吗？

她攀在最后一丝力气上，猝地站了起来，又往后仰了一仰，仿佛害怕离二娃太近就受了他的蛊惑似的。随后，她迅雷不及掩耳地伸出手去，一把拽住了二娃的步枪。众人一下子给惊住了。

"你结果了我，赶紧走。我只是不能再落到他们手里，真的，不能。"她的声音裂成了碎片。

众人扭过脸去，不敢接她的目光。她的眼睛里蒙着一层冰一样的哀伤，那哀伤碰到哪里，就把哪里凝固成一座冰川。这个女人弱得像一根指头就能捅破的绵纸，却有一副凛冽的侠义肝胆。男人们自愧不如。

"少啰嗦，你这个婆娘，你不是要我们都死在这儿吧？"单耳男人厉声呵斥道，彻底截断了她的废话，"我们还是照先前的计划,要是被日本人咬上了,就留两人在后边掩护。省着点子弹,别瞎开枪。记得留下最后一颗子弹,你们都知道干啥用。"然后他又转身对二娃说,"你得多留一颗。"

还没容得春雨多说一个字,她已经身不由己地爬到了二娃的背上,像一只被蚂蚁驮着的死蝇子,浑浑噩噩地朝前挪动了。

11

日本人带着不可抑制的恼怒,用闪电一样的速度追逐着他们。确切地说,日本人是恼羞成怒,既恨对手的无孔不入,也恨自己的粗心大意。工地刚开工时,他们戒备森严,可是再严的防守也抵挡不了时间的磨损,渐渐地,他们就松懈了下来。中国人的突袭虽然不完全在他们的意料之外,但他们还是难以置信:五孩村这么个地图上永远都不会出现的小地方,几乎与世隔绝,竟然也能被对手渗透。

严苛的征兵法已经把当地的青壮劳力消耗殆尽,为了征集苦力和维持工地的每日给养,日本人已经耗尽了心思。整整一个月风雨泥泞之中的劳作,一座几近完工的大规模库房,这一切辛劳转瞬之间在一股浓烟中化为乌有。在绵长多雨的冬季到来之前,将会有多少辆装满军需品的卡车,排着看不到头的长队,等待着找到一个可以卸货的地方?一想到这幅景象,懊恼和愤怒就把这群日本人烧成了疯狂的狼。

听到爆炸的消息之后,全部驻地人马火速赶到已经沦为一堆废墟的工地,分成了两支队伍。一支由三个人组成的小队人马留在了原地,评估损失程度,其余的人手忙脚乱地开始搜寻破坏者留下的蛛丝马迹。一串湿脚印马上把他们引上了追捕之途。

日本人本来很快可以追上中国人的，但是他们偏偏在一个交叉路口迷失了方向。那个路口长着茂密的灌木丛，很难继续追踪脚印。土地是多疑而警觉的，一闻出外人的气味，立刻像蚌壳一样紧紧地合拢了嘴，不肯吐露任何线索。

日本人在路口停了下来，犹豫了片刻，最后还是凭直觉挑选了一条看起来人烟更为稀少的路。他们大概只浪费了五分钟。在太平年月里，五分钟只是宇宙运转过程中一粒可以忽略不计的时间尘埃。可是在这样一场追捕和逃离的鏖战中，五分钟的延误是至关紧要的，它可以决定孰死孰生。等到日本人终于回到正路，继续全速追赶时，那支由单耳男人指挥的九人小部队，已经快到大黑圈了。

大黑圈是当地人起的地名，说的是藏在山地之中的一小块地盘。那地方虽小，却是三个县的接壤之处。那地盘被好几拨人马占据着，有土匪、盗贼、贩卖烟土的、走私枪火的，甚至还有一个制造假币的小山头。在大黑圈，官府这个词具有完全不同的含义，法典是用来擦屁股的草纸。自大清皇帝进关起，那儿就是个三不管的地界。大黑圈是最危险，也是最安全的地域，有如风暴之眼。这也是为什么单耳长官会选了这里来躲避日本人的追踪。

日本人虽然傲慢不可一世，有时头脑发热，但也不至于昏庸无知。日本人深谙丛林战术，知道兵匪之间的和与不同。虽然大黑圈里各个山头斗得不可开交，狗咬狗一嘴毛，但只要官府把脚踩进来，他们纵有天大的冤仇，也会立马放下，因为官府是他们的共同仇人。官府一旦搅进来，小狗之间的互咬，顿时就变成了小狗联手对付大狗的混战。日本人就更不用说了，日本人是仇人中的仇人，狗群中的狼。他们要是鲁莽地闯进大黑圈，顷刻之间就能把那场狗与狗的混战翻个盘,让大狗小狗联起手来,一起打狼。

日本人不想把自己变成一片肉,送到那混战不休的狗群嘴边。只要炸库房的那群人一进入那个三不管的地盘,这场游戏就算完了。

那支九个人的小队伍在日本人前头飞速逃离。日头这会儿已经完全露出脸了,升到了树枝的分叉处。阳光遭雨水洗过,洁净清新,在枝杈间随心所欲地甩下一团团白色的光斑。人脚所过之处,草叶窸窸窣窣地分开,灌木丛弯下腰来迎迓,又从他们跟前飞驰而过,仿佛生着翅翼。春雨觉得世上万物都在飞,而她则是唯一一样静止不动的物件。

二娃的步子很稳。春雨忍不住暗生惊叹——她没看出来他竟然有这样的蛮力。等到后来太平了的时候,他会把这一切当成个笑话来讲,满不在乎地说她那点儿体重,还比不上半袋番薯。他说他才学会走路不久,就帮他爸扛过整袋的番薯了。连牛都吹得不像。春雨暗想。她觉得出来,她压在他背上的重荷,快把他的肌肉拉扯到极限了。

一路上她都闭着眼睛,不敢看路,也不敢看人。她的身子太虚,这半天里受到了太多的惊吓,而速度也是一种惊吓。二娃跑得太快了,速度带给她的既是欣慰也是害怕。欣慰的是每跑一步,他们离日本人又远了一步;害怕的是二娃的力气会不会很快使尽了,最终像一条扯得太过了的橡皮筋那样,在某一刻里突然绷断。

一直到目前,二娃还都跟得上众人的步子。她把他变成了一匹驼兽,而且是一匹不同寻常的驼兽,因为他驮的是不同寻常的货物。他把她的命揽到他身上,那是他自己情愿的,并没有人逼他。他只是有一副娘胎里带出来的好心肠,他的好心肠不肯放过他。

再往前走着,她就觉出了他的疲乏,一股温热的男人气味正从他军装里往外渗出，她的布衫染上了他的汗潮气。他的身体在奔跑中颠颤着，沙沙地磨蹭着她的伤口，现在她才真正觉出了疼。可是，真正啮咬着她的还不是枪伤，而是越来越沉重的担忧和焦急。

不要老往坏处想。怕什么，就来什么，天底下的倒霉事都是想出来的。母亲的声音在她耳边响起。从前只要她和春梅为哪件事惴惴不安担忧犯愁时，母亲就会这么数落她们。不过这会儿谁的话也没用，她的心大门洞开，不祥的预感像洪水一样涌进来。母亲的话只是一袋沙包，大坝决堤的时候，她想拿母亲的话来堵，哪里还堵得住？心里剩下的那点侥幸的希望，已经被焦虑冲得一干二净。

母亲说得没错，她的预感很快就变成了现实：日本人越来越紧地咬上来了。虽然两军相隔很近了，但也还没到可以精确瞄准的距离。日本人开始胡乱射击。皇军身边有替他们挑弹药箱的苦力，他们不用像中国人那样省着子弹。

突然间，二娃的步子慢了下来。也许是一根骨头，也许是一条筋，也许是一块肌肉，撑得太久，过于疲乏，也不跟身子商量一下，就自作主张地绷断了。他的身子就像是一只被扎了一个洞眼的车轮胎，蔫软了下来。

眼见得跟不上了，另一位战士就伸手过去想帮他扛枪，可是他打死不让，仿佛让人扛枪是天大的耻辱。过了一小会儿，他就又追了上来。他身上绷断了的那个地方——天晓得是哪里——似乎又神奇地焊接上了。他继续跟着众人的节奏朝前跑，可是春雨觉得出来他不再是先前那匹力大如山的驼兽了，他的脚似乎在拖着走。众人都拼了命想甩掉身后那群紧咬着不放的狼，所以谁也没有注意到二娃身后留下的那串血脚印。春雨在二娃背上，更看不见身后。

　　这时人群突然发出一阵惊呼。他们的长官，那个单耳男人，被一颗流弹击中了，伤处就在胸口上。众人停了下来，围在他身边，无助地看着他的身子在疼痛中扭动着，一股鲜血像泉眼似的往外冒着。没人说话。这里没有新兵，每个人都见过枪伤，心下明白这是没的救的那种伤。单耳男人的眼睛大大地睁着，里头落着一轮黯淡苍白、绽着裂缝的、毛玻璃似的太阳。一只看不见的手，正掐在他的命脉上，随时就要掐断，可是疼痛还拦在路上，冷冷地不为所动地阻挡着手。单耳男人耗尽全力抬起一根指头，朝一个说不明白的方向指了一指，嘴唇翕动着，却没有发出声响。他的副手是唯一一个猜懂了他意思的人。

　　"他叫我们走，快，不能耽搁！"他发出了命令，口气坚决，不容辩驳。众人都明白他已经替代了长官的位置，便都服从了他的指挥，全速朝前行进。片刻之后，他们听见身后传来一声沉闷的枪响，然后是一串在泥泞中跋涉的湿重脚步声——是副长官追上来了。他手里握着两把手枪，一把是他自己的，另一把是单耳长官的。

　　"再有五分钟就到大黑圈了，快点！"副长官回到队伍，嘶哑地对众人说。

　　几分钟后，他们就到了一条小溪边上。溪流很狭窄，水再往前绕一道弯，就渐渐开阔起来了。他们脱下布鞋，开始涉水，周遭突然安静了下来——日本人停止了追逐。他们终于进入了大黑圈的地盘。

　　他们涉过溪流，筋疲力尽地瘫倒在对岸的石滩上，大口大口地喘着粗气。此时他们才不约而同地想到了长官。昨晚睡下时，他说他认识大黑圈一个黑道上的头儿，贩烟土的，挣下不少钱。

到了大黑圈，就要敲他犒劳大家吃顿大鱼大肉的好饭。你们一个也别给我死在路上，要死也得吃了这顿饭才死。他说。到头来，他们都在，他却被丢在身后了。不，他是被他们亲手杀死的。

每个人的心里都空了一块。

今天凌晨，日本人的库房在大火中烟消云散，他们风风光光地赢了一个回合。可仅仅几个小时之后，他们却已经失去了庆祝的心情。现在他们想到的是代价。有什么东西值得他们丢弃自己的长官和战友吗？哪怕是一座日本人的库房？这个问题盘旋在每个人的心头，但却没人敢问出口。打仗哪有不死人的？但他们还没有习惯死亡，尤其是这样的死亡。

谁也不想说话。这一刻的沉默带着威严，重重地压在头顶。他们坐在河岸上，无声地看着溪水急急朝前流去，撞上石头的时候，就像个愚顽贪玩的小姑娘似的，甩出一串欢快伶俐的水花。此刻他们只想静静地一动不动地待着。早上出发时，他们需要聚成一支队伍，此刻他们却渴望孤独。只有在孤独中，他们才敢看自己手上沾的那团血，良心上染的那块污渍。他们已经不是早上出发时的那群人了。

"二娃呢？"有人惊叫了一声。这时他们才发觉二娃和春雨都没在——他俩没跟着大家过河。众人赶紧涉水回去，搜索了一番，发现他俩躺在一片压扁了的狗尾巴草上，彼此相隔一两步路。她是从他的背上摔落下来的。两人都面如死灰，昏迷不醒，她是因为失血过多，而他，则是因为腿上的伤。

等他们看到二娃的伤势时，都忍不住惊叹：他的腿上中了三颗子弹。他竟能拖着这样一条腿，背着一个女人，跑了这么远的路，几乎一路跑到了终点。若没有神灵附体，凭凡人肉身，如何可能？不过战友们的大惊小叹，二娃一句也没有听见，因为他和春雨都被立即送去了附近的一家野战医院，和队上的人分开了。

后来，当二娃清醒过来可以开口讲话的时候，见到春雨那副几乎要掏出肠子来的感恩戴德模样，便很不以为然。他以一个十七岁少年人的认真，一本正经地告诉春雨：这一路是她救了他的命。要不是他的背上压着一条别人的性命，第一颗子弹射中他的时候，他就可能瘫软下来了。那三颗子弹里，第一颗伤得他最深最狠。

12

春雨失了很多血。这是第一次，但不是唯一的一次失血。在接下来的三十年里，春雨还会一次又一次地经历各种各样的失血。她把这一切都归咎于小林的子弹——就是这颗子弹开启了失血的先例。小林的子弹让她突然明白过来血原来是这么紧要的一样东西。在那次受伤之前，她从来没把血当一回事，就像她没把呼吸或者空气当回事一样，一切都理所当然。

血是她命中的魔鬼。在她多事动荡不安的一生中，她经历过三次严重的、几乎致命的失血。一次是中弹受伤，一次是宫外孕，还有一次是在生女儿阿凤的时候。但血也不仅仅是谋命的恶魔，它也有仁慈之心。当她成为了母亲，被逼到窘境时，她身上的血一瓶瓶一袋袋地化成了桌子上的饭食和女儿身上的衣裳。说阿凤是泡着她的鲜血养大的，虽然有些耸人听闻，倒也没有太离谱。

在后来的日子里，当春雨回首一生，想起这些凄惶的旧事时，她对血在自己命中扮演的角色感觉复杂。爱，敬畏，尊重，感恩，厌恶，甚至惧怕，各种情绪相互交织。若要她只挑一样，她可能会挑惧怕。她害怕终究有一天，她的血会消耗殆尽，她会成为一个憔悴干瘪、毫无用处、形只影单的老太婆，身上再也没有什么东西可以拿来救人，世上也再没有什么人需要她来救助。

这些都是后话，是发生在她生命的下一个章节里的故事。那时候血就会成为一个贯穿始终的主题，一条把各样糟心事连成一体的结实耐用的线索。而在此刻，她躺在医院的病床上，仅仅只是静静地歇息着，等着血管里浅下去的血像潮汐那样，到了时辰就慢慢回涨。

她右肩上的伤是单颗子弹所致，没触及任何要害部位，除了失血过多，伤势并无大碍。医院没有给她输血，因为血库的存货不多了。这是一家潦潦草草搭建起来的野战医院，治疗重点自然要放在受伤的士兵和游击队员身上。

他们给她清创止血消毒，包扎了伤口，又给她端来一碗菠菜鸡蛋汤和一盘水煮猪肝——那是铁含量很高的饭食，据说可以促进血液再生。最后给她注射了一针镇静剂，帮助她入睡。接下来就得看她的运气了，毕竟她还很年轻，身体容易复原。

第二天，她在一片叽叽喳喳的鸟啼声中醒来。纯粹出于惯性，她朝床那头偷偷扫了一眼。她没看见那只枕头——那只旁边通常摆着一把手枪的枕头。一阵头昏目眩的恍惚之后，记忆开始一点一滴地回归。她心中涌上一股热潮，先是不可置信，紧接着是如释重负。热潮渐渐退下，她只觉得有无数根细针在轻轻地扎着她的身体——那是激动和兴奋。她扭过脸看见了肩膀上的绷带，一颗心终于砰地落了地。熬过。母亲的话应验了。她熬过了小林分手时咬她的最后一口。这仅仅是一天前的事，记忆还很鲜活真切。

她现在是在另一重天，另一个世界，另一种日子里了。她的日子里再也没有那个阴暗、潮湿、污秽、耗子洞似的监狱了。她的世界里再也不会有小林。

窗外射进来的阳光很刺眼，她猜测大约快到正午了。她已经在这张小得几乎装不下一个成人躯体的病床上睡了差不多整整一天了。这是什么样的一场酣睡啊，没有一条皱褶，没有一个梦，没有一丝心事。无论医生护士是怎么说的，她打心里认定就是这一觉，把她从死神的门前拉扯回来的。在这场长长的深不见底的休憩里，她身上的每一道开关每一个阀门都关上了，不再无休无止地苛求血液来提供燃料。这一觉让她的血管歇足了劲，又长出了新力气。她对睡眠的迷信，一直维系了一生。七十余年之后，当她作为一个名叫蕾恩的老人，奄奄一息地躺在多伦多城里的松林养老院时，她依旧坚定不移地相信一场好觉是一帖万能药，包治百病。

旁边的创伤病房里传来伤兵的呻吟和呼叫声，像一把钝剃刀似的刮着她的神经。她立即想起了二娃。昨天发生的事，真是个解不透的谜。他腿上带着三处枪伤，背上背着一个大人，一连几个小时马不停蹄地奔跑，却在目的地近在咫尺的时候，突然崩溃倒地。他该是知道他们能活了，才敢懈怠下来。当时他和她都绝对不会料到：这样惊天动地的侠义壮举，在短短几年之后，还会被重复一次。那是在另外一场战争、另外一个国度里。

她倏地起了床，找护士打听二娃的病房在哪里。

13

在养伤的路上，春雨走得很顺，而二娃却没有那样的好运气，一直磕磕绊绊。他的伤口很快出现感染，医院正处在抗菌素青黄不接的尴尬时段里，也没什么别的办法可以改善他的状况。持续不下的高烧和大剂量的止痛药，让他陷入了一个谵妄和昏睡的循环，无边无沿，周而复始。

春雨一边养伤，一边就把贴身照看二娃的责任揽到了自己身上。她从护士手里接管过来各样琐事，给他擦洗身子换洗衣裳、喂他吃饭吃药、伺候他如厕。每当春雨的手靠近二娃身上的隐秘地域时，只要他是清醒的（这样的时间并不多），他就会带着少年人特有的局促不安，推脱拒绝她的帮忙。她让他闭嘴。"行了，行了，别傻了，一分钟就完事的。干净了，才能杀死细菌。"她对他说话的姿态和语气带着抚慰也带着威严。

见到男人赤裸的身体和鲜血、盛满了秽物的便盆和弄脏了的床单，春雨连眉头都不曾扯动一下。经验老到的护士在边上看着，忍不住惊叹，被她那份冷静、几乎不带任何情绪的麻利劲儿折服。这样年轻的女子，又从来不曾接受过任何医学训练，做起事来竟能有这份沉稳和娴熟。在她这个岁数上的女孩子，通常脸皮都很薄，脆弱得像块轻轻一碰就要碎的玻璃，这种尴尬和血腥的事，别说是伸手，她们连看都不能看。

护士夸她，她只是静静地听着。她们并不知道好话也伤人，尤其是无知的好话。夜里回到自己的病房，躺在冰冷的床铺上，心底的哀伤和绝望才渐渐浮现上来。她的成熟稳重冷静麻利并非是时间的礼物，她还只有十六岁，大把的时间还等在前头。她是被小林一夜之间催熟的。小林的群狼从她的青春里撕走了一块最紧要的东西——天真、羞涩和面对尴尬时脸红的权利。战争伸出一根肿胀流汤的指头，粗蛮地戳进她的少年，搅乱了生命的自然循环进程。她还没来得及成为某一个男人腼腆的女友或者稚嫩的妻子，就已经变成了所有男人稳若泰山的母亲。

每天到了这个时候，她就渴望能抽上一根烟。抽烟是纪代教给她的习惯。纪代没有骗她，纪代对她说的话，有的好听，有的难听，但都是实话。烟果真是一样好东西，能叫她平静下来，忘记一切糟心的事。可是她不能在这里抽烟。在这个地方，她这个年纪的正经女子，是绝不会抽烟的。

二娃的感染逐渐恶化，高烧持续不退。有一天，在帮护士给他换绷带的时候，春雨发现有两条蛆虫在他的伤口上蠕爬。她假装咳嗽，把蹿到了喉咙口的那声惊叫使劲咽了回去。要救他的命，除了截肢，已经没有别的出路了。在两针吗啡之间的那个空当里，医生跟二娃说了这事。二娃平日那张好强的脸皮，刹那间脱落了下来，她看着他在她眼前土崩瓦解。

"剩了一条腿，我还怎么帮我阿爸在田里干活？"二娃耗尽全身剩下的那点残力，拄着胳膊肘在床上猛地坐了起来。一股怒气如火山冲出地面，他狂喊了起来，嗓门震得房子瑟瑟发抖。

"现在他们能做结实管用的木肢了，你很快就能学会怎么用。"医生有气无力地说。这一整天他都在连轴转地做手术，此刻已经精疲力尽。

"哪个女人会嫁给一根木头，除非她脑子坏了？"二娃冷冷一笑，反问医生。

"可是你终归还是要命的吧？活下去才是最紧要的。"医生用创伤外科人员特有的就事论事语气，坚决地截断了这个话题。要在从前，他也许会坐下来好好地说几句安抚的话，但现在不是从前。"召集手术人马，明天一早。"他对护士长发了一道简洁的指令，就回寝室休息了。战争是个删繁就简的过程，温言细语，同理心、耐心、心理学、哲学，甚至神学，那都是太平年月的事。

人都散了。春雨坐在二娃窗前，想找句话说，搜肠刮肚，终无所得。

二娃一动不动地坐着，眼睛惘然地盯着一个莫名的远方，目光空洞，错乱，仿佛浮游在另一个世界。他的牙齿在格格相撞，似乎正在忍受高烧带来的寒战。春雨知道一扇门关上了，她甚至听得见门框撞击的砰然巨响。世上没有炸药能炸得开这样严实的门。他被关进了门里，孤孤单单的一个人，无助地面对着一个无动于衷的世界。他眼中的绝望把她的心扯成了碎片。

"天不会塌下来的，总还有指望。"她轻柔地、小心翼翼地说，说完了又觉得难堪。她的安慰里没有骨头，经不起盘诘。

"什么指望？"他呆滞地问。她听出了苦涩和怨恨。

一直压在心底的愧疚，到这一刻终于浮上表层，几乎堵住了她的呼吸。

那天日本人的飞机来东溪投炸弹，假如她坚持跟母亲一起回家取首饰盒，那至多就是再送上一条命而已。速速的死，就免去了后来慢慢的煎熬；假如那天她和春梅去父亲家报丧时没有挑近路走，那么小林就会是落在别人日子里的噩梦；假如在那座乾隆爷建造的监狱里，她没有如此绞尽脑汁地筹划了春梅的逃离，那么那些爬满蛆虫的伤口和一条木腿的日子，就不会轮到二娃来忍受。她的身子也许依旧污秽，但良心却是干净的。不对，假如她能救却不救春梅，眼看着春梅在她面前枯萎死去，那她愧对的，就不是二娃，而是春梅。往左走是愧，往右走也是愧，乱世容不下干净的良心。

这么多的"假如""那就",这么多可能的前因和未知的后果。有一只看不见的神秘的手,在随心所欲地捉弄着人的命运。有人把这只手叫作神灵,没有人能和它讲道理,更别说讨价还价。但无论如何,有一件事是明明白白地摆在她面前,毋庸置疑的:是她最终断送了二娃的一生。就在那短短的让他背着逃命的半天里,她引着他走上了一世的厄运。

"要是真到了那一步,我就嫁给你。我是说,我不在意你的,木腿。"她平静地说,仿佛在和他谈论着天气,或者下一顿的饭食。其实这话是一颗炸弹,惊着了他,也惊着了她自己。到此时她才终于明白负疚和感恩的真正威力。相比之下,爱算个什么东西?爱是一件苍白无力、既信不过也无法指望的废物。

她的话扬起一地飞尘,有一小阵子他们都看不清彼此的脸。他的嘴张开着,嘴唇抖扯着,却没有声音出来。

他久久没有说话。他是个简单的人,但这一刻的沉默却不是简单的沉默。她不能不多心。她心底有一块碰不得的痛处,轻轻一蹭就会让她疼得跳起来。

"我知道,像我这样的女人,没有正经男人会要我的。"她喃喃地说,眼中盈盈欲泪。

他突然明白过来他们已经不知不觉间把话带上了一条弯路。他从没想过要往那条路上走,但是他却已经在不经意间伤着了她。

"我没这么想过。我是,我不是,那个意思。"他结结巴巴,拼命想找个法子修补。可是他脑子不够使,没有春雨那份伶牙俐齿的巧劲。他不知所措。

他们就把这个话题撂下了,后来也没有再提起。她替他整好枕头,扶着他找了个舒服的姿势躺下。她天衣无缝地回到了那个无微不至的护理员角色。新注射的吗啡很快起了作用,他的感官麻木了,进入一阵接近于昏迷的深沉睡眠之中,所有的心事都搁置在了半空。

春雨没有回到自己的病房,那天她在二娃的房间里过了夜。一个荒诞不羁的想法,毫无预兆地钻进了她的脑子,仿佛有一位未知的、不可思议的神明,在冥冥之中给她指了一条路。

她想起小时候母亲曾经在她和春梅身上用过的一个土方子。唾沫,母亲的唾沫。但凡遇上虫咬蚊叮、久久不愈的小伤口、脚指头生出的水泡,或者身上长出的湿疹,母亲总是往上面涂口水。"最好的药方,不花一分钱,包除百菌。"母亲总是这么说。春雨和春梅在学校里东鳞西爪地学了些摩登学问,回家听到母亲说这样的话,就忍不住嘲笑母亲无知,不懂科学。唾液疗法大师。这是她和春梅嘲笑母亲的话。可是这会儿她却想在二娃身上试一试母亲的土方子。明天早晨,截肢就要成为现实,这是走到绝路之前的最后一个招数。

夜深了,病房里其他的伤员都沉沉地睡着了,春雨开始舔舐二娃的伤口,往上涂抹着唾液。

燕窝。春雨想起了一件旧事。

小时候,有一回父亲到马来做生意,回来时捎了一包当地的珍稀土产燕窝。父亲给她和春梅讲了燕窝做出来的过程。"那边的燕子用口水把海草、羽毛还有植物纤维粘糊起来,给它们的小宝宝做窝。"那天父亲看起来神态比往常放松,竟温言细语地叫姐妹两个品尝燕窝炖出来的羹汤。寡淡的,白里带黄,中间漂浮着几根红丝,也是淡淡的。

"那是燕子的血。燕子做了娘,可怜见的,有时候把唾沫吐光了,就吐出血来。"听了父亲的解释,她们吃了一惊,不知怎的,心中就生出了厌恶。汤原先只是寡淡而已,父亲的一个"血"字,立刻叫嘴里的东西变了味,她们忍不住想吐。

"多少工夫,多少心思啊,燕子比人懂。"母亲惊叹着,看父亲的目光里裹着一丝哀怨。

燕子妈妈的唾液里,除了爱,也有愧疚吗?是不是愧疚和爱一样,都叫人上心?愧疚会不会比爱更叫人上心?愧疚难道不也是一种爱?或者说,爱不也是一种愧疚?

舔舐,涂抹,干呕,啐吐。她的舌头走过一寸又一寸的皮肉。一轮又一轮,周而复始,直到她完全干涸,全身再也没有一丝气力。

天快亮的时候,二娃被身上沉沉的重量压醒了。一阵恍惚之后,他猛然意识到那是春雨俯在他的胸脯上,像块木头那样地睡着了,空气中飞扬着一阵细细的蝇子的翅膀飞过似的喘息声。

她被他的目光蜇疼了,一下子惊醒过来,伸了个懒腰,迷迷瞪瞪地为自己的失职道歉。在清晨第一丝半明不暗的天光里,二娃看见了一个陌生人。那人憔悴、苍白、形容枯槁,肌肤上的汁液已经耗尽,像皮革一样地干涸龟裂。

14

一条木肢的凄惨命运,终究还是跑慢了一步,没追上二娃。他逃脱了。这天早上,他的高烧终于退了下去。

唾液疗法赶在柳叶刀和抗菌素之前,救了二娃。

即使是在最荒诞的梦境里,春雨都不会想到她的"唾液疗法"会从一张嘴传到另一张嘴,一个病房传到另一个病房,最终滚雪球一样地滚成了一个传奇故事。年复一年，护士长都会把这个故事作为一个奉献和爱心的典范，讲给实习护士听。有几个年轻医生捎带着听见了，就很不以为然，因为他们读的是不同的教科书，信的是不同的上帝。

1945年夏天，日本人投降之后，医院就变成了一家民用医疗机构。但没过多久，就又开始接收小股伤兵。这一回的伤兵，来自内战战场。唾液疗法的传奇故事，也跟着从一场战争流传到另一场战争。经过一轮又一轮想象力十足的口口相传，故事的原汁还在，但已增加了许多新味，因为每一张嘴都往里添了作料。直到五十年代来临，新政府站稳了脚跟，事情才起了变化。

政权更迭，医院有了新领导。新领导觉得唾液奇迹的基调跟新的社会风气格格不入，落后，不文明，没有科学依据。这种传说带给人的形象，不适合一家立足于服务新时代的现代化医院。于是，这个已经在众人口中活了十数年的传奇故事，流传范围一下子缩小到了小心翼翼的耳语。再后来，就彻底静默了。那时春雨已经从医院辞职，她巴不得她的前尘往事，能像灰烬一样在新的天候里消散，她渴望成为没有过去的人——这是后话。

二娃住了两个月的医院，终于完全康复。1944年年底，他重返前线，回到了他的老部队。"等仗打完了，要是我的手脚都还齐全，我会回来找你。"这是分手时他对春雨说的话。

为什么找我？二娃没明说。那一刻春雨觉得他有点含糊其词。一个因抓丁而阴差阳错地当了兵的农家孩子，能有多少心机？春雨提醒自己不要多心。她一点都没想逼他把话讲清楚。真相总是残酷的，而她的真相，又比别人的更为残酷。既然有一个这样的过去，若还想活下去，就得把心打磨得粗糙一些，不能那么纤细精明。他一身胆气救了她的性命，可她也救过他一回，同样毫不惜力。他对她的侠义和她对他的侠义，若放在天平上称，应该是相差无几的。她欠他的债，已经还上了，虽然耻辱依旧还在，愧疚却不再扎心。

不，她错了。若真有天平可以衡量彼此的情分，应该还是他占先，因为他救她的时候，既不知道后来他会需要她，也没指望她会来救他。他才是真侠义。

他们相互道别的时候，空气中弥漫着一丝淡淡的哀伤。战争把他带进她的生活，他是一朵火苗，在她孤单行走的时候为她暖暖地照了一会儿路。可是战争带来的，战争也收走。她有些舍不得他，但她什么也没说。

很快她就惊讶地发现她感觉如释重负。在她周围，二娃是唯一一个知道她秘密的人。"我们是往大黑圈撤退的路上碰到她的，她中了流弹。"当医院的护士问起他们是怎么认识的时候，她曾听见二娃这么跟人解释。他说的是实话，但又不是全部事实。他的嘴很紧，不该说的话，永远不会走出他的嘴唇。医院里似乎没有人怀疑他的话里有什么可疑之处。

但心底里，总还有一个细小的声音在时不时地提醒她：说不准哪个时刻，他的嘴唇就会漏风。要是他走了，永远不再回来，他跟护士们说的那些事情经过，就会被固定在一个永久不变的版本之中。她的隐秘就只属于她一个人，她再也不用提心吊胆。

伤好了之后，医院决定留下她来做护士助理。她做事勤恳，遇上危急状况能沉得住气，而且随叫随到、毫无怨言。这些优点很快就使她成为医院里最离不开的职员——当然也是地位最低成本最小的职员。尽管薪俸少得可怜，但这份工作毕竟给她提供了住宿和一日三餐。即使没有医院的这份工作，她也没想过回东溪生活。东溪是她回不去的家。没有母亲和姐姐的东溪，和世上任何地方都没有差别。不，东溪还有记忆。她不需要记忆。

二娃答应会给她写信。刚开始他还真给她写过信。二娃没上过几天学，写信对他来说是一件烧脑的事。他的信不会超过一页，大多干巴巴的，泛泛地报告些日常起居的琐事，完全看不出情绪。即便是这样的流水账，他下笔时还得小心，怕走漏了军情。

日本人宣布投降之后，他原本就稀稀落落的来信，就彻底停了。日本人战败前也是狠拼过几回的，最后的几仗打得很是血腥，春雨自然想到他有可能战死了。还有一种可能是他回老家了——他从前就时常说起回乡的事。他可能回乡帮他阿爸种田去了，将来娶一个妻子，生一堆孩子。孩子长大了，也像他一样，帮着阿爸在田里劳作。这就是一个农家男子可以预见的生活。无论他是战死还是回乡，她都没指望还能听到他的消息。虽然偶尔她也会想起他来，但感觉恍如隔世。这一页算是翻过去了。

真正让她揪心的是春梅的下落。自她们在监狱门口分手之后，她就再也没有春梅的消息。她到底去了哪儿？延安还是重庆？还活着吗？活得怎样？春雨一无所知。

抗战胜利之后，春雨跟老家的父亲和姐妹们联系上了，然后就回了一趟东溪。乍一见面，大家免不得说起些别后的伤心事，哭天抹泪地感叹一番。感叹完了，春雨和她同父异母的姐妹之间，竟再也找不出什么可说的话。战争在她们中间劈下了一道谁也跨不过去的壕沟。沟那头是她的姐妹，她们——包括那几个比她年长的——一直生活在东溪，被隔在残酷龌龊的现实之外，在某种程度上依旧还是天真的孩子。而陷在沟这一头的，是她自己，一个历经沧桑的十七岁的老太婆，有太多的往事可以回首，却没有多少未来可以期盼等候。

在东溪她编了一个故事来解释她的神秘失踪。时间、地点、事件先后顺序。她把各样的细节小心翼翼地编织成了一个可信的版本。故事太复杂，她得事先把它写在一个笔记本上，反复走过几遍，省得出现前后矛盾。可是她的故事里只有她一个主人公，并没有涉及春梅。后来的几年里她一直暗暗担心哪天春梅会突然出现，闯进她重新铺就的生活轨道，把她精心编织的谎言当场炸成一堆齑粉。

那次重聚之后，她和东溪那头的人就疏远了。

15

在辽阔广袤的北方原野上，内战已经全面铺开。市面上流传着两个渠道的新闻，各自毫不相让地抢夺着民众的耳朵。第一个渠道是国民政府的新闻部门，公开合法，所以嗓门很大，毋庸置疑地占据着主导位置；第二个渠道来自和国民政府唱反调的共产党人，嗓门受到压制，只能在地下流传，主要是以秘密电台和油印传单的方式出现。双方各不相让地活跃在市面上，各说各话，各自精彩。同样一场战役，双方各有战报，同时宣称大获全胜；对战争的最终结局，双方都以同样的乐观态度，预测自己将是最终的胜利者。

在医院的更衣室、护士台、员工食堂里，众人聊天的话题，大多是关于战局的。春雨带着一种置身事外的冷漠，默默地听着同事们的窃窃私议。朝前推进，向后撤退，胜战、败战，各踞一方，南北分治……这些字眼听起来很遥远，云里雾里的，对她来说没有多大意义。外头的世界里物价飞涨，街头巷尾沸反盈天的民愤，也没有过多地扰乱她的心境。医院包了她的住宿膳食，碗里的米饭越来越糙,青菜上的油星越来越少,她的薪水现在大概只够买几包草纸,但她还不至于马上饿肚子。再说她没有家累,一个人吃饱了全家不饥。她不是不想抱怨,她只是没有力气。

从东溪回来后,春雨就如轻尘似的飘浮在一种没有坐标、无精打采的懒散之中。她眼睁睁地无助地看着自己越来越远地飘离现实。

护士助理从来就不是她想做的事。说实话她并不真的在意她的病人。无论是肺痨吐血还是慢性腹泻,天底下的病容都是差不多的,形容枯槁,肮脏发臭,哼哼唧唧,疑神疑鬼,极度怕死。还有那些查不出任何病症却总怀疑自己病入膏肓的人。她日复一日年复一年地被这样一群人包围着,不得脱身。唾液疗法的传奇故事,至今还在医院里流传着,但已经成了扎在她耳朵里的一根刺,嘲讽着她曾经的愚蠢和无知。这样的事,一个人三辈子兴许才会轮上一次,纯粹是同情或者是愧疚的产物。她是过来人,见也见过了,做也做过了。现在的她既没有口水可以给,也没有人值得她拿口水去救。

有一天,她随意瞄了一下日历,心里突然一抽,一阵惶恐涌上来,几乎让她全身瘫痪动弹不得。那天是她的生日,她二十岁了。

为了活下去,她已经跟命运撕咬摔打了一路。可是,假如她仅仅是为了活下来,却又不知道到底该怎么活,那岂不是枉费了先前付出的心力和胆气?活着只是一口气,母亲曾经这么说过。但她不想仅仅是为了一口气而活着。平生第一次,她冷静地意识到:她需要一样实实在在的东西,一件事情,一个新的焦点,能把她扎扎实实地坠到地面上。她想真正活着。

这件事最终还真来了,就在1949年的暮春,那时她已经在医院工作了差不多五年。

有一天早晨,她刚刚换上护士服,就意外地听见有人在广播里喊她的名字。"上海来的长途电话!"接线员大声叫嚷着,声音里的兴奋藏掖不住地漏了一地。医院里一年到头很少有长途电话进来,更别说是从上海来的。上海,天爷,那是另外一个世界。

电话那头是春梅。

"你听广播了吗?我们占领上海啦!"春梅的尖叫声传得很远,整个护士台都能听见,语气是那样地亲近熟稔,一下子把五年的距离抹除得一干二净,仿佛她们昨天晚上刚刚见过面。她没问这些年你还好吗,也没说天啊,找你可真不容易。

"猜猜我现在在哪里?在外滩!"听起来春梅身边有好多人,都在等着用电话,嘈杂的声浪几乎淹没了她的话,"给我们一点时间,等我们安定下来,你就过来和我们一起住。"

她们的对话非常简短,不停地被断断续续的交流声和人群的欢呼声所打断。大部分时间里都是春梅在说话,春雨几乎没机会插进一个完整的句子。在这样匆匆忙忙的对话中,春雨还是得出了——更精确地说,是推断出了——两个结论:第一是春梅从那座破监狱逃出来之后,投奔的是共产党部队,而不是国军;第二是春梅还没有和老家的父亲联系过。

挂上电话之后,春雨才突然想起来她没问春梅是怎么找到她的,也没问春梅说的"我们"是什么意思——她根本来不及。不过这只是些无关紧要的细节。上海的诱惑大如天,世上人只要脑子正常,谁能抵挡得住那样的勾引?她还没挂电话,就已经决定要去上海,没有什么东西可以拦住她的脚。

四个月之后,春雨收拾了行装动身去上海。医院所在之地交通不便,她先是坐舢板,再转了两趟汽车,最终才坐上了火车。

这是她平生第一次坐火车，第一次单独出远门。她没有回头。那家地处寒酸小县城的寒酸小医院，现在已经被她留在身后了。她连名字都懒得去记，更懒得说给旁人听。只是当时她还不知道：她在这家医院里度过的那几年，尽管寡淡乏味，却是她整个成年生活中最风平浪静的日子。

第六章 梦与梦的相遇

1

乔治·怀勒一觉醒来，觉得眼睛被什么东西蜇了一下，是桌子上那座电子闹钟上的数字显示：2011.12.31，07:16。很刺眼。这是一年里的最后一天，但他却不知身在何处。

窗帘缝里漏进来一丝半明不暗的晨光，把一串抽象的图案扯进了他的眼帘：深色的方块，中间穿插着一些边缘模糊的绿色曲线。他迷迷糊糊地记起来，这是一角墙纸。过了一会儿他终于醒悟：此刻他身处上海，正在外滩附近一家叫和平饭店的宾馆里。

他一动不动地躺着，想把脑子里纷乱的记忆碎片一一收拾起来，重塑一遍这几天里他旅行去过的地方。多伦多到温哥华；温哥华到上海；上海到温州；温州到东溪；东溪到水岭（水岭是五孩村所在的县，而五孩村现在已经变成了镇）；水岭到五里（五里是春雨工作过的那家医院的所在地，如今医院已经不复存在）；五里到温州；温州再回到上海。

他的意识还在那条旅行线路中睡睡醒醒进进出出，耳边却有个声音在不停地催促着他起床。赶紧记下来，省得忘了。他知道那是他刚才做的那个梦留下的影子，在提醒他记得梦境中发生的事。中央空调刚刚醒来,还在懒洋洋地打着哈欠,慢慢地加大马力向上攀援。在这样一个冷入骨髓的清晨,谁能抵挡得了一张带有记忆海绵床垫的床铺带来的舒适和温暖呢?再等一小会儿。他对那个声音说。他打发走了那个已经越来越远的声音,又回到了脑子里那张想象中的地图,上面标注着他和菲妮丝刚刚去过的那些地点。

这些地方在菲妮丝的手稿里都出现过。差不多七年前,他们度蜜月的时候他就来过上海和温州,但这一次带给他的印象却与先前不同。菲妮丝用文字把它们再次挖掘了出来。没有什么地方能经得起这样的挖掘。文字重塑历史也重塑地理。

假如此刻他身边有个地球仪,可以让他把这几个地方画在上面,他会看见一些混乱穿插的线,但却不会是圆圈。蕾恩(或者说春雨)没能走完地球仪上的一整个圆。他和菲妮丝的这一趟旅程,就是追随着蕾恩的足迹,以小规模快进的模式,重走一遍她一生走过的路。

当然,此行还有另外一个目的,这个目的目前尚未完成——那就是把蕾恩带回家。准确地说,是把蕾恩的骨灰带回家。

家。一个多么寻常却又多么捉摸不定的词。

当他还在听力康复系读书的时候,他辅修的专业是语言学。这个专业在他身上点燃了一股异类的激情,让他养成了钻研词典的习惯。在那个前网络时代里,他会深深钻入词意和词源的汪洋大海之中,把各种词条藏入他当年像照相机一样精准的记忆之中。这种癖好并无什么实用价值,但却会时不时给他一些长脸的机会,尤其当他在课堂上显摆词条,叫资历尚浅的年轻教授们不知如何应对,赢得班上几个女同学另眼相看的时刻。那个时候的他,纯粹就是一个虚荣心爆棚、爱出风头的半大孩子。他的记忆现在开始退化，可是他居然还能记得一些年轻时干过的蠢事，他不免感觉惊讶。比如说，他竟然还记得词典上关于"家"这个字的定义：

> 家——你所居住的一座房子，一处公寓等，尤其是当你和你的家庭一起居住时；或者当它被当作一处财产，可以由你购入或者售出的时候；一个由居住在一起的家庭成员所构成的社会单位；一个人的起源之地……

这个词条里的多种定义之间应该不具备排他性。假如每个定义都被当成单独的个体，切实地存在于其他定义之外，那么就会产生一个很现实的可能性：蕾恩的骨灰有权利回到好几个家。非要较真起来，假如一个人在一生中经历过几次迁移，居住过好几处可以笼统地定义为"家"的地方，凭什么他/她一旦死了，却只能被限制在一个最终的安息之地？自由主义者甚至可以争论，说这样的行为是对灵魂的歧视。

就是沿着这样的思路，他们在规划蕾恩骨灰的最终安息之地。也许是一个，也许是数个。蕾恩走前的心智已经太糊涂了，完全没有留下什么可以模糊地与遗嘱相似的吩咐。菲妮丝在一团云雾之中艰难地揣测着蕾恩没有说出口的遗愿。乔治和菲妮丝的大致想法是把骨灰分成两份，一份放在加拿大，一份放在中国。毕竟在蕾恩不同的生活阶段里，这两个地方都充当过蕾恩的"家"。

加拿大这边的安排相对简单，多伦多东部的士嘉堡区很自然跳出来成为他们的地标，因为蕾恩已经在这个区域居住了二十年。

他们在士嘉堡的悬崖公园附近找到了一处合宜的地方。墓园不大，藏在一片茂密高大的松墙之后，中间有一条弯弯曲曲的小径，两边栽种着白桦树，树干上睁着一双双大眼睛，警觉地守护着死者的地界。天气清朗的日子里，人们可以沿着小径一路走到一个制高点，清晰地看见安大略湖一路闪闪烁烁蜿蜒而去，最终消失在地平线上。

墓地离他们的住处不算最近，但是交通很方便，一趟公共汽车就到。假如菲妮丝不想自己开车的话，她可以坐公交过来，在这里坐上半天，听听音乐，看一本闲书。万一正和乔治处在冷战期，她还能在这儿清清静静地修复一下心情。他俩中间还有千丝万缕的愧疚需要——清算、消除、埋葬。

菲妮丝动身去上海之前，他们已经把蕾恩的一部分骨灰安葬在这儿了。一穴小小的墓地，一块简简单单的墓碑，用中英文标注着姓名、生卒日期，还有"母亲"二字。

而中国那边的安排，现在看来要比他们想象的复杂。原先的想法自然是把母亲的骨灰送回温州，归葬在父亲的墓穴中。后来菲妮丝和一位在城市规划部门工作的朋友聊了聊，想法就起了变化。

父亲原先是安葬在温州西郊的一片坡地上的。因地形相对陡峻，那块地在当年是无法耕种的废弃之地。那是四十多年前的事了。在过去的三十年里，温州城随着南来的季风，爆炸式地发展起来，把城市推出了三倍大的面积。在这个过程里，市中心迁到了新区，而父亲的墓地正处在新城中心的周边地段，就成了一块人人垂涎的宝地。这块宝地被卷进一轮轮重新划区的疯狂旋风之中，父亲的墓地已经遭遇了两次迁移。据那位朋友说，第三次迁墓虽然听起来不可思议，但谁也无法保证不会发生。

蕾恩骨灰入土的事，就这样搁置在了半空。

菲妮丝还在睡觉。她昨天大半夜都在床上翻来覆去地摊着烧饼，直到黎明时分才渐渐安静下来。她身子睡着的时候，脑子还没睡，蕾恩留下来的秘密沉沉地坠挂在每一条皱纹上。还好，今天不用着急，她还可以多睡会儿，因为他们早上没有什么安排。下午菲妮丝会去看梅姨，乔治会和一对在宾馆里结识的美国夫妇一起去看一个画展。到傍晚，菲妮丝就会把梅姨带到宾馆来，大家一起吃一顿年夜饭。

这些日子里，只要能挤出片刻的安静时间，菲妮丝就会坐下来修改回忆录的第二稿，连在旅途中也是如此。不能等，趁现在脑子里的印象还鲜活，一等就等蔫巴了。她这样跟乔治解释。

每一次与梅姨见面聊天，都会给菲妮丝留下一些新鲜的、与先前不同的印象。同样的一件事，如果在不同的场合里叙述，就会显露出一些前后不一的地方。有时是时间地点上的小差别，有时是情绪和语气上的微妙变化。那些纷至沓来、有时相互矛盾的信息急切地闯入菲妮丝的意识之中，她得从中筛选，决定吸收采纳哪些片段，把它们保存在她的手稿里，成为某个事件的真实版本，而这个版本可能每天都会产生变化。乔治在旁看着，深感沮丧：这样一个液态的瞬息万变的记录过程，似乎正把菲妮丝带入一个离终极叙事版本越来越远的境地。

观察菲妮丝写作真是个让人心悸的过程，从头到脚全然地沉着平静，不动声色，动作单一，仿佛已经变成了一台人肉打字机。连电脑键盘都染上了黏液质特性，慢吞吞地吐出一个个干瘪的单音节，与任何情绪严密绝缘。滴，答，滴，答，滴，答，那声响里带着手术科医生式的冷漠精准和无动于衷。这不是现实中的那个她，写作汲走了她的生气。

她写的那些文字,和她写这些文字时的姿势,中间隔着一个宇宙的距离。情绪呢,都到哪儿去了?难道冰块可以催生出火焰?他暗自琢磨。

后来,就发生了一件简直可以用灵异来形容的事:他开始在梦境中潜入她的梦。在他的梦中,他触碰到了浮游于她梦境之中的想法和情绪。他现在终于知道她的情绪都去了哪里——那些愤怒,那些愧疚,那些嘲讽,那些责备。他无法用听得懂的词语,跟她,甚至跟他自己,来解释这个现象。假如非要强行解释,一定会听上去像是荒诞不羁的玄学,或者更糟糕,像无知者的迷信。

也许他的潜意识成了一名黑客,破解进入了她潜意识的密道。两股潜意识通过一条神秘的不需要语言的沟通渠道,彼此靠近,相互吸引。它们沉默地、深沉地、毫无廉耻地赤裸相呈。完全的理解。毫无保留的信任。

这是他能够想得出来的最靠近真相的描述。除了神学之外,他在生活各个阶段里学到的各门科学知识,此时完全不能解释和支撑这个现象。可是,神学难道不也是一门科学吗?

我的书名呢?昨天夜里,他做了无数个纷乱的相互交缠的梦。在其中的一个梦里,他听到了一个沉默的声音,在固执地索求着他的回应。那是她在问他。或者说,是她的梦在追问他的梦。

然后就在凌晨时分,在最后一轮乱梦和最初一丝醒意之间的那个模糊地带里,书名突然自己钻了出来。他把它牢牢地拴在记忆中,可只撑了一小会儿,终于被另一潮睡意卷走,他又迷迷糊糊地睡了过去。

等他终于彻底醒来时,一丝惊恐立刻揪住了他的心。那个奇迹般出现在梦中的书名还在吗？他立即开始梳理记忆。感谢上帝，它还安然无恙完美无缺地待在原处。他飞快地爬下床来，赤裸着上身，光着脚丫子，直奔办公桌，打开抽屉，寻找铅笔和宾馆的信笺。

归海。他火速写了下来。奔向海的河流，在他的梦境里是复数的。复数在这里是一个至关紧要的细节。他几乎听得见河流找到另一条河流时的碰擦厮磨声。它们相遇，碰撞，粉身碎骨，然后相融，变成一条更大的河流。一个疼痛和狂欢的过程。复数使得一次寻常的相遇，变成了一桩非同寻常的壮举。

他如释重负。游移不定的记忆终于被白纸黑字锁定，承担起了终将承担的责任。

2

下午三点半左右，菲妮丝到了梅姨的住处。早上是梅姨的娱乐活动时间，通常不接待访客。合唱团排练、书法课、象棋比赛、五花八门的活动，都是疗养院安排的。梅姨现在住在一家专门给离休干部提供服务的疗养院里。离休干部的另一个名称是革命老前辈。若让梅姨重复这个词，她会去掉那个"老"字。

梅姨的脑子和身体都好到能叫比她年轻许多的人羡慕嫉妒的地步，但两年前她还是决定搬去疗养院住——她小心地回避了"老人院"这个词。她决定搬到那里的原因，是她实在不喜欢买菜烧饭这类的琐事。即使在年轻的时候，她也不怎么擅长做家务。可是雇个贴身保姆在旁边走来走去，也是一件同样让她腻烦的事。家务和保姆两下相比，她可能更腻味保姆。是的，保姆。

不是家务助理,不是同志。至少不再是。时代已经变了,从前的老词翻了新,又在市面上流通。从前的人实诚,是什么就叫什么,铁锹不叫农具,保姆就是保姆。

她决定搬去疗养院的另一个原因是孤独。当然,这个原因她是打死也不会承认的。陈伯伯已经去世好多年了,她不在乎尝试着交几个新朋友。可是一搬到疗养院,她马上发现身边的人并不是她想要交的那类朋友。她不喜欢老态龙钟的邻居们,在她眼里他们是一群脑袋瓜子已经蛀空了、混吃等死的人;她也不喜欢那几个举止轻浮的年轻志愿者们,他们来这里的目的只是想得到一封有助于上学或者求职的推荐信;她更不喜欢那些匆匆忙忙拼凑起来、完全没有什么内涵的娱乐节目。梅姨对疗养院的不满,写在纸上可以绕地球三周。可是说归说,倒也没见她落下任何一场集体活动。她是世上最忙碌的孤单老妇。

下午这个钟点通常是梅姨一天里精神头最足的时候,因为她刚睡完一个长长的午觉。她马上就到八十五岁了,可缠着她妹妹春雨的那些疾病,在她身上几乎没有踪影。每一年单位都会安排她做一次详尽的体检,每一次她都会收到一份在她这个年纪来说罕见的奇迹般完美的体检报告,甚至连白内障或痔疮都与她无缘。除了视力渐渐退化,偶尔有点便秘,她几乎找不到看医生的理由。

可是今天,菲妮丝一进门就发现有些不对——屋里的空气中飘浮着一股被滥用之后的沉闷和陈腐。

梅姨从躺椅上半抬起身子,无精打采地跟她打了个招呼,不似平常看见她时的那副热情模样。今天的午睡没有尽职,梅姨从中走出来,看起来却疲乏憔悴。菲妮丝外出了一个礼拜,乍一回来,突然就留意到了岁数在梅姨身上啃下的齿痕。

母亲的去世似乎卸下了梅姨身上的枷锁，松开了梅姨的嘴。梅姨讲起年轻时经历过的那段难以磨灭的耻辱，就仿佛在讲述一部多集电视连续剧里的一个情节。菲妮丝把母亲带给了梅姨，梅姨把妹妹回赠给了菲妮丝。菲妮丝的母亲是装在一只雕着精致花纹的金属罐里的，而梅姨的妹妹却是藏身于一个不忍卒听的生存故事中的。母亲版本的故事菲妮丝熟稔于心，而妹妹版本的故事却是她要在蚌壳里苦苦寻找的那颗珍珠。

真相有价。梅姨已经付出了代价。一只毁坏的蚌壳，就是珍珠的代价。

菲妮丝心中充满了歉疚和懊悔，决定今天不再追着梅姨发问了。

菲妮丝从背包里取出笔记本电脑，放在梅姨躺椅边上的小茶几上，开始给梅姨放这一趟旅行的照片。梅姨原先说好跟他们一起走的，却在最后一刻变了卦。

照片很多，有景致也有人：东溪的街景；外公祖宅的旧址，现在已经拆了，原地盖起了一幢高楼；春雨和春梅当年读书的中学，近年经过多次扩建，已经认不出来了；外公和外婆的墓地；还有和大姨以及五姨一起吃晚饭时的合影——所有还在世姨妈中，只有她俩还依旧住在东溪。

梅姨默默地看着照片，偶尔简短地插上一两句话，打听某个地方或者某个人名。菲妮丝看不出来她脸上的表情。即使有，也藏得很深。菲妮丝觉得她给梅姨看那些照片，就如同是递给梅姨一个陈年旧月里采摘下来的橘子。剥去干涩的时间表皮之后，露出来的那些橘瓣，早已失去了原先的形状和质地。那是馊了的记忆。

"她们都想见你一面，问清明节你能回去一趟，给外公外婆扫墓不？"菲妮丝小心翼翼地传达了两位姨妈的意思。

梅姨久久不语。

"晚了，现在说这些。"梅姨的声音渐渐低弱了下来。

什么太晚了？是她们的邀请来得太晚？还是梅姨错过了接受邀请的时机？菲妮丝暗自揣测着梅姨的心思，但却没有追问。

接下来放的那张照片是一座破旧不堪的老式平房，石头砌的围墙，窗户很小，看上去像是一只充满怒气的拳头在墙上砸出来的窟窿。房子显然已经废弃多年了，遍身都是伤疤，那是偶尔的维修和长久的失修交替留下的痕迹。都不用走近，只要眼睛一落上去，就能闻得出霉味和锈迹。

菲妮丝的手停了下来。她看见梅姨的眼睛扫过了照片，但她不知道梅姨是不是看清了石墙上钉的那块牌子：

> 浙江省省级文物保护单位
> 清朝老监狱
> 建于1790年前后，乾隆皇帝在位期间

梅姨的眼皮簌簌地颤动起来，像一只受了惊吓的蛾子。猛然间她从躺椅上跳了起来，朝菲妮丝的笔记本电脑扑过去，啪的一声合上了盖子，动作敏捷得如同一个十八岁的女孩子。

"别让她看见这个！"梅姨声嘶力竭地喊道。

"谁？"菲妮丝被梅姨吓了一跳。

梅姨哆哆嗦嗦地指了指屋角，喉咙里堵上了一块东西，想咽，却没力气，刚才那阵突兀的爆发，已经让她筋疲力尽。

菲妮丝突然明白过来，梅姨的手所指的是屋角的那个衣柜，里边摆放着母亲的骨灰罐子。

3

"梅姨，你逃出来之后，是怎么找到共产党部队的？你好像没讲过这一段吧？"

铁石心肠啊。菲妮丝暗暗斥责自己。她没能管住自己，还是决定要追根究底。有些问题她不能不问，她顾不得梅姨了。日子还长，往后还有很多场尽忠职守的午觉可以弥补，让梅姨慢慢恢复，可是留给自己的时间已经不多了。过完元旦，她就要和乔治一起飞回多伦多。国际长途电话是靠不住的，她没法指望。

"这有什么好说的。"梅姨把身子支在躺椅的靠垫上，半带着睡意说。

"从那个鬼地方出来后，我找到了一个同学，她天天嚷嚷着要离家出走。她表哥是个混江湖的，什么阿猫阿狗都认识。他把我们带到一个游击队驻地，那些人是通新四军的。我还以为有多难，没想到就这么简单。最大的麻烦不是这个，是在前头，我得想法子把你外婆的首饰盒从那个女人手里讨回来。老母猪脸一抹，不认账了。一张大柿饼脸，板得一本正经的，亏她还能掌得住，鬼话连篇。一条街上住了这么久，从来不知道她是戏精，撒起谎来不打一个磕巴。"

说着说着，梅姨的精神头就渐渐上来了。

"那后来是怎么讨到手的？"

"别看老母猪那副样子，倒是生了只还像个人样的崽，她儿子实在看不下去了。"梅姨这话是从鼻子里哼出来的。

菲妮丝禁不住给逗乐了。梅姨似乎正在经历一条妙趣横生的返祖之路，随着她身体渐渐老去，她的舌头越来越松泛了，从她舌尖溜出来的话，越来越像毫无禁忌的童言。

返祖。

对，就是这个词。母亲是不是也走过了这条路？尘埃已经落定，菲妮丝终于看清了，母亲也曾如此。在母亲生命的最后几年中，那些怪诞的、不可捉摸的、孩子似的举动，正是她返祖路途上的一个个小步子。母亲就是这样一步一步地爬回到了她的少年时期，那条充满了恐惧和耻辱的黑窄巷子。

现在菲妮丝回想起来，母亲心中的恐惧其实一直都在的，只是年轻的时候，在动荡不安的年代里抚养一个孩子、操持一个家庭，那些琐碎的艰难日常占据了母亲的心，暂时淹没了她的恐惧。而在她渐渐老去之时，她的心空了，恐惧全力追上，收复失地。

感谢上苍，恐惧如今再也无法碰触到母亲了，死亡洗净了所有的旧迹，叫一切归零。

"我妈说你那时候整天念叨着改造社会，你们学校的同学，个个都是满腔热血。"菲妮丝说。

"她知道个啥？"梅姨带着一丝嘲讽，轻轻一笑，"我只是想出去看一看世界。在东溪我能有什么机会？你外婆绝不会松开她的拴狗链，一丝一毫都别指望。东溪那破地方能出什么有意思的事？乏味得要死。再说了，人年轻的时候总是要犯点傻，一聪明起来，就是老人家了。"

菲妮丝不禁一愣。从她记事起，母亲对她说得最多的人，就是姨妈春梅，比世上什么人都多。你梅姨那一肚子激情啊，你梅姨那份诚心啊，你梅姨解放上海时那个兴高采烈啊，你梅姨那一脑子改变世道的抱负啊。你梅姨……你梅姨……你梅姨……梅姨身上的变化，是什么时候开始的？或许这一切，从头开始就是一场戏，只是母亲的鼻子不灵，没嗅出里头的猫腻？

"能不能跟我说说，你是怎么认识陈伯伯的？"菲妮丝踮着脚尖小心翼翼地朝着这个话题靠拢，仿佛在趋近雷区。那天当她第一次迈进梅姨的房间时，就已经注意到屋里没有一寸空间里摆放着与陈伯伯相关的纪念品。没有一张照片，没有一枚战争纪念章，甚至没有一粒粉尘，粘带着陈伯伯的气息。陈伯伯似乎从未在梅姨的生活里存在过。

"他又不是唯一一个对我有意思的人。"梅姨捡起了话头，却又没有完全沿着那个话题走。菲妮丝看着她神情宁静，没有爆炸的危险，就放了心。"他的勤务兵才真是对我上心呢。这个小伙子长得那个好，跳进河里洗澡的时候，天爷，那一身的腱子肉。那个时候，人人病病快快皮包骨头，你轻易可找不见一个像他那个壮实样子的。有一回我着了凉，没胃口，他爬到树上给我摘枣子，摔断了一根骨头。"

一阵少女般的红潮泛上来，泡软了梅姨高耸严峻的颧骨。

"可是老陈是那里最大的头儿啊。你外婆信的是旧黄历，老套是老套了些，可是有一件事上她想得一点没错：一个女人就是需要一把大伞，防备着下雨。这一辈子，雨太多，伞不够。"

人都是因为恐惧才结婚的，历来如此，一成不变。菲妮丝不知怎的，就想到了自己和乔治。

"那我妈呢？她怎么就没听外婆的？"菲妮丝问完了，才明白这是她最想知道的问题。

梅姨把身子朝后挪了挪，几乎躺平了，眼睛半睁半合，仿佛在苦思冥想着一句合宜的回话。

"你外婆当然也是这么吩咐她的，可是你妈的心从来都不在那儿。她不想男人，只想生娃，越多越好。她就是一只母鸡，活着就是为了下蛋、孵鸡仔。她不在意睡在哪个鸡窝里。"

菲妮丝心里扎进了一根刺。母亲走了,她才分外觉出了刺的疼痛。她没有回话,沉默就是她的话。

梅姨伸出一只骨节嶙峋的手,拍了拍菲妮丝的大腿——那是她半心半意的道歉。"我这张大嘴巴。"

每个老人心里都住着一个小孩。从心到嘴那条通道上原先有把锁,日子久了,长了铁锈,又使得太过,如今已经锁不上了。现在他们想什么就说什么,话语一路畅通无阻。小孩的嘴只是残酷,老小孩的嘴才真正致命。

"有一回老陈说起我跟你妈。老陈好多话压根就是狗屁,不值得往心里装,那一回说的倒还不太离谱。'你手里拿什么都像是抱了颗炸弹,春雨手里拿什么都像是抱着个娃。'这话就是他说的,你说好笑不?"

如此鲜活。如此真切。

"你妈想要什么,就得了什么。她有了你。"梅姨说,一丝朦朦胧胧的微笑,水似的流过她脸上那片美丽的废墟。

4

七十年代末到八十年代初那几年里,袁凤在上海上大学,是梅姨家的常客。她去梅姨家常常是因为学校食堂的伙食实在太差,她想在梅姨家吃上一顿热腾腾的营养晚餐。梅姨家又恢复了有保姆的日子,小保姆是扬州人,做得一手好淮扬菜,袁凤多年难忘。

"文革"结束后,重新起用老干部,陈伯伯被提升到市政协的一个高位上。那是一个光鲜亮丽的虚职，伴随着一张烫着金字的名片，一辆由他使唤的汽车和一名专用司机。他之所以得了这份奖赏，当然是因为他的资历够老。但是资历并不是唯一的原因。另一个原因是在前头那十年里，他的手还算干净——"文革"期间他并未施害于人。除了他自己，全世界的人都知道论学历、论年龄、论身体状况，他都不适合担任实职了。他身后排着一长队的年轻人，正在虎视眈眈地盯着他腾出来的那个空位置。

新时代来了，每天饭桌上的热门话题已经变成了怎样用最快的速度搵钱致富。战还是有的打的，只是不再使用步枪和手榴弹。他当年的骁勇，如今已经找不到合宜的战场。他被提拔到了一个有名无实的高位，这个位置和现实世界之间，隔着一道坚实的屏障，轻而易举地就把他推到了权力的边缘地带。他成为了一样文物，他存在的唯一意义，就是为了证明过去的历史并非虚构。

他晚年的唯一安慰，是居住在山东的儿子，也就是他唯一的子嗣，最终解开心结，和他恢复了联系。尽管儿子始终没学会像别的儿子那样地爱父亲，但至少他心满意足地接受了父亲留给他的遗产。那可不是一个小数目。陈伯伯花起钱来向来手指缝很紧，原来他是把省下来的每一个铜板，都留给了儿子。那是他身后的道歉，为这声道歉他准备了差不多半个世纪。梅姨也是事后才看清楚的，虽是扎心，却也无可奈何。

"文革"一开始，梅姨和陈伯伯就被赶出了那座法式别墅。后来在不同的时期里，他们又搬迁了几回，最终在一个高级住宅区安顿下来，住进了一个宽敞舒适的三室一厅公寓单元。在陈伯伯生前和身后，梅姨都在那个公寓单元里住了多年，直到她最后决定搬入高干疗养院。

在袁凤的印象中，陈伯伯是一个缄默木讷的人，看上去比他的实际年龄要老一些——那时候他才六十多岁。虽然面无表情，但依稀能感觉到有一丝莫名的愠怒隐藏在面孔之下，耐心地等候着时机。他一旦开口，那必是声如铜钟。他时常爆发出一阵阵要把骨头扯散的惊天动地的咳嗽，后来她才知道那是肺疾的早期症状。他长年累月抽烟，那些烟留下的烟油一层一层地蚀透了他的肺叶。"烟囱都比他的肺干净。"梅姨时常这么唠叨着，语气里充满了绝望和厌恶。

陈伯伯越上岁数，烟就抽得越凶。别说是戒烟，连少抽几根的意思都丝毫不曾有过。几年之后，他被诊断出了肺癌，直到最终病死，他的烟瘾丝毫未减。

在饭桌上，陈伯伯偶尔也和袁凤聊几句天，问起她学校的情况。宿舍环境怎样，食堂伙食如何，有什么文体活动，有没有专门的军训课程，如此等等。每一次他们见面，他问的都是同样的问题，她永远不知道他在没在听她的回答。直到他死后，袁凤才第一次意识到：陈伯伯为了找到一个能和她聊天的话题，曾经如此绞尽脑汁。

有一天，他突然抛开有关她大学生活的枯燥对话，尝试了一个没被触及过的话题："家那边，怎么样？"当时梅姨正在厕所里，他压低了声音问她。

袁凤立即明白了陈伯伯话里的意思。袁凤工作过多年，积攒了足够的工龄，她上大学的学费和生活费都是公家出的，这就把母亲从泥潭深渊中解救了出来——家里是绝对没有能力供她上学的。但与此同时，袁凤也把母亲推进了更深的窘境，因为母亲失去了她上班时的那份薪水——那是她们家唯一的收入来源。

"我爸的抚恤金恢复了，家里还过得下去。"袁凤含含混混地回答说。

过得下去。父亲的抚恤金一个月仅二十元，自从市场开放之后，物价飞涨。过不过得下去都得过，母亲难道还有别的出路吗？袁凤不敢想象母亲是用什么法子修补她每月支出中的那些窟窿的。火柴盒早就让路给市面上那些眼花缭乱的打火机了，信封现在全是机器制造。南风正劲，吹来了各式港台风格的服饰，没有人再穿手织毛衣。母亲灵巧自如的手指和组装技术，是属于前朝的老本事了，如今早已被淘汰，再也派不上用场了。

　　当然，总还是会剩下一条出路的。那条路自古就有，无比牢靠，极有可能永远不会消逝。那就是母亲的贩血之路。每一次当血这个字在袁凤心里蹦出来的时候，她都会情不自禁地打个寒战。但她从来没有告诉过梅姨和陈伯伯她们家的真实处境。乞丐的骄傲，那是母亲手中的火把，母亲举了一生一世，亮给世界，尤其是亮给她的姐姐和姐夫看。那支火把自小就已经在袁凤的皮肉上烙下了印记。

　　"我听说上头正考虑在温州建一所新大学。他们太缺人才，到处在挖年轻人。你读完了书，要是能回到老家工作，那就称了她的心。"陈伯伯说。

　　听说。那时温州还没有飞机也不通火车，从上海到温州，要坐一天一夜的船。陈伯伯该长着多长的一副耳朵，才能听说这样的消息。

　　在袁凤的记忆中，这是唯一一次陈伯伯和她谈到了母亲，尽管是隐晦迂回的。

　　袁凤大学毕业之后，主动要求分配回温州，在那所新成立的大学里当了一名教师，从而再次回到了母亲身边。

　　"你结婚之前，你妈大老远从多伦多打电话给我，把我吓了一跳。平常你妈很少给我打电话，小气鬼，怕花钱，这你都知道。那天她脑子倒是清楚的，只是心里有点不爽。"梅姨的话把菲妮丝从沉思中拽了出来。

"是因为我嫁了个洋人？还是因为她觉得我嫁了人，就把她扔下了？"菲妮丝立刻觉察到自己的语气里意想不到地带着一根刺——那是嘲讽。

梅姨嘶嘶地笑了起来："她担心你。她说我们袁家的女人不讨老天欢喜，命里注定总是为了不该有的理由嫁人。你外婆是这样，我是这样，她自己也是这样。你妈担心连你也是这样。你妈说她一病，就把你吓住了。你是害怕她走了，就剩下你一个人，所以就慌慌地找了个人嫁了。"

菲妮丝觉得胃里突然抽了一抽。她知道谎言让人反胃，但她没想到真相也是如此。母亲的脑子是糊涂了，但那团云雾还没有完全遮蔽住她的眼睛，她还能看得清她的女儿。

"她说对了吗？"梅姨紧追不舍。

母亲活着的时候，为什么从没这么问过她？她嫁给乔治是因为爱情吗？菲妮丝自问。这算是个问题吗？在她年青的时候，万物都是凭票计划供应的，爱情也一样。她早就把这一生中配给她的爱情消耗完了。良善也是限量供应的，只是份额没那么紧，所以她还剩了一点到今天。少少的一点良善，兴许能走得比爱情更远。

"你觉得我为什么等到这一把年纪了才嫁人？这么多男人里，只有他一个人愿意让妈搬过来住。"菲妮丝脱口而出。这几乎不算是回答，可是此刻她却找不到比这个更好的回答。

"你妈不全是下蛋的母鸡。其实我们几个里头，你妈才是真正有过机会的，是她自己错过了。他们本来当时就可以结婚的，可是你妈说要等你高中毕业，开始工作了再说。等我阿凤真正长大成人，她是这么跟人说的。谁想到后来弄得一地鸡毛，真是脑子进了水……"

"你在说什么呢？"菲妮丝听得一头雾水，忍不住打断了她。

"你不知道那件事？我是说你妈跟那个叫孟什么来着的？孟龙，想起来了。那次你们闯下了那个祸，都过去几年了，他还不停地缠着她，托朋友带信给她，求她过去。他说他在香港站住脚了，认识了几个人，路子也宽了。可你妈打不定主意，是因为你。那个时候你超过十八岁了，法律上已经成年，要是没逃成再给抓住了，这一回你的档案里就会留下记录。可是她打死也不能把你一个人留在温州啊。"

菲妮丝耳中响起一声尖利的噪声，世界就像是一只巨大的摩天轮，戛然踩下刹车，毫无预兆地停住了。她看见梅姨的嘴唇在一张一合地翕动着，有声音在半空中飘浮。那声音忽远忽近，失去了边角，犹如泄了气的轮胎那样蔫软干瘪，听是听见了，却完全没听懂。

"没见过她那个样子……像个小女孩……他给她写的那些诗啊，啧啧……每个星期……"

这两个月，一路都经历了些什么啊？意外匍匐在每一个路口，等待着对她发起狙击。她以为梅姨的炸弹都扔完了，却没想到她把最凶猛的、能叫人粉身碎骨的那一枚，一路留到了最后。

可谁能说得准，这究竟是不是最后一枚呢？

一阵怪异的几乎无法形容的感觉，从胃里冒上来，渐渐充盈了她的胸腔，身子胀得几乎要碎裂。可是她心里明明有一个深不见底、什么也填不满的洞啊。无边的满，无底的空，她忍不下那交加的难受。

现在菲妮丝终于想明白了：在1970年那个春风和煦的夜晚，孟龙欲说还休的到底是什么话。他是想告诉她关于他和母亲的事。孟龙已经溜到舌尖的话里带着致命的毒汁，假如说出了口，她说不定会当场死在他的话里。可是中间却突然生出一桩意外，期中考试闯出来挡在了他们的路上，仁慈地瓦解了他的计划。四十年过去了，他的刀刃已经钝了，锈迹斑斑。而她的面皮，也已经磨成了一副盔甲。真相来的时候，依旧像地震，只是不再致命。

菲妮丝站起来，近乎麻木地在房间里一圈一圈地踱着步，想把这个新版的真相缓慢地平和地转告给身体的每一个部分。没错，新的真相。母亲的死和姨妈令人恐怖的记忆力，已经从根基上重塑了她一生的经历。她很久很久没有开口，直到震撼已经被身上的每一个毛孔吸收和接受。

"他比她小了这么多，我以为，对他来说，她几乎，几乎是他的妈。"菲妮丝结结巴巴地说。

梅姨嘶哑地笑了，五官游走着，脸上汪起一团近乎于幸灾乐祸的欣喜。

"六岁？还是七岁？最多八岁而已。有什么大惊小怪的？春雨生下来就是做妈的料子，那股子母鸡护小鸡的样子，男人见了都要发疯。你知道老陈临死的时候，最后留下的是什么话？他说要把他的骨灰送回到他山东老家，跟他的娘葬在一起。这些年我都跟他白过了？我算个什么？到头来，他要的是他的娘亲。活着的时候干吗去了？他还能到处走动的时候，过年了连封信也懒得给他妈写。这就是男人，全是一个模子里出来的。"

菲妮丝站在窗前，看着外头的天一下子就暗了下来，冬天的傍晚来得就是如此急切。所有的叶子都落尽了，所有的鸟都飞走了，去到一个阳光更明艳率性、树木更青翠葱茏的地方。长长的一年，为什么偏偏要挑这样一个苍凉的夜晚了结？

希望永驻人心（注：英国十八世纪诗人亚历山大·蒲柏的名句）。谁在妖言惑众？

"幸好他们单位没随着他胡来。"梅姨接着说，"上头说他那个级别，身后哪儿也不能去，只能去老干部公墓。这是规定，没的商量，就把这事结了。轮到我翘辫子的时候，我先告诉你吧，我要离他远远的，能多远就多远。活着跟他绑了一辈子，够长了。死了，老天可怜我，多少给我点自由。"

梅姨还在絮絮叨叨，菲妮丝却早已经不在听了。

母亲为她放弃了爱情，她也为母亲放弃过爱情。她十七岁的时候就这样做过了，在大鹏湾的那艘渔船上，她任由孟龙独自游向了暗夜。在血脉面前，爱情是外姓人。只是母亲活着的时候，她们都不知道彼此曾经的选择。母亲蚌壳里的那枚珍珠，不是战争中的那场耻辱，不是瓶子里的那些粉末，而是母亲想要告诉她：无论再有多少次选择，她选择的永远是女儿。

5

水没有皮肤。

在梦中，菲妮丝听见她脑子里的想法在相互聊天。思想有一套单独的循环系统，长着属于自己的五脏六腑、筋骨血脉和感觉器官。思想不仰赖身体，自成一体地呼吸，观察，交谈。思想自说自话，身体只能遥遥地看着，插不上嘴。

此刻的想法是关于水的。

不像树木、动物和人类那样，水没有皮肤。皮肤是身体的边界，水没有皮肤，也就没有边界。水从细如发丝的缝隙里穿过，稍稍借点力，就能爬上山坡，又能轻巧自如地落到低洼之处，升腾蒸发，在半空凝固，变成雨，或是雪，然后回归最初始的状态。周而复始，永无尽头。

水流至地角天边，没有固定的名字，到了哪儿，就有了那地方的名字。它可以叫九山河，也可以叫瓯江，也可以叫大鹏湾，或者叫安大略湖。无论叫什么名字，无论成为什么形状，骨子深处，它就是水。水在一个岔口分了道，又会在另一个岔口汇拢，总能彼此寻见，相互连接。水永远也不会真正消亡。水永远自由。

菲妮丝身子醒过来了，思绪却还陷在梦境中。

"早安。"乔治已经起床了，正在用宾馆里的热水壶，煮着2012年的第一壶茶。

"我想，谢谢你，乔治。"菲妮丝迷迷瞪瞪地呢喃着。

"为啥？"乔治转过身来，疑惑地问。

"是你把我缝补起来了，我已经破得不像话了。"

他端过来一杯茶，在床沿上坐了下来。"你既然已经缝成片了，这会儿糊弄着可以出门吗？想不想早饭之前散散步？"

她打了个五脏六腑都露出来了的大哈欠，点了点头。窗缝里漏进来丝丝缕缕的音乐声，她一边听着，一边慢慢地起身下床。外滩要是醒了，天下就没有人还可以再睡。

"刚才你有没有梦见河，或是海什么的？"乔治问。

菲妮丝吃了一惊，倒也没到被吓住的地步。最近乔治时不时就要发一阵疯，跟她说些玄玄乎乎的事，她已经慢慢习惯，见怪不怪了。

"你怎么知道的？"她从他手里端着的茶杯里啜了一口茶，

就醒透了，好奇心开始蠢蠢欲动。

"我看见你额头上有水波纹走过。"

她沉默了一小会儿，让身上的鸡皮疙瘩慢慢消停下来。等她再开口的时候，她的声音是低柔的，带着梦幻般的若有所思。

"乔治，妈告诉我了，她的骨灰想去哪里。"

一稿 2022.6.8. — 2022.12.22.
二稿 2022.12.23. — 2023.1.12.
三稿 2023.1.13. — 2023.2.24.

于多伦多、温州

本创作项目得到温州大学人文学院鼎力支持，特此鸣谢。

图书在版编目（CIP）数据

归海 / 张翎著 . -- 北京：作家出版社，2023.10
ISBN 978-7-5212-2393-4

Ⅰ.①归…　Ⅱ.①张…　Ⅲ.①长篇小说-中国-当代
Ⅳ.①I247.5

中国国家版本馆 CIP 数据核字（2023）第 144566 号

归海

作　　者：	张　翎
责任编辑：	姬小琴
装帧设计：	棱角视觉
责任印制：	金志宏
出版发行：	作家出版社有限公司
社　　址：	北京农展馆南里 10 号　邮　编：100125
电话传真：	86-10-65067186（发行中心及邮购部）
	86-10-65004079（总编室）
E-mail：	zuojia@zuojia.net.cn
http:	//www.zuojiachubanshe.com
印　　刷：	北京盛通印刷股份有限公司
成品尺寸：	146×210
字　　数：	245 千
印　　张：	10.625
印　　数：	1—20000
版　　次：	2023 年 10 月第 1 版
印　　次：	2023 年 10 月第 1 次印刷
ISBN	978-7-5212-2393-4
定　　价：	68.00 元（精）

作家版图书，版权所有，侵权必究。
作家版图书，印装错误可随时退换。

在别人使用情绪的时候,
他们使用耐心,
慢慢地熬着日子,
最终熬穿了厄运。

Where Waters Meet